Arsène Lupin

16

La Barre-y-va
Le Cabochon d'émeraude

아르센 뤼팽 전집 16
바리바외

1판 1쇄 펴냄 2016년 1월 6일
1판 3쇄 펴냄 2021년 4월 6일

지은이   모리스 르블랑
옮긴이   바른번역
감수   장경현, 나혁진
펴낸이   하진석
펴낸곳   코너스톤
주소   서울시 마포구 독막로 3길 51
전화   02-518-3919
ISBN   979-11-85546-79-7 04860

아르센 뤼팽
전집

16

A r s è n e　　　L u p i n

바리바 외

모리스 르블랑 지음　바른번역 옮김
장경현, 나혁진 감수

코너스톤
Cornerstone

차례

바리바

Arsène Lupin

1
밤에 찾아온 손님

그날 저녁, 연극을 보고 돌아온 라울 다브낙은 집에 들어가기 전 현관 거울 앞에 멈춰 서서 자신의 모습을 이리저리 살폈다. 그저 기분 좋으려고 그런 건 아니었다. 거울에 비친 전체적인 실루엣은 우아했고 유명 양장점에서 사 입은 옷은 잘 맞았다. 어깨는 떡 벌어지고, 단단한 가슴팍 때문에 옷의 가슴 부분이 불룩 튀어나와 있었다.

현관의 작은 크기와 인테리어로 보아 안락하고 화려한 가구들이 갖추어진 독신자 아파트라는 것을 알 수 있었다. 그곳은 가장 값비싼 욕망을 충족시켜줄 수 있는 재력과 고상한 취미를 가진 남자만 살 수 있는 곳이었다. 라울은 서재에서 담배를 태우면서 매일 저녁 움푹 꺼진 가죽 안락의자에 털썩 앉아, 스스로 식전주처럼 수면욕을 돋우는 것이라 부르는 달콤한 휴식을 즐기곤 했다. 그러면 머릿속에서는 온갖 불쾌한 생각이 사라지고 모호한 몽상에 따라 다가올 복잡한 프로젝트를 흘려보내며 선잠에 빠지곤 했다.

문을 열려던 순간, 라울은 멈칫했다. 현관 등을 켠 사람이 자

신이 아니며, 도착했을 때 이미 현관 샹들리에의 전구 세 개가
켜져 있었음을 갑자기 깨달았던 것이다.

"거참 이상하군. 하인들은 휴무라 집에 올 사람이 아무도 없
는데… 아까 나갈 때 안 끄고 나갔나?"

이렇게 중얼거렸지만 사실 라울은 굉장히 꼼꼼한 사람이었
다. 하지만 우연히 발생한 일이거나 자연스럽게 설명할 수 있
는 사소한 문제를 해결하는 데 시간을 허비하는 사람은 아니었
다.

그는 평소에도 '불가사의는 우리 스스로 만드는 것이다. 인
생은 우리가 생각하는 것보다 훨씬 덜 복잡하고, 우리가 복잡
하게 생각하는 문제는 스스로 해결할 수 있다'라고 말해왔다.

문을 열고 들어가니 웬 젊은 여자 하나가 외발 탁자에 기대
어 서 있었다. 사실 라울은 자기 집에 몰래 들어온 그 여자를 보
고 그리 놀라지는 않았지만, 그래도 이렇게 소리치긴 했다.

"하느님 맙소사, 유령이 이토록 아름다울 수가!"

환한 것을 좋아하는 것이 분명한 그 여자는 현관과 마찬가지
로 방에 있는 모든 등이란 등은 다 켜놓았다. 그래서 라울은 금
발이 곱슬거리는 예쁜 얼굴과 살짝 유행이 지난 라인의 드레스
를 입은 균형이 잘 잡힌 늘씬한 몸매를 쉽게 볼 수 있었다. 여자
의 시선은 불안해 보였고 얼굴은 걱정으로 일그러져 있었다.

라울은 전혀 우쭐해하지 않았다. 왜냐면 언제나 여자들은 그
에게 호의적으로 대했으니까. 그래서 자신은 꽤 운이 좋다고
믿었고, 특별히 부탁하지 않아도 수락해왔던 다른 모험들처럼
이 모험도 받아들였다. 라울이 미소 지으며 물었다.

"그런데 우리가 아는 사이인가요? 한 번도 뵌 적이 없어서….”

여자는 라울의 말이 틀리지 않음을 나타내는 몸짓을 했다.

"여긴 어떻게 들어오셨습니까?"

대답 대신 그녀는 열쇠를 보여주었다.

"저희 집 열쇠를 가지고 계시는군요! 아주 흥미로운데요.”

라울은 자기도 모르는 새 자신이 이 아름다운 불청객의 마음을 사로잡고 있고, 여인이 손쉽게 사냥할 수 있는 먹이처럼, 보통은 잘 일어나지 않는 격한 감정에 취하여 자신에게 넘어올 준비가 되어 있다고 점점 더 확신했다.

라울은 이토록 매혹적인 상황에서 발생하는 기회를 놓치지 않겠다고 단단히 결심하면서 평소에 하던 대로 여자에게 다가갔다. 하지만 예상과는 달리, 여자는 한 발 뒤로 물러났고 겁먹은 채 뻣뻣한 팔을 내저었다.

"가까이 오지 말아요! 오지 말라고… 당신에겐 그럴 자격이 없어….”

겁에 실린 여자의 얼굴 표정이 라울을 당황히 했다. 그러고 나서 거의 동시에 여자는 웃다가 울기 시작했다. 발작적으로 몸을 떠는 여자를 달래며 라울이 말했다.

"제발 진정해요… 절대 해치지 않겠습니다. 내 집에 뭘 훔치러 온 게 아니지 않습니까? 권총으로 날 쏠 것도 아니고요. 그런데 제가 왜 당신을 해치겠습니까? 이제 대답해줘요… 대체 내게 원하는 게 뭡니까?"

여자는 진정하려고 애쓰면서 중얼거렸다.

"당신에게 도움을 청하려고 왔어요.”

"그건 제 직업이 아닌데요."

"제가 보기엔 그래요. 당신이 시도하는 일은 반드시 성공하는 것 같고요."

"와우! 제게 유쾌한 특권을 주시는군요. 그러니까 내가 당신을 안으려고 시도하면 성공하겠네요? 생각해보십시오. 새벽 1시에 당신처럼 아름답고 매력적이기까지 한 여성이 남자의 집에 몰래 들어온다면… 잘난 체하는 것이 아니라 저로선 그런 상상을 할 수도 있다는 것이죠…."

라울이 다시 다가갔지만 이번에는 여자도 저항하지 않았다. 라울은 여자의 손을 잡아 자신의 손으로 꼭 쥐었다. 그런 다음, 손목과 맨살의 팔뚝까지 어루만졌다. 여자가 감정적으로 굉장히 약해진 상태라 자기 쪽으로 끌어당겨도 절대 밀어내지 않을 것 같았다.

다소 도취된 기분으로, 라울은 여자의 허리 뒤로 손을 가져간 뒤 아주 조심스레 안아보려 했다. 하지만 그녀를 바라본 바로 그 순간, 겁에 질린 여자의 두 눈과 고뇌와 애원으로 가득한 얼굴이 어찌나 불쌍해 보이던지 라울은 하던 행동을 멈추고 말했다.

"죄송합니다, 부인."

그러자 여자가 작은 목소리로 속삭였다.

"아직… 미혼이에요…."

여자는 바로 이어서 말했다.

"네, 알아요. 이런 야심한 밤의 제 행동! …당신이 오해할 만해요."

라울이 농담조로 말했다.

"오! 정말 오해할 만하죠. 자정이 지나면 여자에 대한 제 생각이 완전히 바뀌거든요. 엉뚱한 것들을 상상하고 신중하지 못한 행동을 하게 되는 경우가 있는데… 다시 한 번 사과드립니다. 제가 못나게 굴었네요. 다 끝난 거죠? 더는 절 원망 않는 거죠?"

"네."

여자의 대답에 라울이 한숨을 쉬며 말했다.

"당신이 너무도 매력적이라, 제가 생각했던 이유로 절 찾아온 게 아니라는 것이 참으로 아쉽고 유감스러울 따름입니다. 그러니까 베이커가에 있는 셜록 홈즈의 자택으로 수많은 사람들이 찾아오는 것처럼 당신도 이곳으로 절 찾아왔다는 말이죠? 아가씨, 이제 필요한 모든 얘기를 해보세요. 정성껏 도와드리겠습니다. 자, 말씀해보세요."

라울은 일단 여자를 의자에 앉혔다. 라울의 친절하고 호의적인 태도로 여자는 안정을 되찾았지만 얼굴은 여전히 창백했다. 아이처럼 싱싱하고 매력적인 선으로 그려진 입술까지 이따금 경련이 일었다. 하지만 여자의 눈 속에는 믿음이 있었다. 여자가 목이 멘 목소리로 말했다.

"죄송해요… 어쩌면 당신을 찾아온 데는 딱히 이유가 없을지도 몰라요. 그런데도 무언가… 불가사의한 일들이 있다는 걸 알고 있어요… 그리고 앞으로 닥칠 일들도 있는데 그게 절 두렵게 해요… 그래요… 무엇 때문인지는 모르겠지만 미리부터 절 두렵게 해요. 정작 그 일이 일어날지 안 일어날지도 모르지만. 오, 하느님! 너무 끔찍해요… 너무 괴로워요!"

그러면서 여자는 마치 자신을 기진맥진하게 만드는 생각들을 떨쳐버리려는 듯 이마를 무기력하게 쓰다듬었다. 라울은 혼란스러워 하는 그 모습이 진심으로 안쓰러워 여자를 진정시키려고 웃기 시작했다.

"예민하신 모양이군요! 그럴 필요 없어요. 그래 봤자 아무런 도움도 안 되니까. 자, 힘내요, 아가씨. 내게 도움을 청하러 온 이상 걱정할 것 하나도 없어요. 지방에서 왔지요?"

"네, 오늘 아침에 출발해서 오후 늦게 여기 도착했어요. 차를 잡아타고 바로 왔어요. 건물 경비는 당신이 집에 있는 줄 알고 제게 당신 집을 알려줬어요. 벨을 눌렀지만 아무도 나오지 않더군요."

"사실, 오늘 하인들은 휴무라 집에 없고, 전 저녁 식사를 하고 들어왔습니다."

"그래서 열쇠로 문을 열고…."

"열쇠는 누가 줬습니까?"

"아뇨, 훔친 거예요."

"누구에게서요?"

"나중에 설명할게요."

"너무 늦지는 말아요. …지금도 너무 궁금하니까! 그런데 잠깐… 그럼 오늘 아침부터 아무것도 못 먹었겠군요. 배 안 고파요?"

"아뇨, 테이블 위에 초콜릿이 있어서."

"잘했어요! 초콜릿 말고 다른 것도 있는데. 가져다 드리죠.

이야기는 좀 있다 합시다. 어때요? 그런데… 정말 어려 보이는 군요… 어린애 같아요! 당신을 다 큰 숙녀로 보다니!"

라울은 웃으면서 수납장에서 비스킷과 스위트 와인을 꺼냈고 여자를 웃게 하려고 애썼다.

"이름이 뭐예요? 그걸 알아야 제가…."

"나중에… 다 말할게요."

"좋습니다. 먹을 것을 대접하는데 굳이 이름을 알 필요는 없으니까요. 잼 좀 드릴까요? 아니면 꿀? …아름다운 당신 입술이 꿀을 좋아할 것 같은데. 찬방에 아주 좋은 꿀이 있어요. 얼른 다녀오겠습니다…."

막 방을 나서려는데 전화벨이 울렸다. 라울이 중얼거렸다.

"이 시간에 전화라… 이상하군… 실례하겠습니다."

라울은 수화기를 들고 목소리 톤을 살짝 바꾼 뒤, 전화를 받았다.

"여보세요… 여보세요…."

수화기 너머의 목소리가 발했나.

"자넨가?"

라울이 대답했다.

"나일세…."

상대방이 다시 말했다.

"이번엔 운이 좋군! 아까부터 계속 전화했는데."

"그런가? 미안하군. 연극을 보러 갔었네."

"이제 돌아온 건가?"

"그런 것 같네."

"무사히 돌아와 기쁘네."

"나도 기쁘네. 그런데 하나만 알려주겠나? 별일은 아닌데."

"어서 말해보게."

"그런데 자넨 누군가?"

"맙소사! 나 모르겠나?"

"지금까진 솔직히 잘 모르겠네…."

"베슈일세… 테오도르 베슈…."

라울은 움찔 움직이려다 말고 말했다.

"모르겠는데."

상대방이 반박했다.

"그럴 리가! 베슈… 치안국 수사반장 베슈 형사일세."

"아! 이름은 들어봤어도 직접은 한 번도…."

"이 사람아, 농담 그만해! 꽤 많은 사건들을 함께하지 않았나! **바카라 게임 사건** 기억 안 나나? **금니를 한 사나이 사건, 열두 주의 아프리카 주식 사건**은(14권 《바르네트 탐정 사무소》 참조 – 옮긴이)? 함께 힘을 합쳐 승리를 거머쥔 사건들 말이야."

"착각한 것 같네. 지금 누구랑 통화를 하는 거라고 생각하는 건가?"

"물론 자네지!"

"나, 누구?"

"라울 다브낙 자작."

"이름은 그게 맞지만 라울 다브낙은 자넬 모르네."

"그럴 수도. 하지만 라울 다브낙이 다른 이름을 사용하면 날 모른다 못할걸."

"제기랄! 다른 이름이라니 자세히 말해보게."

"예를 들면 **바르네트 탐정 사무소**의 짐 바르네트라든가 **비밀의 저택** 사건 때는 장 데느리스라든가. 아니면 본명을 말해야 알겠나?"

"말해보게. 화내지 않겠네. 오히려 그 반대지."

"아르센 뤼팽."

"좋았어! 이제야 뭔가 확실히 통하는군. 그래, 사실 그 이름으로 가장 많이 알려졌지. 내 오랜 친구, 용건이 뭔가?"

"자네의 도움. 지금 당장."

"내 도움? 자네도?"

"무슨 말인가?"

"아무것도 아니네. 도와주겠네. 자네 어딘가?"

"르아브르."

"거긴 무엇하러 갔나? 목화밭 사러?"

"아니, 자네에게 전화하러."

"아이고, 고마우셔라. 나한테 전화하려고 르아브르까지 갔다?"

라울이 말한 도시 이름을 듣고 여자는 당황했다. 여자가 귓속말했다.

"르아브르? 거기서 온 전화예요? 참 이상하네요. 누구 전화죠? 저도 듣게 해주세요."

라울은 별로 내키지 않았지만 여자는 이미 또 다른 수화기를 귀에 대고 베슈 형사의 목소리를 듣고 있었다.

"그건 아니고. 지방에 있었거든. 거기는 밤에 전화를 쓸 수가 없어서 르아브르까지 자동차를 타고 이동했다네. 이제 난 집으로 가네."

라울이 물었다.

"집이라면?"

"자네 라디카텔 아나?"

"알고말고! 센 강 하구에서 멀지 않은 곳에 있는 강 한복판의 모래톱으로 된 섬 아닌가?"

"그렇다네. 릴본과 탕카르빌 사이에, 르아브르에선 30킬로미터 거리고."

"지금 거길 아냐고 물어보는 건가? 센 강 하구! 코 지방! 내 인생이 서린 곳. 다시 말해, 현대의 역사가 전부 이루어지는 곳. 그럼 그곳에서 누워 자나?"

"무슨 소린가?"

"자네가 거기에 사냐는 소리네."

"그 모래톱 섬 맞은편에 작고 아름다운 마을이 있는데 그 마을 이름이 라디카텔이지. 몇 달 전부터 조그만 별장을 빌려 거기서 지내고 있는데…."

"여자랑?"

"아니, 하지만 자네가 묵을 손님방도 준비해놓았네."

"뭐 그런 세심한 배려까지!"

"흥미롭지만 복잡한 사건이 있거든. 함께 해결했으면 해서…."

"자네 혼자서는 해결할 수 없으니까?"

라울은 여자를 바라보았다. 여자는 점점 더 불안해하더니 괴

로워하기 시작했다. 라울은 수화기를 빼앗으려고 했지만 그녀
는 수화기에 귀를 밀착시켰다. 베슈가 계속해서 말을 이었다.

"급해. 그리고 젊은 여자가 오늘 아침에 실종됐어…."

"실종 사건은 매일 발생하지 않나. 그런 것까지 알려줄 필요
없네."

"아니, 몇 가지가 신경 쓰여. 게다가…."

안달이 난 라울이 외쳤다.

"게다가 뭔가?"

"그러니까 어제 오후 2시에 살인 사건이 일어났어. 실종된
젊은 여자의 형부 되는 사람이 처제를 찾으러 개천을 따라 정
원에 갔다가 권총으로 살해당했다네. 그러니 자네가 오전 8시
특급열차를 타고 와준다면…."

살인 사건이라는 소리를 듣자 여자는 자리에서 일어났다. 그
손에서 수화기가 툭 떨어졌다. 뭔가를 말하려고 했지만 한숨만
나왔고, 비틀거리다가 소파 팔걸이 위로 쓰러졌다.

라울은 화가 나서 베슈를 윽박질렀다.

"이런 멍청한! 그렇게밖에 알리지 못하는가! 뭐! 아무것도
알아내지 못했다고?"

그러고는 라울은 수화기를 세차게 내려놓은 다음, 젊은 여자
를 소파에 눕히고 각성제를 먹였다.

"그래, 무슨 일입니까? 베슈의 이야기는 하나도 중요하지 않
아요. 이건 당신에 관한 이야기고, 실종된 여자는 바로 당신이
니까요! 게다가 당신도 베슈를 알고 있고, 그 방면으로 일인자
가 아니라는 것도 잘 알고 있죠. 정신 좀 차려요, 제발. 어서 정

신 차리고 함께 사건을 풀어봅시다."

하지만 그러기 위해 할 수 있는 노력이 지금 당장은 아무것도 없다는 것을 라울은 바로 깨달았다. 그리고 자신이 미처 알지 못하는 사건으로 이미 큰 충격을 받은 저 젊은 여자가 경솔한 베슈로 인해 뜻밖의 범죄 소식을 접하고 의식을 잃었다는 것도. 행동에 나설 적절한 때가 오기까지 기다려야 했다.

잠시 생각한 끝에 라울은 마침내 결심했다. 라울은 거울을 보더니 얼굴의 인상에 변화를 주는 혼합 약물을 재빠르게 바르고는 옆방으로 가 옷을 갈아입었다. 그런 다음 벽장에서 언제라도 떠날 수 있게 준비가 되어 있는 여행용 가방을 꺼내 차고까지 뛰어갔다.

라울 다브낙은 차를 끌고 곧장 돌아와 다시 집으로 올라갔다. 젊은 여자는 정신을 차리긴 했지만 몸을 꼼짝할 수가 없는 상태였다. 라울이 두 팔로 안아 자동차에 태울 때까지 어떤 저항도 하지 않았다. 라울은 여자가 가능한 한 편한 자세를 취하게 했다.

그리고 몸을 숙여 여자의 귀에다 대고 말을 걸었다.

"베슈와의 통화에 의하면 당신도 라디카텔에 사는 것 같은데, 맞습니까?"

"네, 맞아요."

"지금 그곳으로 가는 겁니다."

순간, 여자는 공포에 사로잡힌 태도를 보였다. 머리부터 발끝까지 온몸을 떠는 것처럼 느껴졌다. 하지만 라울은 달래듯 나지막한 목소리로 안심시켰고, 여자는 그의 말에 더 이상 항의할 생각도 하지 못한 채 울기만 했다….

파리에서 180킬로미터 떨어진 노르망디 지방의 라디카텔 이라는 마을까지는 자동차로 세 시간이면 충분했다. 두 사람은 가는 내내 단 한 마디도 주고받지 않았다. 얼마 못 가 여자는 곯아떨어졌고, 라울은 여인의 고개가 자기 어깨 위로 떨어질 때마다 조심스럽게 제자리로 올려주었다. 여자의 이마는 불덩이같이 뜨거웠고, 입술 사이로 전혀 알아들을 수 없는 말들이 새어 나오고 있었다.

센 강으로 합류하는 실개천 가까이에서 코 지방 절벽으로 이어지는 협곡 아래, 막 싹이 트기 시작한 풀숲에 웅크리듯 자리한 매력적이고 앙증맞은 성당 맞은편에 도착하니 날이 밝아오기 시작했다. 희미하게 밝아오는 빛 뒤로 광활한 초원 위와 키유뵈프를 감아 도는 큰 하천 위에 떠 있던, 장밋빛에서 점점 더 붉은빛으로 변해가는 가늘고 긴 구름들은 일출이 임박했음을 알리고 있었다.

아직 잠든 마을은 인적 없이 고요했다. 라울이 물었다.

"당신 집은 여기서 멉니까?"

"아뇨, 근처에요. 저기… 맞은편…."

네 줄로 줄지어 서 있는 참나무 고목들 사이로 멋진 오솔길이 개천을 따라 나 있었고, 그 끝엔 철문 창살 너머로 얼핏 보이는 아담한 저택이 있었다. 개천은 이곳에서 비스듬히 돌아 둑 아래로 흘러 쇠창살이 설치된 도랑을 채우고, 다시 한 번 우회하다가 벽돌로 된 높은 담으로 둘러싸인 영지로 스며들고 있었다.

젊은 여자는 또다시 불안하고 두려운 기색을 감추지 못했고, 라울은 그녀가 고통을 받았던 장소로 다시 돌아가느니 당장 달아나고 싶어 한다는 걸 알아차렸다. 하지만 여자는 자제하면서 말했다.

"내가 돌아온 걸 누구도 봐선 안 돼요. 가까이에 쪽문이 하나 있는데 제가 그 문 열쇠를 가지고 있다는 걸 아무도 몰라요."

"걸을 수 있겠어요?"

"네… 잠깐은 괜찮아요….'

"날이 벌써 포근해졌네. 춥진 않죠?"

"네."

오솔길은 둑 오른쪽으로 갈라져 도랑 끝을 따라 담벼락과 과수원 사이로 길게 뻗어 있었다. 라울은 팔로 젊은 여자를 부축했다. 기진맥진한 것 같았다.

쪽문에 이르자 라울이 말했다.

"공연한 질문들로 당신을 피곤하게 할 필요는 없다고 판단했습니다. 베슈가 상세히 알려줄 테고, 우리는 다시 만날 겁니다. 그런데 딱 한 가지만 물어보겠습니다. 내 집 열쇠는 베슈가 준 건가요?"

"그렇기도 하고 아니기도 해요. 베슈 형사님이 종종 당신 얘기를 했고, 형사님 방 괘종시계 아래 당신 집 열쇠가 있다는 걸 알았거든요. 며칠 전에 몰래 열쇠를 훔쳤어요."

"돌려주시겠습니까? 원래 자리에 가져다 놓으면 베슈는 전혀 눈치채지 못할 테니까요. 베슈도 그렇고, 그 누구도 이 사실을 알아서는 안 됩니다. 물론, 당신이 나를 찾아 파리에 왔었다는 것도, 내가 여기 당신을 데려온 것도, 우리가 만났다는 사실도요."

"아무도 모를 거예요."

"한 가지 더. 이제 우리 두 사람은 서로를 전혀 모르는 상태에서 뜻하지 않은 사건으로 서로 엮이게 되었습니다. 내 조언에 무조건 따르고, 또 나 몰래 독단적으로 행동하는 일은 절대 없어야 합니다. 알겠습니까?"

"네."

"그럼 여기 서명해요."

라울은 지갑에서 백지 한 장을 꺼내 볼펜으로 다음과 같이 적었다.

사건의 진실 규명과 나에게 유리하고 올바른 결정을 위해 라울 다브낙에게 전권을 위임한다.

여자가 서명했다.

"좋습니다. 이제 당신은 무사합니다."

라울은 여자의 서명을 보면서 말했다.

"카트린… 이름이 카트린이군요. 개인적으로 좋아하는 이름이라 기분 좋은데요. 그럼 쉬고 있어요, 또 봅시다."

카트린은 집으로 들어갔다.

라울은 벽 반대편에서 점점 멀어지는 여자의 둔탁한 발자국 소리를 들었다. 날이 점점 밝아왔다. 헤어지기 전, 카트린은 라울에게 베슈의 별장을 알려주었다. 라울은 큰길을 따라 돌아와 마을을 빠져나가 헛간 아래에 차를 댔다. 그곳에서 멀지 않은 곳에 과일나무를 심고 가시나무 울타리로 둘러싼 작은 마당 안에, 골조가 겉에서 보이는 낡은 노르망디식 집이 있었다. 전면에는 포석이 깔려 있었고, 마모되어 번들거리는 벤치가 있었다.

지붕을 덮는 이엉 아래로 창문 하나가 열려 있었다. 라울은 건물 벽을 타고 올라가 침대에서 자고 있는 사람이 깨지 않도록 괘종시계 밑에 열쇠를 밀어 넣고 방을 둘러본 뒤 벽장을 뒤졌다. 자신에게 드리워진 함정이 전혀 없음을 확신하고, 자신이 해결 못 할 사건은 결코 없을 거라는 가정을 세운 뒤 다시 내려왔다.

별장의 문은 잠겨 있지 않았다. 1층에 부엌 겸 거실로 쓰이는 큰 방이 있었고, 그 끝엔 알코브(침실 벽을 파서 침대를 들여놓은 곳 - 옮긴이)가 있었다.

라울은 짐을 풀고 옷가지를 꺼내 의자 위에 개어놓았다. 종이에 **깨우지 마시오**라고 적은 뒤 핀으로 꽂아두고는 화려한 파자마로 갈아입었다. 커다란 괘종시계가 5시를 알리고 있었다.

라울은 생각했다.

'3분 후면 잠이 든다. 해결하려고 애쓰지 않아도 '운명은 또 어떤 새롭고 흥미로운 모험으로 나를 데려갈까?'라는 이 질문을 제기해보는 시간으론 빠듯하지.'

그 순간, 라울에게 있어 운명은 금발에, 두려움에 사로잡힌 눈과 어린아이의 입술을 가진 바로 그 여자였다.

2
테오도르 베슈의 이야기

라울은 침대에서 벌떡 일어나 베슈의 멱살을 붙잡으며 소리쳤다.

"깨우지 말라고 했을 텐데, 감히!"

베슈가 반박했다.

"아니, 아닐세…. 누가 자는가 보다 했지, 자네인 줄은 몰랐네. 어찌 피부가 더 갈색인가? 진빨강색인데…. 마치 남부 사람 같군."

"실은 며칠 전부터 이렇게 지내고 있어. 페리고르(프랑스 남서쪽 지방 – 옮긴이)의 유서 깊은 귀족 가문 출신처럼 보이려면 오래된 벽돌색이 나야 하거든."

그제야 두 사람은 다시 만난 것을 기뻐하며 다정하게 악수를 나눴다. 그동안 둘이 얼마나 멋진 활약을 보여주었고 놀라운 모험을 했던가!

라울이 말했다.

"기억하나, 짐 바르네트로 불리던 시절 내가 차렸던 탐정 사무소? 내가 자네 증권 다발을 날치기했던 그날은? 내가 자네

전처와 밀월여행을 떠났던 것도? 참, 그녀는 잘 지내나? 자넨 여전히 이혼남이고?"

"여전히."

"그때 참 좋았는데!"

그 말에 감격한 베슈도 맞장구를 쳤다.

"참 좋았지! 비밀의 저택 사건, 기억하나?"

"기억하고말고! 바로 자네 코앞에서 다이아몬드를 슬쩍한 사건 아닌가…!"

베슈가 울먹거리는 목소리로 말했다.

"그로부터 2년도 안 지났어."

"그런데 날 어떻게 찾았나? 내가 라울 다브낙이란 건 또 어떻게 알았고?"

"그냥 우연히… 경찰서에 왔던 자네 친구 중 한 명을 빼돌려 줬는데, 그자가 알려주더군."

라울은 베슈를 와락 껴안으며 말했다.

"테오도르 베슈, 자넨 내 형제야! 이제부터 라울이라 부르게. 우린 형제니까. 이 은혜는 꼭 갚지. 아, 자네 지갑 안주머니에서 슬쩍한 3000프랑은 지금 돌려줘야겠군."

이번엔 베슈가 라울의 멱살을 잡을 차례였다. 베슈는 흥분해 외쳤다.

"이 도둑놈! 사기꾼아! 간밤에 내 방에 올라와 지갑에 손을 댔어? 구제불능이로군!"

라울은 미친 사람처럼 웃었다.

"어쩌란 말인가? 창문을 열어놓고 잔 자네가 잘못이지… 자네도 위험해질 수 있다는 걸 몸소 보여주고 싶었네. 이것도 자네 베개 밑에서 슬쩍한 거고… 진짜 놀랍지 않은가?"

베슈는 처음엔 화가 났지만 자연스럽게, 딴생각 없이 라울을 따라 웃기 시작했고, 라울의 유쾌함에 마음을 풀었다.

"뤼팽 자네! 어쩜 그렇게 한결같을 수 있나? 진지함이라곤 찾아볼 수가 없네그려. 그 나이에 창피하지도 않나?"

"날 경찰에 넘겨."

베슈가 한숨을 쉬며 말했다.

"그럴 수가 없네. 어차피 다시 탈출할 거잖나. 솔직히 그 누구도 자넬 막지 못하지… 그리고 날 너무 많이 도와줘서 그건 내가 내키지 않네."

"앞으로 더 많이 도와주겠네. 자네 전화 한 통에 달려와 이렇게 자네 침대에서 자고, 자네 아침 식사까지 먹고 있지 않나."

실제로 베슈의 집을 청소해주는 옆집 여자가 방금 커피와 빵과 버터를 가져다주었는데, 라울은 버터를 빵에 발라 먹으며 커피 잔의 커피를 비우고 있었다. 그런 다음 차가운 물 한 통으로 밖에서 면도와 세수를 하고, 활기를 되찾은 뒤 베슈의 복부에 주먹 한 방을 세게 날리며 말했다.

"자, 이제 무슨 일인지 말해보게, 테오도르. 짧지만 자세하게, 유창하지만 단호하게, 그리고 파란만장하지만 조리 있게. 하나도 빼지도 더하지도 말고…. 하지만 그 전에 자네를 좀 봐야겠어!"

라울은 양손으로 베슈의 어깨를 잡고 친구의 모습을 살폈다.

"여전하군…. 하나도 안 변했어…. 팔이 너무 길어. 인상은 좋은데 무뚝뚝해 보이고 잘난 척하고 까다로운 것 같아…. 카페 종업원 같은 우아함하며… 그래, 그런 외모야. 이제 얘기해보게. 말 끊지 않을 테니."

베슈는 잠시 생각하더니 이야기를 시작했다.

"옆집…."

라울이 말을 가로막았다.

"한마디만. 이 사건에는 어떻게 말려들게 되었나? 치안국 형사로서?"

"아니, 이웃으로서. 그러니까 내가 요양을 하러 라디카텔에 온 4월부터일세. 폐렴에 두 번이나 걸려 하마터면…."

"그건 관심 없고. 계속 이야기해보게. 더는 질문도 하지 않겠네."

"그러니까 바리바 영지에…."

라울이 외쳤다.

"이름 한번 묘하군! 코드벡(오트노르망디 지방에 있는 도시. 코드벡 엉 코를 줄여 부름 – 옮긴이) 근처, 밀물이 들어오는 언덕에 있는 작은 예배당 이름이랑 같지 않나. 그곳에선 하루에 두 번, 특히 춘분과 추분 만조 때 강어귀에 생기는 높은 파도가 센 강을 거슬러 오르지. 밀물이 거기로 들어온다, 아니 그보다는 상당한 높이에도 불구하고 밀물이 그곳까지 올라온다 해서 '바리바(barre-y-va에서 barre는 원래 강어귀에 쌓인 모랫둑을 말하지만 여기서는 밀물이란 의미로 쓰였고, y의 뜻은 부사 '거기로', va는 '가다' 동사의 3인칭 단수형 – 옮긴이)'라고 부르는데. 내 말이 맞지?"

"그래, 하지만 이곳에선 마을까지 거슬러 흐르는 센 강을 말하는 건 아니고, 자네도 눈여겨봤을 테지만, 센 강과 합쳐지는 오렐 천을 말해. 밀물 때가 되면 다소 거센 물결을 일으키며 다시 돌아온다네."

라울이 하품을 하며 말했다.

"맙소사, 자네 왜 이리 얘기를 질질 끄나!"

"그래서 어제 정오쯤 저택에서 날 찾아왔네…."

"저택?"

"바리바 영지에 있는."

"아하! 거기 그런 게 있어?"

"물론이지. 그곳에 자매가 살고 있다네."

"어느 수도회?"

"뭐?"

"자매라며. 빈자를 위한 작은 수녀회 소속인가? 아니면 성모 방문회? 말해보게."

"맙소사! 내가 무슨 말을 못 하겠네."

"그럼 자네가 하려던 이야기를 내가 대신 해줄까? 틀리면 그때그때 말해주게. 하지만 그럴 일은 절대 없을 걸세. 나의 원칙이거든. 자, 들어보게나. 바리바 영지의 성은 예전에 바슴 가문의 소유였는데, 19세기 중엽에 르아브르에 사는 선주에게 팔렸지. 선주의 아들인 미셸 몽테시외는 그곳에서 태어나 자라고 결혼까지 했다네. 하지만 아내와 딸을 차례차례로 여읜 뒤, 베르트랑드와 카트린이라는 두 손녀들과 함께 독신으로 살았는데 자네가 말한 자매가 바로 그들이야. 사랑하는 이들의 죽음으로 어찌할 줄 모르던 할아버지는 파리에 정착했고 부활절 즈음에 한 달, 그리고 사냥철에 한 달, 이렇게 매년 두 번씩은 이곳을 방문했어. 언니인 베르트랑드는 일찌감치 게르생이라는 파리의 사업가와 결혼을 했지. 미국에서 사업을 크게 한다더군. 지금까지 내 얘기가 맞나?"

"맞네."

"어린 카트린은 할아버지인 미셸 몽테시외와 나이는 아직 어리지만 충직한 하인 아르놀드와(자기들끼린 아르놀드 씨라고 불렀다는군) 셋이 살았어. 카트린은 거기서 자랐고 공부는 그럭저럭, 구속을 싫어하고 약간은 변덕스럽고 발랄한 성격에 몽상가였지. 운동과 독서에 열심이었고, 영지 안에서 노는 것을 좋아했지. 얼음장처럼 차가운 오렐 천에 뛰어들어 수영을 한 뒤 오래된 사과나무에 다리를 대고 풀밭에 누워 몸을 말리는 게 유일한 낙이었다네. 할아버지는 그런 손녀딸을 너무나 사랑했어. 그는 괴팍하고 과묵한 사람이었고, 화학이라든지 연금술 같은 신비학에만 열중했다고 해. 얘기 잘 따라오고 있는 거지?"

"물론이지!"

"그런데 지금으로부터 20개월 전인 9월 말에, 평소와 마찬가지로 노르망디 손녀 집에 머물다 파리로 돌아온 날 저녁, 이 할아버지가 자택에서 돌연사했다네. 그때, 언니 베르트랑드는 남편과 함께 보르도에 있었어. 비보를 들은 베르트랑드는 곧장 돌아왔고, 자매가 함께 살게 되었네. 할아버지는 생각보다 적은 유산을 물려주었고, 유언장은 없었지. 바리바 영지는 그때부터 버려진 거나 다름없었고, 성의 철책과 문은 열쇠로 잠근 상태로, 그 누구도 그곳을 드나들 수 없게 된 거지."

베슈가 맞장구쳤다.

"그 누구도."

"올해가 되어서야 자매가 함께 여름을 보내기로 했다네. 베르트랑드의 남편인 게르생 씨가 프랑스로 돌아왔다가 다시 나갔다가 돌아와 자매와 만나기로 했지. 자매는 아르놀드 씨와 집안일을 돌보며 요리할 여자 하인 한 명을 함께 데려갔어. 여자 하인은 오래전부터 베르트랑드의 시중을 들어왔고. 마을에 와서는 현지에 사는 소녀 두 명을 고용했고, 모두가 저택과 그동안 돌보지 않아 엉망진창인 정원을 치우기 시작했다네. 내 얘기는 이렇다네, 맞는가?"

베슈는 멍한 상태로 라울의 이야기를 들었다. 이건 자신이 이 사건에 관해 수집한 뒤, 자신의 방 안에 낡은 서류 더미가 들어 있는 벽장 속에 넣어둔 노트에 요약해놓은 정보들이란 걸 알아차렸다. 라울이 간밤에 들어왔을 때, 노트를 발견하고 읽을 짬까지 있었던 걸까?

베슈는 푸념하듯 중얼거렸다.

"맞네."

라울이 다시 말했다.

"그렇다면 자네 이야기를 끝내보게. 자네의 비밀 노트에는 어제 일에 대해서는 한마디도 안 적혀 있더군. 카트린의 실종이라든가 누군지는 모르겠지만 살인 사건 말이야. 말해보게, 친구."

베슈가 힘겹게 말을 이어갔다.

"좋아, 이야기는 이렇게 된 거네. 이 모든 사건들이 어제 불과 몇 시간 안에 다 일어났어···. 그 전에 우선 베르트랑드의 남편인 게르생 씨가 그저께 돌아왔네. 게르생 씨는 쾌활하고 매우 건강하고 건장한 사업가였지. 그날 저녁, 즐거운 분위기 속에서 파티가 열렸어. 나도 참석했지. 얼마 전부터 마음을 뒤흔들어놓은 일이 있었지만 카트린은 웃고 있었어. 나는 밤 10시 반쯤 자러 갔고, 밤새 아무 일도 없었어. 수상쩍은 소리도 나지 않았고. 그런데 다음 날이 밝고 정오가 되어서야 베르트랑드의 하녀인 샤를로트가 우리 집으로 달려와 '아가씨가 사라지셨어요. 개천에 빠진 것 같아요'라고 전했네."

라울이 베슈의 말을 가로막았다.

"말도 안 되는 가정일세. 물개처럼 수영을 잘한다고 하지 않았나?"

"난들 아나? 갑자기 문제가 생겼을지··· 내가 성으로 달려갔을 때 언니는 얼이 빠진 상태였고, 카트린의 형부와 아르놀드는 흥분한 상태였네. 나를 정원 끝으로 데려가더니 카트린이 평소에 물에 들어가기 위해 디뎠던 두 개의 바위틈에 놓인 그녀의 목욕 가운을 보여주더군."

"그건 증거가 될 수 없는데···."

"어쨌든 무언가를 증명하고는 있지 않나. 그리고 이미 자네에게 말했지만 카트린은 몇 주 전부터 어떤 생각에 잠겨 골똘해 있었고 계속 불안한 상태였는데··· 그리고 갑자기 드는 생각이···."

라울이 조용히 물었다.

"자살이라도 했다는 건가?"

"언니가 걱정하는 게 그거였지."

"그럴 만한 이유라도?"

"어쩌면. 당시 카트린은 약혼한 상태였고, 결혼이…."

라울이 놀라 소리쳤다.

"응? 뭐… 약혼? 사랑하는 사람이 있어?"

"그렇다네. 작년 겨울 파리에서 알게 된 남잔데, 그래서 자매가 같이 살기로 한 거라네. 피에르 드 바슴 백작. 홀어머니와 함께 고원 지대에 있는 바슴 성에서 살고 있지. 옛날에는 자매가 사는 저택도 바슴 가문의 소유였지. 맞다, 여기서도 보인다네."

"결혼에 문제가 있었나 보군."

"돈도 없고 귀족도 아닌 아가씨와 아들이 결혼하는 걸 백작의 어머니가 싫어했거든. 어제 아침, 피에르의 편지가 카트린 앞으로 배달되었네. 읽어봤더니 피에르가 곧 떠날 거라는 내용이었지. 자기 어머니가 6개월간 여행을 가라 해서… 절망 속에 떠나지만 자기를 잊지 말아달라고, 그리고 기다려달라더군. 한 시간 뒤인 10시에 카트린은 집을 나섰고 그 후 그녀를 본 사람은 아무도 없었다네."

"아무도 모르게 마을을 벗어났을 수도."

"그건 불가능해."

"그럼 자살이라고 보는 건가?"

베슈는 명확하게 대답했다.

"아니, 난 살인이라고 생각하네."

"맙소사! 왜 그렇게 생각하나?"

"사건을 조사하던 중에 명백하고 구체적인 증거를 확보했기 때문이네. 정원, 그러니까 담장 울타리 어딘가에 어슬렁거리면서 사람을 죽이고 다니는 강도가 살고 있었고 아직까지도 살고 있을지도 모른다는 걸세."

"자네가 봤는가?"

"아니, 하지만 그자가 다시 일을 저질렀어."

"사람을 죽였나?"

"그렇다네. 어제 통화로 말했지만 살인을 저질렀어. 바로 내 눈앞에서. 어제 오후 3시쯤 게르생 씨가 개천을 따라 걸어가다가 낡은 다리를 건너는데…."

"멈춰!"

"멈추라니, 겨우 시작인데."

"멈추라고."

"무슨 뚱딴지같은 소린가! 비극적인 사건에 대해 자네에게 이야기해주려 했더니. 확신도 있고 사실이라는 증거들도 있네. 사건의 진실 파악을 거부한다면 어찌 알 수 있겠나?"

"거부하는 게 아니라 같은 얘기를 두 번이나 듣고 싶지 않다는 거네. 안 그래도 잠시 후에 올 검사 나리들 앞에서 보고를 또 해야 할 텐데, 그때 설명을 붙여가며 할 이야기를 미리 해서 자넬 피곤하게 만들 필요는 전혀 없잖나."

"그래도…."

"아닐세, 친구. 자네 이야기를 들을 때면 지루하고 갑갑해서 죽을 지경이네. 숨 좀 돌리자고."

"그러면 어떻게 할까?"

"정원을 구경시켜주게. 단, 그러는 동안 한마디도 하지 말고. 베슈, 자넨 너무 말이 많다는 게 큰 단점이야. 자네의 오랜 벗인 뤼팽을 좀 본받게나. 그는 말할 때 항상 신중하고 사려 깊고, 수다쟁이처럼 입방아를 찧지 않잖나. 아무 말도 하지 않고 자신의 생각과 대면하고 있을 때에만 깊이 생각해볼 수 있는 걸세. 천방지축인 사람이 하는 쓸데없는 생각에 방해받지 않고 말이야. 마치 묵주를 돌리면서 쉬지 않고 기도문을 외우듯이 말일세."

베슈는 이 말이 자기를 두고 하는 말이고, 뤼팽에게 자신은 수다쟁이처럼 입방아를 찧는 천방지축인 거라고 생각했다. 그럼에도 서로에 대한 존중과 단단한 우정으로 맺어진 오랜 친구처럼 서로 팔짱을 끼고 밖으로 나온 김에 베슈는 뤼팽에게 마지막으로 딱 하나만 질문을 해도 되는지 물었다.

"물어보게."

"진지하게 답해줄 건가?"

"그래."

"좋아, 각설하고. 이 이중의 수수께끼 같은 사건에 대한 자네 생각은?"

"이중 사건이 아닐세."

"이중 사건이 맞네! 사건이 두 개네. 첫 번째는 카트린의 실종, 두 번째는 게르생 씨의 살해 사건이고."

"그럼 살해당한 사람이 게르생 씨란 말인가?"

"그렇다네."

"그렇다면 수수께끼가 맞군. 다른 하나는 뭔가?"

"카트린의 실종이라고 방금 말하지 않았나."

"카트린은 실종된 적이 없네."

"그럼 어디 있나?"

"방에서 자고 있지."

베슈는 뤼팽을 흘겨보고는 한숨을 내쉬었다.

'어린애 같은 이 녀석은 뭘 진지하게 받아들이는 법이 없단 말이야.'

그때 두 사람이 철책에 이르자, 키가 큰 갈색 머리 여자가 헌병이 지키고 있는 영지를 벗어날 수 없어서 철책 앞에서 두 사람에게 서둘러 이리 오라는 손짓을 했다.

베슈는 불안해하며 중얼거렸다.

"베르트랑드의 하녀일세. 어제 내게 달려와 카트린의 실종을 알렸던 것과 똑같군. 또 무슨 일일까?"

베슈는 달려갔고, 라울도 뒤따라갔다. 베슈가 여자를 따로 데리고 가서 물었다.

"샤를로트, 대체 무슨 일이에요? 무슨 일 있는 겁니까?"

샤를로트가 중얼거렸다.

"카트린 아가씨요. 마님께서 절 보내 알리라고 하셨어요."

"어서 말해보세요! 안 좋은 일인가요?"

"아뇨, 그 반대예요. 아가씨께서 간밤에 돌아오셨어요."

"간밤에 돌아왔다고요?"

"네, 마님이 주인님 침대 머리맡에서 기도를 하고 있었는데 아가씨가 울면서 마님 곁으로 다가오는 것을 보셨대요. 굉장히 지친 모습이었는데, 자리에 눕히고 돌봐야 할 정도였답니다."

"지금은요?"

"방에서 주무시고 계세요."

베슈가 라울을 쳐다보며 말했다.

"맙소사! 소사 소사 맙소사! 방에 있고, 자고 있다고? 맙소사!"

라울은 '내가 뭐라고 그랬지? 내가 항상 옳다는 걸 자넨 대체 언제쯤 인정하겠나?'라는 뜻의 몸짓을 했다.

베슈는 놀라움과 감탄을 표현하는 다른 말을 찾지 못한 채 이 말만 되풀이했다.

"소사 소사 맙소사!"

3
살인사건

바리바 영지는 약 5헥타르 넓이의 굉장히 긴 직사각형 모양으로, 오렐 천이 이곳을 불균등하게 가로지르며 흐르고 있었다. 오렐 천은 담장 밖에서 시작되어 정원을 가로질러 영지를 따라 길게 흘렀다.

개천 오른편은 꽤 평평한 지대였다. 맨 먼저, 다양한 색의 여러해살이식물들이 뒤죽박죽 자라고 있는 아담한 정원이, 그다음에는 저택이, 그 뒤로는 멋진 영국식 잔디밭이 펼쳐졌다. 그리고 왼편에는 버려진 사냥용 오두막이 기복이 심한 지대가 시작되는 곳에 있었는데, 사람의 발길이 점점 끊기면서 마치 고슴도치 가시처럼 뾰족한 전나무로 뒤덮인 바위 지대로 변해갔다. 영지 전체에 높은 담장이 둘러져 있었지만 주변의 언덕 가장 높은 몇몇 곳에서 담장 안을 훤히 들여다볼 수 있었다.

개천 한복판에는 작은 섬이 있었고, 나무로 된 아치형 다리로 양 기슭이 연결되어 있었는데 다리의 거의 모든 널빤지가 썩어서 다리를 건넌다는 건 매우 위험한 일이었다. 그 섬에는 탑 모양으로 된 낡은 비둘기 집이 거의 다 무너져 내리고 있었다.

라울은 바람이 어디서 불어오는지 킁킁거리는 사냥개와 같은 형사들의 방식을 전혀 취하지 않고 그저 발걸음이 이끄는 대로 풍경을 만끽하고 새로운 길도 알아가면서 산책을 즐기는 사람처럼 사방을 어슬렁거렸다.

마침내 베슈가 물었다.

"알아냈나?"

"응, 멋지고 그림 같은 영지군. 맘에 들어."

"그걸 말하는 게 아니지 않나."

"그럼 뭔가?"

"게르생 씨 살인 사건."

"자네 정말 찰거머리 같군! 그건 때가 오면 얘기하세."

"때가 왔네."

"그럼 안으로 들어가 보지."

저택은 특별한 양식 없이 지어졌다. 두 개의 날개벽이 나란히 세워진, 지붕이 낮은 집이었는데 흰색 초벽질을 했고 지붕이 굉장히 작았다.

경찰 두 명이 문과 창문 앞을 거닐고 있었다.

넓은 현관으로부터 주철 난간 계단이 보였으며 현관을 기준으로 한쪽에는 살롱 두 개와 당구 치는 곳이, 다른 쪽에는 식당이 있었다. 사건 직후 희생자를 두 살롱 중 한 곳으로 옮겨 와, 수의를 입힌 채 불이 켜진 촛불들로 둘러쌌고, 마을 아낙 둘이 불침번을 섰다. 상복을 입은 베르트랑드는 무릎을 꿇고 앉아 기도하고 있었다.

베슈는 그녀의 귀에 몇 마디를 속삭였다. 베르트랑드는 다른 살롱으로 갔고, 베슈는 그곳에서 라울을 소개했다.

"제 친구… 가장 친한 친구입니다. 전에 말한 적이 있죠? 우릴 도와줄 겁니다."

베르트랑드는 카트린과 비슷하게 생겼는데 둘 다 똑같이 매력적이었지만 동생보다 더 예뻤다. 하지만 고통으로 인해 얼굴이 상해 있었으며, 눈에는 이 살인 사건이 얼마나 끔찍한가를 짐작케 하는 비통한 무언가가 담겨 있었다.

라울은 몸을 굽혀 인사했다.

"범인이 반드시 잡혀서 벌을 받을 거라고 마음을 먹어야 부인의 고통이 덜할 것입니다."

베르트랑드가 낮은 목소리로 답했다.

"정말 그랬으면 좋겠네요. 해야 할 일이 있으면 저도 도울게요. 제 주변 사람들도요. 안 그래요, 샤를로트?"

샤를로트는 마치 신성한 약속을 하듯 팔을 내밀며 엄숙하게 말했다.

"저를 믿으셔도 돼요, 마님."

밖에서 엔진 소리가 들렸다. 철책이 열리더니 자동차 두 대가 들어왔다.

집사 아르놀드가 급히 달려 들어왔다. 그는 50대쯤 되는 마르고 피부색이 검은 사람이었다. 하인이라기보다는 경호원 같은 복장을 하고 있었다.

집사가 베슈에게 말했다.

"검사들이 도착했습니다. 의사 두 명도 함께 왔어요. 어제 왔던 릴본에 있는 의사하고 검시관이요. 마님께서 여기서 그들을 맞이하셔야 할까요?"

라울이 또렷한 목소리로 서슴없이 대답했다.

"잠깐. 두 가지 문제를 생각해볼 수 있겠네요. 먼저, 게르생 씨 살인 사건. 이 문제는 사법 당국에게 전적으로 맡겨 예상했던 대로 수사가 진행되도록 합시다. 하지만 동생에 대한 문제는 충분히 신중하게 해결하도록 하죠. 어제 경찰에 실종 신고를 하셨다고요?"

베슈가 대답했다.

"물론이지. 실종이 살인 사건의 결과처럼 보였으니까. 그래서 우리는 이 사건과 게르생 씨 살인 사건의 범인을 동일 인물로 보고 수사하는 방향으로 진행했네."

"그런데 오늘 아침 멀쩡히 돌아온 걸 보고 경찰들도 놀랐겠군."

베르트랑드가 말했다.

"아니에요, 카트린이 자기가 정원 쪽문 열쇠를 가지고 있어서 1층 창문을 통해 아무도 모르게 집 안으로 들어올 수 있었다고 이야기해줬어요."

"그럼 카트린이 돌아온 걸 아무도 모른다는 말인가요?"

아르놀드가 대답했다.

"그렇진 않습니다. 방금 전에 형사님께 우리의 우려가 틀렸다고, 아가씨께서 몸이 조금 안 좋아서 어제 외딴 방에서 잠드셨던 거라고 전했습니다. 저녁 파티 때 입으셨던 옷 그대로요."

라울이 말했다.

"잘했습니다. 적절히 이야기를 둘러댔으니 그걸 계속 유지해야 합니다. 그러니 동생분과 입을 잘 맞춰주시기 바랍니다. 낮 동안 뭘 했는지, 어디에 있었는지 경찰은 생각하지 않습니다. 한 가지 사건 즉, 살인 사건만 있는 거죠. 우리가 정해놓은 한계를 넘어선 수사는 안 됩니다. 베슈, 자네 생각도 그렇지?"

베슈가 거드름을 피우며 말했다.

"사태를 보는 시각이 나와 완전히 똑같군."

두 명의 의사가 시체를 살피는 동안, 식당에서는 검찰 측과 저택 주인 간의 첫 대면이 이루어지고 있었다. 경찰 한 명이 보고서를 읽었다. 예심판사와(베르티예 씨라고 불렸다) 검사장 대리인이 몇 가지 질문을 했다. 수사의 모든 초점은 베슈의 진술에 있었다. 검사들 사이에서도 이름이 알려진 베슈가 오늘은 형사가 아닌 사건을 직접 목격한 증인으로서 이야기하는 것이었다.

베슈는 마침 운 좋게도 자기 집에 묵고 있는 친구라면서 라울을 소개한 뒤, 준비해둔 말을 천천히 하기 시작했다. 베슈는 중간중간 보충 설명을 삽입해 말의 흐름을 깨면서까지 자기가 알고 있는 사실만을 정확히 말한다는 투로 진술했다. 베슈는 다음과 같이 말했다.

"어제 저택에서 우리(제가 '우리'라고 말씀드리는 건, 두 숙녀분이 두 달 전부터 절 가족처럼 대해주셨기 때문입니다), 그러니까 우리는 딱히 어떠한 타당한 이유 없이 이상하게 불안한 상태였음을 분명하게 말씀드리는 바입니다. 우리는 몽테시외 양에게 어떤 사고가 일어났다고 생각했습니다. 그리고 제 경험상 충분히 경계했어야만 했던 착오로 인해 저 역시 현실과는 맞지 않는 두려움에 빠져들었음을 인정합니다. 몽테시외 양은 개천에서 멱을 감은 뒤, 피곤하기도 하고 컨디션도 좋지 않아 돌아와 방에서 쉬었으니까요. 하지만 저택에 있던 그 누구도(물론 저는 그 자리에 없었습니다) 돌아온 그녀를 보지 못했고, 몽테시외 양이 가운을 두고 오기까지 했으니 그런 추측을 할 수밖에는…."

베슈는 한없이 긴 자신의 진술에 발목이 잡혀 말을 멈추었다. 그러더니 라울에게 눈짓으로 '자, 이제 카트린은 사건에서 빠진거야…'라고 말하듯 찡긋한 뒤, 당황하지 않고 다시 진술을 계속했다.

"때는 오후 3시였습니다. 저택에서 절 찾으러 와서 함께 보람 없는 조사를 하다가 좀 전에 말씀드린 것처럼 상당한 불안 속에서 우리는 점심을 먹었습니다. 하지만 그 불안 속엔 약간의 희망도 섞여 있었죠. '아무것도 찾아내지 못했으니 그저 오해였음이 저절로 밝혀지리라고 가정해볼 수 있겠죠'라고 제가 넌지시 말했습니다. 다소 평정을 되찾은 게르생 부인은 방으로 올라갔습니다. 아르놀드와 샤를로트는 부엌에서(여러분도 아시다시피 이 부엌은 저택의 오른쪽 끝에 있고, 건물의 정면을 향해 있죠) 점심을 먹고 있었습니다. 게르생 씨와 저는 사건에 대해 이런저런 이야기를 하며 사건의 규모를 실질적으로 축소시키려 애쓰고 있었습니다. 그때, 게르생 씨가 제게 말했습니다. '요컨대, 아직 섬에는 가보지 않았죠?' 저는 '거긴 뭐하러 갑니까?'라고 되물었죠. (존경하는 판사님, 게르생 씨는 그저께 프랑스로 돌아왔고, 수년간 바리바 영지 안에는 들어간 적이 없었다는 것을 주지시켜드립니다. 그래서 두 달 이상을 여기서 지낸 우리들보다 이곳 사정을 상세히 알지 못했죠) 제가 다시 '뭐하러 갑니까?'라고 물으며 다리 절반이 무너졌고, 긴급한 상황이 아니면 건널 일이 없다고 했죠. 그랬더니 게르생 씨가 '그럼 건너편 기슭으로는 어떻게 갑니까?'라고 묻더군요. 저는 '갈 일이 거의 없습니다. 그리고 카트린 양이 수영하고 나서 섬이나 건너편 기슭에 가서 산책할 이유도 없고요'라고 대답했습니다. 그가 '그건 그래요, 하지만 전 섬을 한 바퀴 돌아보겠습니다'라고 중얼거렸습니다."

베슈는 다시 말을 멈추었고, 문턱까지 걸어나가 베르티예 판사와 검사장 대리인을 1층을 따라 덮여 있는 좁은 시멘트 테라스로 데려갔다.

"판사님, 방금 전의 대화는 바로 여기서 나눈 것입니다. 저는 이 철제 의자에서 꼼짝하지 않았고, 게르생 씨는 이곳을 떠났습니다. 장소나 거리에 대해 이제 이해되시겠죠? 다리 초입에서 이 테라스까지 직선거리가 기껏해야 80미터라고 봅니다. 다시 말해(직접 확인해보면 아시겠지만) 이 테라스에서는 다리의 첫 번째 아치 위에서 벌어지는 일은 물론, 건너편 기슭에 걸쳐 있는 두 번째 아치 위에서 일어나는 일까지도 또렷하게 보인다는 거죠. 또, 작은 섬 위에서 일어나는 모든 일도 마찬가지입니다. 왜냐하면 시야를 가리는 나무 한 그루, 작은 관목 하나 없기 때문이죠. 시야를 가리는 유일한 장애물은 탑 모양의 낡은 비둘기 집뿐입니다. 하지만 끔찍한 사건이 발생한 장소 즉, 비둘기 집 앞은 완전히 허허벌판이라는 겁니다. 그러니 그 누구도 그곳에 몸을 숨길 수 없습니다. 다시 한 번 강조해 말씀드립니다. 그 누구도!"

베르티예 판사가 말했다.

"비둘기 집 내부라면 가능하죠."

베슈가 동의했다.

"네, 내부라면 가능하죠. 그건 나중에 다시 이야기하겠습니다. 어쨌든 게르생 씨는 잔디밭을 우회하는 왼쪽 길을 따라 거의 사용하지 않아서 관리 상태가 안 좋은 오솔길로 접어들었고, 다리까지 가서 첫 번째 나무판자에 발을 디뎠습니다. 경계를 하며 한 손으로는 흔들리는 다리 난간을 붙잡고 더듬더듬 앞으로 나아갔죠. 그런 식으로 좀 더 빠르게 나아가 마침내 섬에 이르렀습니다. 그제야 왜 게르생 씨가 섬에 가려 했는지가 드러났던 거죠. 그는 곧장 비둘기 집 문으로 갔습니다."

"현장으로 가봅시다."

베르티예 판사의 말에 베슈가 강하게 외쳤다.

"아니, 안 됩니다. 여기서 보셔야 합니다. 제가 사건을 본 것과 같은 장소, 같은 시각적 각도에서 연상해보셔야 합니다, 판사님."

베슈는 방금 쓴 표현에 만족하며 '같은 시각적 각도에서요'라고 다시 한 번 말했다.

"게다가 저는 이 사건의 유일한 목격자가 아니었다는 것을 말씀드려야겠습니다. 아르놀드는 점심을 다 먹고 지금 여러분이 서 있는, 부엌 앞 그 테라스에서 담배를 태우고 있었습니다. 우리 오른쪽에서 20미터 떨어진 거리에서요. 그도 역시 눈으로 게르생 씨를 좇고 있었지요. 이러면 여러분 머릿속에 상황이 정확하게 떠오르지 않습니까?"

"계속하시오, 베슈 형사."

베슈는 이야기를 계속 이어나갔다.

"섬의 지면과 마찬가지로 땅에는 가시덤불과 쐐기풀이 나 있고, 온갖 종류의 덩굴식물들이 걸음을 방해하고 있는데, 왜 게르생 씨가 비둘기 집 쪽으로 가고 있는지 의아해하며 지켜보고 있었습니다. 카트린 양이 그곳에 숨어 있을 하등의 이유도 없었으니까요. 그렇다면 호기심이었을까요? 아니면 뭔가 알아내기 위해? 게르생 씨는 비둘기 집 문에서 서너 걸음 떨어진 곳에 계속 서 있었습니다. 저 문 분명히 보이죠? 우리 맞은편에 있는 문이요. 동그란 벽이 기대고 있는 큼직한 석재 토대 위에 아치형으로 낮게 설치가 되었죠. 문은 자물쇠로 잠겨 있고 두 개의 빗장이 채워져 있습니다. 게르생 씨는 몸을 굽혀 바로 자물쇠를 풀었습니다. 잠시 후 직접 확인하면 아시겠지만 그 이유는 아주 간단합니다. 고리 또는 갈고리 모양의 못 하나가 그 못을 박아놓은 돌에서 쉽게 빠지거든요. 이제 남은 건 두 개의 빗장뿐입니다. 게르생 씨는 위의 빗장과 아래 빗장을 차례로 만지작거렸습니다. 빗장 걸쇠를 잡고 문짝을 자기 쪽으로 당겼습니다. 그리고 갑자기 사건이 발생한 거죠. 총성이 울렸습니다. 게르생 씨가 팔을 들어 막거나 뒷걸음질 칠 시간도 없이, 습격인지 아닌지 구별할 틈도 없이 갑작스레 충격 사건이 일어난 것이었습니다. 그리고 게르생 씨는 쓰러졌습니다."

베슈는 입을 다물었다. 확신에 찬 어조로 숨 가쁘게 늘어놓은 그의 진술은 그럴듯했고, 전날 느꼈던 두려운 심정을 매우 잘 드러내고 있어서 상당한 효력을 발휘하고 있었다. 게르생 부인은 울고 있었고, 검사들은 다음 설명을 목 빠지게 기다리고 있었다. 라울은 별다른 감상 없이 베슈의 진술을 듣고 있었다. 침묵 속에서 베슈가 다시 말을 이어갔다.

"판사님, 비둘기 집 내부로부터 총이 발사된 게 확실합니다! 스무 개의 증거를 댈 수 있지만 두 개만 말씀드리죠. 첫째, 이곳 말고는 몸을 숨길 만한 장소가 없다는 것이고, 총성이 들린 뒤 연기가 내부의 틈으로 새어 나와 벽을 따라 하늘로 피어올랐다는 점입니다. 물론, 이 점에 대해선 확실하다고 바로 말씀드릴 수 있습니다. 둘째, 제가 그쪽으로 달려가는 동안 아르놀드가 제 옆에서 함께 달려갔고, 샤를로트도 바싹 붙어 따라왔습니다. 저는 '살인자가 저 문 뒤에 있다. 놈이 총을 가지고 있으니 나도 당할 수 있을지도 몰라…'라고 생각했습니다. 비록 빗장 걸쇠에 가려 총을 쏜 사람을 직접 보진 못했지만 제 절대적인 확신을 흔들어놓을 만한 미심쩍은 부분은 하나도 없었습니다. 그런데 아르놀드와 제가 다리를 건너(그렇습니다, 우리 둘 다 조심성 없이 다리를 건넜던 거죠), 활짝 열린 문 앞에 이르렀을 때, 그곳에는 아무도 없었습니다. 권총을 든 사람의 모습은… 온데 간데없었습니다!"

"틀림없이 내부 어딘가에 숨었겠네요?"

베슈가 베르티예의 말에 대답했다.

"저도 그런 줄 알았습니다. 저는 아르놀드와 샤를로트에게 뒤로 가서 창문이나 빠져나갈 구멍이 있는지 살펴보라고 신중하게 지시를 내린 뒤, 쓰러진 게르생 씨 앞에 무릎을 꿇고 앉았습니다. 게르생 씨는 횡설수설하며 죽어가고 있었지요. 저는 그의 넥타이와 목 단추를 풀어 피범벅이 된 셔츠 앞섶을 열어 주었습니다. 그때, 총성을 들은 게르생 부인이 제 옆으로 왔고, 게르생 씨는 부인의 품에서 결국 눈을 감고 말았습니다."

또다시 침묵이 흘렀다. 검사들은 저희끼리 작은 목소리로 몇 마디 주고받았다. 라울은 깊은 생각에 잠겨 있었다. 베슈가 다시 입을 열었다.

"판사님, 이제 절 따라오시면 추가 정보들은 현장에서 말씀 드리겠습니다."

베르티예 판사는 베슈를 따라나섰다. 베슈는 점점 더 거드름을 피우면서 근엄하고 정중하게 길을 안내했고, 다리 끝까지 갔다. 잽싸게 확인해보니 다리는 생각했던 것보다는 더 단단했다. 실제로 베슈가 나무판자 몇 개 특히, 가로로 놓여 있는 들보를 흔들어봤지만 상태가 꽤 양호해 위험 없이 건널 수 있었다.

탑 모양의 낡은 비둘기 집은 작고 높이가 매우 낮았다. 검은 자갈과 흰 자갈이 체스보드처럼 배열되어 있었고, 새빨간 벽돌이 잘게 부서져 정렬되어 있었다. 예전에 비둘기 둥지로 쓰이던 구멍들은 시멘트로 막혀 있었다. 지붕 일부는 날아갔으며 벽 꼭대기는 풍화되어 부서져 있었다.

모두 비둘기 집 내부로 들어갔다. 슬레이트가 거의 떨어져 나간 지붕 들보들 사이로 빛이 들어오고 있었다. 바닥은 온통 진흙이었고, 새까만 물웅덩이들이 있는 가운데 부서진 파편들이 여기저기 널려 있었다.

베르티예 판사가 물었다.

"베슈 형사, 여기 와서 샅샅이 뒤져본 겁니까?"

자기가 아니면 아무도 조사를 진행하지 못했을 거라는 투로 베슈가 대답했다.

"물론입니다. 그렇고말고요, 판사님. 저는 첫눈에 살인자가 우리가 지금 보고 있는 어디에도 없다는 것을 쉽게 알아차렸습니다. 하지만 게르생 부인에게 물어보고 나서 이 안에 지하층이 있다는 것을 알게 되었습니다. 어렸을 때 할아버지와 함께 사다리를 통해 아래로 내려가곤 했다더군요. 중요한 단서가 될 만한 것에 아무도 손을 대지 못하도록 한 뒤, 저는 즉시 아르놀드에게 자전거를 타고 릴본으로 가서 의사 한 명과 경찰에게 알리라고 지시했습니다. 그리고 게르생 부인이 숨진 남편 곁에서 기도하는 동안 샤를로트는 시체를 올려놓을 담요와 덮을 침대 시트를 찾으러 갔고 저는 수사에 착수했습니다."

"혼자였습니까?"

"네, 혼자서!"

베슈는 마치 자신이 모든 경찰과 사법 당국의 권위를 대표하는 것처럼(어찌나 권위적이던지) 장엄하게 대답했다.

"조사는 오래 걸렸습니까?"

"얼마 안 걸렸습니다, 판사님. 먼저, 바닥에 있는 이 물웅덩이에서 범행에 사용된 총을 찾아냈습니다. 7연발 브라우닝식 자동 권총이었죠. 여러분도 보실 수 있습니다. 그다음, 돌무더기 밑바닥에서 뚜껑 달린 문을 찾아냈습니다. 문을 당겨 열어보니 나선형 나무 계단 두 개가 연결되어 있었습니다. 저는 게르생 부인이 기억하는 지하로 내려갔습니다. 안은 텅 비어 있었습니다. 저와 함께 내려가보시겠습니까?"

베슈는 손전등을 켜고 안내했다. 라울이 일행을 뒤따랐다.

비둘기 집에 내접하는, 아치 모양의 낮은 천장으로 된 정방형 방이었다. 가로세로 각각 5미터 정도의 크기였다. 위층의 물이 아치의 틈으로 새어 나와 발 절반 정도가 잠길 정도로 고여 있었다. 베슈의 지적처럼 전선과 모든 관련 설비가 아직 남아 있는 것으로 보아 일종의 지하실이었던 이곳은 예전에 전기를 사용해 불을 밝혔던 것 같았다. 습기 때문에 나는 퀴퀴한 냄새와 악취가 코를 찔렀다.

베르티예가 물었다.

"그럼 여기도 아무도 없었습니까?"

"아무도 없었습니다."

"숨을 만한 곳은?"

"두 번이나 왔었습니다. 두 번째는 경찰 한 명과 함께였는데 숨을 만한 곳은 없었습니다. 게다가 지하에 있는 작은 방에서 어떻게 숨을 쉴 수가 있겠습니까? 지하실의 수수께끼를 푸는 데 있어 그 점이 어려웠습니다."

"하지만 수수께끼를 풀었지요?"

"네, 그렇습니다. 비둘기 집의 아치와 토대를 지나는 통풍관이 있었지요. 그 관은 수면 위로 열리게 되어 있었습니다. 조수 간만의 차가 아주 큰 기간에도 말이죠. 밖으로 나가면 집 뒤로 가서 직접 보여드리겠습니다. 뿐만 아니라 관 절반 정도가 막혀 있습니다."

"그렇다면 결론은 뭡니까, 베슈 형사?"

"결론은 없습니다, 판사님. 결론은 없다고 정중히 말씀드리는 바입니다. 게르생 씨가 비둘기 집에 있던 누군가에 의해 살해당했다는 건 알지만 그 누군가가 누군지는 모르겠습니다. 그 자는 왜 게르생 씨를 죽였을까요? 게르생 씨를 노리고 있었던 걸까요? 그는 갑자기 습격을 당했던 걸까요? 복수, 탐욕 또는 우연에 의한 살인이었을까요? 모르겠습니다. 다시 말씀드리겠습니다. 비둘기 집에 있던 누군가가 저 문 뒤에서 권총을 쐈습니다. 판사님께서 새로운 지시를 내리실 때까지 이 사건에 관해 말씀드릴 수 있는 전부입니다. 우리의 수색과 바로 이어진 경찰의 수사 모두 이보다 더 많은 사실을 밝혀내지는 못했습니다."

베슈의 진술이 너무 단호해서 절대 풀리지 않는 수수께끼와 마주한 것 같았다. 베르티예가 그 점을 지적하며 약간은 빈정대는 투로 말했다.

"그렇다 하더라도 살인범은 어딘가에 있어야 하지 않습니까? 땅으로 푹 꺼졌거나 하늘로 솟아오르지 않고서야 당신 이야기대로 범인이 사라졌다는 것에 결코 동의할 수가 없습니다."

베슈가 날카롭게 말했다.

"그럼 찾아보시죠."

"물론 찾을 겁니다. 우리의 수사 공조가 만족할 만한 결과를 가져다줄 거라 확신합니다. 범죄 분야에서 기적이라는 것은 존재하지 않습니다. 교묘한 방법과 속임수만 있을 뿐입니다. 우리는 반드시 그것들을 찾아낼 겁니다."

베슈는 자신이 더는 필요 없는 존재가 되었으며 자신의 역할은 당분간 끝났다고 느꼈다. 베슈는 라울의 팔을 잡고 끌어내며 물었다.

"자네 생각은?"

"응? 아무 생각 없는데."

"그래도 생각이 있을 거 아닌가."

"무슨 생각?"

"살인범… 어떻게 도망쳤는지….”

"생각은 많지."

"자네를 죽 지켜봤네. 내내 다른 생각을 하는 것 같았고 지루해하는 것 같았어."

"자네 이야기가 지루했어. 어찌나 길고 군더더기가 많은지!"

베슈가 반박했다.

"내 진술은 간단명료 그 자체였네. 덧붙인 것 없이 사건에 필요한 내용은 전부 이야기했어. 해야 할 일을 전부 다 한 것처럼 말일세."

"해야 할 일을 전부 다 하지 않았네. 목표를 달성하지 못했으니까."

"자넨? 나보다 그다지 나은 것도 없지 않나?"

"훨씬 낫지."

"어떤 점에서? 아무것도 모른다고 내게 실토하지 않았나?"

"아무것도 몰라. 그런데 다 알기도 하지."

"설명해보게."

"어떤 일들이 일어났는지 알고 있지."

"뭐?"

"어떤 일들이 일어났는지 알고 있는 게 얼마나 대단한 일인지 솔직하게 시인하게나."

맥이 풀린 베슈는 동그래진 눈으로 라울을 바라보며 중얼거렸다.

"대단해… 정말 대단해… 내게 말해줄 수 있겠나?"

"아, 그건 안 되겠는걸."

"왜…?"

"말해줘도 자넨 이해 못 할 테니까."

4
습격

베슈는 라울의 말에 한마디도 저항하지 않았고, 라울의 기분
을 상하게 하려고 생각조차 하지 않았다. 이런 경우, 베슈에게
있어 라울은 그 누구도 알아내지 못하는 것들을 알아차리는 사
람이었다. 그렇다면 라울이 예심판사나 검사장 대리인보다 자
신을 좀 덜 존중했다고 해서 언짢아해야 할까?

그럼에도 불구하고 베슈는 신중하게 자신이 품어온 몇몇 의
문들에 대한 대답을 얻을 수 있지 않을까 하는 희망을 가지고
사건 정황에 대해 거들먹거리며 장광설을 늘어놓으면서 정원
을 가로질러 오는 내내 라울을 귀찮게 했다.

"어쨌든, 불가사의한 게 너무 많아! 밝혀내야 할 문제투성이
고! 그걸 자네에게 일일이 나열하지 않아도 되겠지? 자네도 나
만큼 잘 알아차렸잖나. 예를 들면, 비둘기 집에 숨어 있던 자
가 범행 후에도 거기 계속 있었다고 가정할 수는 없네. 우리가
찾아내지 못했으니까. 그리고 도망쳤다고도 생각하지 않네. 도
망치는 걸 못 봤으니까. 그렇다면 범행 동기는? 대체 왜? 게르
생 씨는 바로 그 전날 여기 왔고 그를 제거한 자는(누군가를 제

거하려고 죽이니까) 게르생 씨가 그 다리를 건너 비둘기 집 문을 열 것이라고 어찌 알 수 있겠는가? 말도 안 되는 얘길세!"

베슈는 잠시 말을 멈추고 친구의 얼굴을 살폈다. 라울은 잠 자코 있었다. 베슈는 말을 계속했다.

"알겠네… 그렇다면 자넨 이의를 제기하겠지. 이 사건은 어 쩌면 우발적으로 일어난 거고, 게르생 씨가 살인범의 은신처에 불쑥 들어갔기 때문에 일어난 거라고. 터무니없는 가설일세(베 슈는 마치 어떻게 그런 가설을 내릴 수 있느냐는 것처럼 라울을 무시 하는 어조로 다시 한 번 말했다). 그래, 터무니없지. 왜냐면 게르 생 씨가 자물쇠를 부수느라 2~3분은 족히 걸렸고, 범인이 지 하로 숨을 시간은 굉장히 많았을 테니까. 내 추리에 반박할 수 없음을 자네도 인정해야 할 걸세. 아니면 다른 가설로 반박하 던가."

라울은 전혀 반박하지 않고 침묵을 지키고 있었다.

베슈는 작전을 바꿔 다른 이야기를 꺼냈다.

"카트린의 경우도 마찬가지야. 그 문제도 완전 미스터리야. 이 아가씨는 어제 하루 종일 뭘 했을까? 어디로 사라졌던 거 지? 또, 어떻게 돌아온 거고? 몇 시에 돌아온 건가? 정말 수수 께끼야. 자넨 카트린의 과거와 그녀가 가지고 있는 작고 큰 걱 정거리들, 엉뚱한 생각들 등등 아는 게 없으니 나보다 더 수수 께끼 같겠군."

"하나도 아는 게 없지."

"나도 그래. 하지만 내가 자네에게 줄 수 있는 몇 가지 중요 한 정보들이 있네."

"당장은 관심 없네."

베슈는 화를 내며 말했다.

"이런, 젠장! 전혀 관심이 없단 말인가? 대체 무슨 생각을 하고 있는 건가?"

"자네 생각."

"내 생각?"

"그렇다네."

"어떤 관점에서?"

"평소에 내가 자넬 생각하는 관점에서."

"그렇다면 바보처럼 보겠군."

"아니, 전혀. 오히려 굉장히 논리적이고 분별 있는 사람으로 보네."

"그래서?"

"그래서 왜 자네가 라디카텔에 와 있는지 오늘 아침부터 궁금했다네."

"말하지 않았나. 늑막염 수술을 하고 요양하러 와 있는 거라고."

"건강을 돌보는 건 올바른 판단이었네만 요양은 다른 곳에서도 할 수 있지 않았나? 팡탱이나 샤랑통에서도 할 수 있었을 텐데. 왜 이 시골 마을을 택했는가? 유년 시절의 추억이 있는 곳인가?"

베슈가 난처해하며 대답했다.

"아닐세. 별장이 친구 거라… 그리고…."

"거짓말."

"나 원 참!"

"시계 좀 보여줄 수 있나?"

베슈는 호주머니에서 은으로 된 낡은 회중시계를 꺼내 라울에게 보여주었다.

"어디 보자… 이 케이스 밑에 뭐가 있는지 말해줄까?"

베슈가 점점 더 난처해하며 대답했다.

"아무것도 없는데."

"작은 종잇조각이 들어 있지. 그 안에 자네 애인 사진이 들어 있고."

"내 애인?"

"그래, 요리사."

"무슨 소릴 하는 건가?"

"자네가 요리사 샤를로트의 애인이지 않나."

"샤를로트는 요리사가 아니야. 일종의 간병인이지."

"요리도 하는 간병인. 자네의 애인."

"미쳤군."

"어쨌든 자넨 그녀를 사랑하지."

"사랑하지 않아."

"그럼 왜 이 사진을 간직하고 있나?"

"어떻게 알았나?"

"간밤에 머리맡에 있던 자네 시계를 살펴보았네."

베슈가 투덜거렸다.

"빌어먹을 사기꾼!"

베슈는 화가 났다. 라울에게 또다시 속았다는 생각에 그리고

또다시 놀림감이 되어 당했다는 생각에 화가 났다. '뭐? 요리
사의 애인?'

베슈는 또박또박 다시 말했다.

"다시 말하지만 샤를로트는 요리사가 아니라 간병인이면서
책 읽어주는 여자야. 게르생 부인의 친구라고 할 수 있지. 게르
생 부인도 그녀의 뛰어난 지적 능력과 훌륭한 성품을 높이 평
가하고 있어. 나는 파리에서 샤를로트를 만나게 된 걸 기쁘게
생각하네. 내가 회복기에 들어서자 별장에 대해서, 그리고 라
디카텔의 공기가 맑다는 것도 다 그녀가 알려주었지. 이곳에
도착하자마자 나를 몽테시외 자매에게 소개했고 그들은 즉시
날 가족처럼 환영해주었네. 그게 다일세. 샤를로트는 믿을 만
한 미덕을 지니고 있는 여자야. 사귀자고 하기엔 그녀를 너무
존경하네."

"남편이 되는 건 어떤가?"

"그럼 이야기가 달라지지."

"달라지고말고. 그토록 훌륭한 성품과 뛰어난 지적 능력을
가진 간병인이 어떻게 하인과 같은 취급을 받으며 살겠다고 한
걸까?"

"아르놀드는 하인이 아닐세. 자기 본분을 다하는, 모두에게
존경받는 집사라네."

라울이 유쾌하게 외쳤다.

"베슈, 자넨 현명하고 운이 참 좋아. 자네 부인이 될 사람은
자네에게 맛있는 음식을 만들어줄 거고, 나도 자네 집에 하숙
하게 될 걸세. 자네 애인으로서 아주 괜찮지. 외모도 괜찮고…

매력도 있고… 몸매도 예쁘고 육감적이고… 자네도 알잖나, 내가 그 방면에 전문가란 걸."

베슈는 입술을 깨물었다. 워낙 이런 종류의 농담은 좋아하지 않는 데다 라울의 거만하고 빈정대는 말투는 그를 짜증나게 할 때가 있었다.

베슈는 얼른 대화를 끊었다.

"그쯤 하지. 이제 카트린한테 갈 건데 이런 건 그 아가씨도 관심 없을 걸세."

베슈와 라울은 저택에 이르렀다. 한 시간 전에 언니가 있었던 방에 완전 창백해진 카트린이 머뭇거리며 나타났다. 베슈는 라울을 소개했고, 라울은 몸을 숙여 카트린의 손등에 키스하며 다정하게 말했다.

"안녕하세요, 카트린. 잘 지냈어요?"

베슈는 어리둥절하며 물었다.

"아! 말도 안 돼! 카트린을 안단 말이야?"

"아니. 하지만 자네가 나한테 워낙 많이 얘기해줬지 않나!"

베슈는 라울과 카트린 모두를 살피더니 생각에 잠겼다. '이건 무슨 뜻이지? 라울이 카트린을 미리 만난 적이 있었단 말이야? 그래서 전혀 끼어들지 않았던 걸까? 나를 농락하면서? 하지만 모든 상황이 굉장히 복잡해서 아예 생각할 수 없는 일이었을 텐데. 그리고 진실을 밝히기 위해선 정보들이 상당히 부족했을 텐데…'. 잔뜩 화가 난 베슈는 라울에게 등을 돌린 뒤, 분노를 참지 못하고 나가버렸다.

라울이 몸을 숙여 양해를 구했다.

"너무 친근하게 굴어서 죄송합니다, 아가씨. 하지만 솔직히 말씀드리죠. 기고만장한 베슈를 누르기 위해서 때에 따라선 다소 유치하지만 멋진 반전으로 그를 조마조마하게 만들고 있습니다. 그에게는 초자연적인 일이고, 그의 눈에는 제 행동이 무슨 마법사나 악마처럼 보이겠죠. 그렇게 노발대발하다가 기가 죽어서 가버리면서 마침내 절 가만히 내버려 둔답니다. 저도 냉정을 유지해야 이 사건을 풀 수 있거든요."

라울은 자신이 하는 행동, 그리고 앞으로 해나갈 일까지도 모두 이 아가씨가 항상 지지할 거라는 느낌을 받았다. 사실, 여자는 처음부터 남자의 매력에 빠졌고, 온화함 가득한 권위에 복종했다. 카트린은 라울에게 손을 내밀었다.

"좋으실 대로 하세요."

카트린은 너무 지쳐 있었다. 그래서 라울은 서둘러 그녀를 멀리 떨어진 곳으로 피신시킨 뒤 가능한 한 예심판사의 심문을 피하라고 당부했다.

"꼼짝 말고 방에 계십시오. 제가 사건 정황을 명확히 파악하기 전까지는 발생할 수 있는 뜻밖의 사태에 대해 모두 조심해야 합니다."

카트린이 망설이며 물었다.

"당신도 두려운 게 있나요?"

"없습니다만 저는 모호하고 보이지 않는 것에 대해 항상 맞서 싸우니까 조심해야 합니다."

그러더니 카트린과 베르트랑드에게 집을 샅샅이 볼 수 있게 해달라고 요청했다. 아르놀드가 라울을 안내하기로 했다. 라울은 지하에 내려갔다가 1층을 보고 2층으로 올라갔다. 2층의 모든 방들은 긴 복도를 향해 문이 나 있었다. 방들의 크기는 작고 천장이 낮았고, 전부 알코브와 화장실로 쓰이는 구석진 곳들이 있어서 구조가 복잡했다. 전부 18세기풍 내장재에 벽에는 장식 거울이 달려 있었고, 손으로 직접 짠 태피스트리로 장식한 의자와 안락의자들이 비치되어 있었다. 베르트랑드와 카트린의 방 가운데에는 계단이 있었다.

이 계단을 통해 위로 올라갈 수 있었는데 커다란 다락방으로 연결되었다. 이곳은 사용하지 않는 온갖 잡동사니로 가득했다. 양쪽으로 하인들의 다락방들이 죽 있었으나 지금은 비어 있었고 가구도 거의 없었다. 샤를로트의 방은 오른쪽, 카트린의 방 바로 윗방이었고 아르놀드는 왼쪽, 베르트랑드의 방 바로 윗방이었다. 1, 2층의 모든 창문들은 정원을 향하고 있었다.

라울은 조사를 마치고 밖으로 나갔다. 검찰들도 베슈와 함께 수사를 계속하고 있었다. 그들이 조사를 끝내고 되돌아오고 있어서 라울은 카트린이 오늘 아침 들어왔던 쪽문이 있는 벽 쪽으로 비스듬히 돌아갔다. 소관목 덤불과 무너진 온실 파편들이 담쟁이덩굴로 뒤덮여 정원을 어지럽히고 있었다. 라울은 쪽문 열쇠를 가지고 있었고, 아무도 모르게 영지를 빠져나갈 수 있었다.

영지 밖에는 벽을 따라 오솔길이 이어지더니 언덕의 첫 번째 비탈들로 올라가 오르막이 되었다. 바리바 영지를 벗어나 경사면을 오르고 과수원과 숲 가장자리 사이를 통과하면 첫 번째

고지대가 나왔다. 스무 채 정도의 가옥이 모여 있는 마을이었는데, 바슴 성에서는 마을 전체가 내려다보였다.

네 개의 작은 탑으로 둘러싸인 본채는 그 윤곽이 몽테시외 자매의 저택과 똑같았다. 저택은 크기만 줄여놓은 이 성의 축소판 같았다. 바로 이곳에서 아들 피에르와 카트린의 결혼을 반대해 둘을 갈라놓았던 바슴 백작부인이 살았던 것이다. 라울은 성을 한 바퀴 돌고 마을의 여인숙에서 점심을 먹으면서 농부들과 수다를 떨었다. 젊은 남녀의 슬픈 사랑 이야기는 거기 사는 사람이라면 모르는 이가 없었다. 그들은 인근 숲에서 만나 손을 꼭 쥐고 앉아 있는 모습을 들켜서 종종 사람들을 놀라게 했다. 하지만 며칠 전부터 아무도 그들의 모습을 보지 못했다.

라울은 생각했다.

'모든 게 명확해졌어. 백작부인은 아들에게서 여행을 떠나겠다는 약속을 얻어냈으니 두 사람의 만남도 중단되었을 테고. 어제 아침, 작별을 고하는 젊은이의 편지가 카트린에게 배달되었고. 얼이 빠진 카트린은 바리바 영지를 벗어나 밀회 장소로 달려갔던 거야. 하지만 피에르는 거기 없었어.'

라울은 아까 올라오면서 산책을 했던 그 작은 숲으로 다시 내려갔고, 새잎이 무성하게 돋아난 숲 속으로 들어갔다. 잡목림 사이로 길이 나 있었다. 그 길을 따라 숲 속 공터가 시작되는 곳에 이르렀다. 나무로 뒤덮인 비탈이었고, 맞은편에는 시골풍의 벤치가 있었다. 바로 두 남녀가 만났던 장소임에 틀림없었다. 라울은 벤치에 앉았다. 얼마 지나지 않아 나뭇가지들 사이 사냥감 짐승들이 다니는 길 끝, 10~15미터 거리에 무언가가 움직이고 있는 걸 보고 깜짝 놀랐다. 쌓여 있는 낙엽 더미였는데 들썩이듯 이상하게 움직였다.

라울은 그곳까지 들어가보았다. 들썩거림이 심해지고 신음 소리가 들렸다. 그곳에 이르자 잔가지들과 이끼로 땋은 것처럼 머리가 헝클어진 기괴한 모습을 한 노파의 머리가 불쑥 솟아올랐다. 동시에 누더기를 걸친 깡마른 몸이 하얀 수의처럼 뒤덮고 있던 낙엽들을 헤치며 그곳에서 나왔다.

공포에 질린 얼굴은 창백했고 넋 나간 눈을 하고 있었다. 노파는 힘없이 다시 쓰러졌고 한 대 맞아 굉장히 아픈 것처럼 머리를 감싸면서 신음했다.

라울은 노파에게 자초지종을 물었지만 노파는 기이한 통곡 소리만 낼 뿐이었다. 라울은 어찌할 바를 몰라 바슴 마을로 돌아와 여인숙 주인과 함께 현장으로 갔다. 가는 동안 여인숙 주인은 라울에게 이렇게 말해주었다.

"아마 보셸 할멈일 겁니다. 허튼소리를 늘어놓는 노파죠. 아들이 죽고 나서 미쳐버렸거든요. 아들이 나무꾼이었는데 어느 날, 자기가 벤 참나무가 옆으로 쓰러져 깔려 죽었답니다. 노파는 저택에서도 종종 일했어요. 몽테시외 씨가 살아 계실 때, 정원 길의 잡초를 뽑는 일을 하곤 했습니다."

실제로 여인숙 주인은 노파가 보셸 할멈임을 확인해주었다. 그는 라울과 함께 노파를 숲에서 조금 떨어진 초라한 오두막 즉, 노파의 집으로 데려다주고, 침대 위에 눕혔다. 노파는 더듬더듬 뭔가를 계속 내뱉었는데 라울은 마침내 그중에서 가장 많이 나온 몇 마디를 알아내는 데 성공했다.

"바두나무 셋… 내가 말하잖아, 예쁜 우리 아가씨… 바두나무 셋… 내가 말하잖아. 저 남자가… 바로 당신한테… 그자가 당신을 죽일 거야. 예쁜 우리 아가씨… 조심해….."

여인숙 주인은 비웃으며 집을 떠났다.

"현기증이 도졌나 보군. 잘 있어요, 보셸 할멈. 그만 눈 좀 붙여요."

노파는 떨리는 손으로 여전히 머리를 감싼 채 고통스러운 표정으로 조용히 흐느끼고 있었다. 몸을 굽혀 노파를 살피던 라울은 은발 사이사이 엉겨 붙은 핏자국 몇 개를 보았다. 라울은 물 항아리에 손수건을 적셔 핏자국을 닦아낸 뒤 노파가 좀 더 편안히 잠들기를 기다렸다가 숲 속 공터로 다시 가보았다. 몸을 숙여 보니 낙엽 더미 근처에서 방금 꺾은 몽둥이 모양의 커다란 나무뿌리를 쉽게 발견할 수 있었다.

라울은 속으로 중얼거렸다.

'이제 알겠다. 보셸 할멈은 누군가에게 맞아서 거기까지 끌려와 낙엽 더미 아래에 묻혔던 거야. 죽게 내버려 둔 거였어. 누가, 그리고 왜 그런 짓을 한 거지? 이번에도 범인은 역시 이 사건의 열쇠를 쥐고 있는 그자의 짓이라고 봐야 할까?'

하지만 라울은 보셸 할멈이 중얼거리던 '예쁜 우리 아가씨'라는 말에 관심이 갔다. 그 말은 카트린과 전혀 관계가 없는 걸까? 카트린이 약혼자를 찾아 그 숲을 헤매고 다닐 때 미친 할멈을 만났을 수도 있지 않았을까? '그자가 당신을 죽일 거야, 예쁜 우리 아가씨… 그자가 당신을 죽일 거야'라는 끔찍한 말을 듣고 무서워서 파리로 도망쳐 라울 다브낙을 찾아와 도움을 청했던 건 아니었을까?

그 문제에 관해서는 사실들이 충분히 명확해지는 것 같았다. 하지만 나머지 부분들, 즉 노파가 계속해서 중얼거리는 '바두나무 셋'이라는 알 수 없는 말을 푸는 데 관해서는 시간을 오래 끌고 싶지 않았다. 라울은 이 문제 역시 평소처럼 때가 되면 저절로 자연스레 해결될 수수께끼들 중 하나라고 생각했다.

라울은 해가 지고 어둑해져서야 다시 돌아왔다. 검찰과 의사들은 이미 오래전에 떠난 상태였다. 경찰 한 명이 철책 근처에서 보초를 서고 있었다.

라울이 베슈에게 말했다.

"한 명으론 부족한데."

베슈가 재빨리 대꾸했다.

"왜? 새로운 소식이라도 있나? 자네 무슨 걱정 있나?"

"그럼 자넨 걱정이 없나?"

"걱정할 게 뭐 있겠나? 이미 일어난 사건을 밝히는 거지, 앞으로 일어날 사건을 예방하는 게 아니니까."

"바보 같은 소리 좀 작작 하게."

"뭐? 맙소사!"

"아니, 범인이 카트린을 크게 위협했잖나."

"설마 알 수 없는 그녀의 행동에 다시 마음을 쓰기 시작한 건가?"

"마음대로 생각해, 형사 양반. 자네가 이해한 대로 해보게. 자네의 그 '팔라스(베슈가 머무는 별장을 비꼬는 말 - 옮긴이)'에 돌아가 저녁도 먹고 파이프 한 대 피우고 주무셔. 난 여길 떠나지 않겠네."

베슈는 어깨를 으쓱하며 외쳤다.

"우리 둘 다 여기서 자자고?"

"그래, 살롱에 있는 편안한 안락의자에서 각자. 자네가 춥다면 보온용 물통을 만들어주고 배고프다면 잼 바른 토스트를 주겠네. 자네가 코를 곤다면 내 발차기 맛을 보게 해주지. 또…"

베슈가 웃으며 말했다.

"그만! 한쪽 눈만 뜨고 자겠네."

"난 반대쪽 눈을 뜨고 자겠네. 그럼 되겠군."

두 사람은 저녁을 먹었고 담배를 피웠다. 그리고 함께했던 추억들을 회상하면서 정답게 이야기꽃을 피웠다. 그런 다음, 저택 주변을 두 바퀴 돌면서 비둘기 집까지 갔다. 돌아오는 길에 철책에 기대어 졸고 있는 경찰을 깨우기도 했다. 두 사람은 자정이 되자 잘 준비를 했다.

"자넨 어느 쪽 눈을 감을 텐가, 베슈?"

"오른쪽."

"그럼 난 왼쪽. 하지만 귀는 양쪽 다 열어놓겠네."

깊은 정적이 살롱을 감돌아 집 안으로 퍼져나갔다. 전혀 위험하지 않을 거라고 생각한 베슈는 두 번씩이나 잠이 들었고 코를 골다가 장딴지에 라울의 발차기 맛을 보기도 했다. 한 시간 전부터 라울 역시 깊이 잠드는가 싶더니 용수철 튀어 오르듯 갑자기 벌떡 일어났다. 어딘가에서 비명 소리가 들렸다.

베슈가 중얼거렸다.

"아니야. 올빼미 소리야."

갑자기 또 다른 비명 소리가 들렸다.

라울은 계단 쪽으로 달려가며 크게 외쳤다.

"2층, 카트린 방이야! 아, 빌어먹을! 건드리기만 해봐라!"

베슈가 말했다.

"내가 나가보겠네. 창문으로 뛰어내리면 붙잡겠네."

"그러는 동안 죽인다면?"

베슈는 가던 발걸음을 돌렸다. 마지막 층계에 올랐을 때 라울은 권총 한 발을 쏴 습격을 중단시키고, 하인들을 깨웠다. 주먹을 크게 날리자 방문이 흔들리면서 문짝 판자 하나가 떨어져 나갔다. 그러자 베슈가 그 속으로 팔을 넣어 빗장을 풀고 열쇠를 돌렸다. 둘은 방 안으로 들어갔다.

나이트 램프가 켜져 있어 방은 약간 환했다. 거기엔 카트린 말고는 아무도 없었다. 카트린은 침대 위에 누워 있었고, 빈사상태에서 거칠게 헐떡거리며 신음하고 있었다.

라울이 말했다.

"자네, 얼른 정원으로 내려가보게. 카트린은 내가 돌볼 테니."

그때, 베르트랑드도 달려왔다. 둘은 몸을 굽혀 카트린을 살폈고, 다행히 아주 심각한 상태가 아님을 깨달았다. 카트린은 숨을 쉬고 있었다. 여자는 계속해서 헐떡거렸고, 중얼거렸다.

"목을 졸랐어요… 시간이 부족했던 것 같아요."

"그자가 목을 졸랐나요? 젠장! 대체 어디로 들어온 거야?"

"모르겠어요… 창문을 통해서인 것 같아요…."

"창문은 잠겨 있었나요?"

"아뇨… 원래 잠그지 않아요."

"누구였나요?"

"그림자만 봐서…."

카트린은 더 이상 말을 잇지 못했다. 두려움과 고통으로 기진맥진한 여자는 그만 정신을 잃고 말았다.

5
'바두나무' 셋

베르트랑드가 동생을 돌보는 동안 라울은 창가로 향했다. 베슈가 돌출된 벽 장식 위에 서서 발코니의 철제 난간을 잡고 매달려 있는 것이 보였다.

라울이 소리쳤다.

"아니 자네, 당장 뛰어내리게. 얼간이 같으니!"

"그다음엔? 지금은 칠흑 같은 밤이라고! 내려간다고 저 밑에서 뭘 할 수 있겠나?"

"그럼 여기는 어떻고?"

"여기서 보면 뭐가 보일 수도…."

베슈는 주머니에서 손전등을 꺼내 정원 쪽을 비추었다. 라울도 똑같이 따라했다. 두 개의 손전등이 내뿜는 빛은 매우 밝았고, 정원 사이의 길과 덤불을 비추자 그 빛이 꽤나 강하게 반사되어 돌아왔다.

라울이 입을 열었다.

"저기 좀 봐, 실루엣 하나가…."

"그러게. 저 폐허가 된 온실 쪽에…."

그 실루엣은 몹시 흥분한 짐승을 연상시킬 정도로 이리저리 뛰어다니고 있었다. 분명 정체를 숨기기 위한 의도였을 것이다.

라울이 지시했다.

"놓치면 안 돼. 뒤따라가겠네."

하지만 라울이 발코니를 넘기도 전에 위층에서, 집사 아르놀드가 쏜 듯한 총소리가 들렸다. 정원 어딘가에서 비명 소리가 들렸다. 그 실루엣은 제자리에서 한 바퀴 돌더니 넘어졌다가 다시 일어나고, 또 넘어져서는 몸을 웅크린 채 움직이지 않았다.

이번에는 라울이 허공으로 몸을 던지며 승리의 함성을 질렀다.

"잡았다! 잘했어요, 아르놀드 씨! 베슈, 놓치지 말고 계속 비추고 있게. 내가 찾아갈 수 있도록."

그러나 격렬한 싸움의 여파 때문인지 흥분한 베슈는 명령을 듣지 않았다. 베슈도 라울과 함께 뛰어왔다. 손전등이 다시 켜지고 그들이(라울의 표현을 빌려 쓰자면) 야수가 쓰러져 있던 정확한 위치, 즉 온실 근처에 도착했을 때는 망가지고 짓눌린 잔디만 보일 뿐 사체는 없었다.

라울이 으르렁대며 소리쳤다.

"이런 얼간이, 멍청한 자식 같으니! 너 때문이야. 네가 빛을 비추지 않았던 몇 초를 이용해 달아난 거라고."

베슈가 불쌍한 표정으로 끙끙거렸다.

"하지만 죽었었다고!"

"자네나 나처럼 죽었던 거겠지. 모든 게 속임수라고."

"상관없어! 풀 위에 난 흔적이나 따라가 보자고."

뒤늦게 합류한 경찰관의 도움으로 그들은 허리를 굽힌 채 4~5분간 잔디를 살폈다. 몇 미터에 이르는 그 흔적은 자갈 깔린 산책로로 이어졌지만 이후의 흔적은 찾을 수가 없었다. 라울은 더 이상 고집을 부리지 않고 저택으로 돌아왔다. 아르놀드가 총을 들고 계단을 내려왔다.

집사를 깨운 것은 라울의 권총 소리였다. 게르생을 죽인 범인과 경찰관 사이에서 싸움이 일어났다고 생각한 아르놀드는 창문을 열고 몸을 구부려 내려다보았지만 카트린의 방에서 빠져나오는 한 남자의 그림자만 어렴풋이 보일 뿐이었다. 그 모습을 보고 매복을 하고 있던 아르놀드는 손전등에서 나오는 빛을 통해 도망자를 보자마자 총을 쏜 것이다.

"불이 꺼지는 바람에 아쉽게 됐습니다. 빛만 있었어도 좋았을 텐데요. 하지만 뭐, 사실 이건 별일 아닙니다. 이제 부상을 당했을 테니 덤불 어딘가에서 보기 흉한 짐승처럼 저세상으로 가겠지요. 그때 우리가 끌어내면 됩니다."

'우리가 끌어낼' 건 아무것도 없었다. 카트린이 언니인 베르트랑드와 샤를로트의 보살핌을 받으며 평온히 잠든 동안 라울과 베슈는 한시름 놓은 듯 쉬고 있었다. 하지만 아침이 밝자 그들은 지금까지의 조사에 별 진전이 없음을 인정하고는 이른 아침부터 추적에 나섰다.

마침내 베슈가 이렇게 말했다.

"빈손이군! 게르생 씨를 살해하고 카트린을 죽이려 한 그 불한당은 분명히 건물 내에 있는, 쉽게 발견되지 않는 어딘가에 숨어서 우리를 비웃고 있을 거야. 첫 번째 기회가 오면, 그리고 혹시 부상을 당했다면 그 상처가 회복되는 대로 다시 시작할 거야."

보셀 할멈이 한 말을 되새기며 라울 다브낙이 대꾸했다.

"그리고 말이야, 우리가 지난밤보다 더 영리하게 행동하지 않으면 이번에는 그놈이 카트린을 놓치지 않을 거라고. 우리가 카트린을 잘 보살펴주자고. 아무도 건드리지 못하도록."

그다음 날, 라디카텔 성당에서 열린 장례식이 끝난 뒤 베르트랑드는 남편을 매장하러 파리로 향했다. 언니가 없는 동안 카트린은 쇠약해진 몸과 열 때문에 누워 있어야만 했고, 샤를로트는 그 옆에서 밤을 보냈다. 라울과 베슈는 카트린의 양쪽 옆방을 사용했고 한 명씩 번갈아가며 보초를 섰다.

한편, 조사는 게르생의 죽음에 국한되어 진행되었다. 라울이 의도한 대로 검찰이나 경찰에서는 카트린 몽테시외가 살해 위협을 당했다는 사실을 알지 못했다. 그들은 밤중에 울린 소리가 경고음에 지나지 않으며, 총을 쏜 것도 누군가의 실루엣으로 보이는 형상 때문이었다고만 생각했기에 카트린은 조사 대상에서 제외되었다. 몸이 좋지 않은 그녀에게는 어떤 모습을 보았는지에 대해서만 물었고, 카트린은 이 사건들에 대해 전혀 모른다고 대답했다.

베슈, 그는 집념을 불태우고 있었다. 이 사건에, 적어도 조사와 관련해서는 별 관심이 없는 것처럼 보이는 라울에게 애가 탄 베슈는 파리에 있던 동료, 그것도 자신처럼 휴가 중인 동료 두 명을 불러와 그들과 함께(라울의 표현을 빌자면) 완벽한 추리의 모든 과정을 밟아가기 시작했다. 정원은 푯말이 세워진 몇 개의 구획으로 나뉘었고, 각각의 구획은 더 작은 구역으로 분리되었다. 한 명 혹은 세 명씩 같이 흙덩어리나 조약돌, 풀잎을 살폈다. 별 수확은 없었다. 동굴도, 터널도, 수상한 웅덩이도 없었다.

"쥐구멍 하나 없네. 참, 나무에 대해서는 생각해봤나, 베슈? 누가 알아? 혹시 사람을 닮은 유인원 살해범이 숨어 있을지(13권 《초록 눈동자의 아가씨 외》 중 〈암염소 가죽을 두른 사나이〉 참조 – 옮긴이)?" 재미있다는 듯 라울이 농담을 건넸다. 격분한 베슈가 항의하듯 말했다.

"이 사건에 전혀 관심이 없다는 겐가?"

"전혀는 아니지… 내가 지켜주고 있는 그 매력적인 카트린만 빼고."

"카트린의 예쁜 눈을 보라고 자네를 파리에서 여기까지 부른 게 아닐세. 강에서 낚시하라고 부른 건 더더욱 아니고. 자넨 지금 떠다니는 병뚜껑을 보면서 시간 낭비를 하고 있잖아. 저기에 수수께끼의 답이라도 담겨 있다고 생각하나?"

"당연하지. 내가 서 있는 곳의 가장 끝부분에 답이 있다고. 자, 이 작은 소용돌이 속에서 해답을 찾아보세… 저 멀리 뿌리가 물에 잠긴 저 나무의 밑부분을 보라고. 아니, 보고도 모르나!"

라울이 비웃었다. 테오도르 베슈의 얼굴이 밝아졌다.

"뭔가 알고 있는 거지? 우리가 찾는 그자가 물속에 숨기라도 한단 건가?"

"자네가 그랬잖은가. 강에 잠자리를 꾸미고, 거기서 먹고, 마시고. 그리고 거기서 자넬 우롱하고 있겠지, 테오도르."

베슈가 하늘을 향해 두 손을 뻗었다. 라울은 베슈가 부엌 근처를 배회하다 샤를로트 곁으로 슬그머니 다가가서는 자신이 세운 조사 계획을 슬쩍 말해주려는 걸 알아차렸다.

일주일이 지나고 상태가 호전된 카트린은 긴 의자에 앉아 라울을 맞이할 수 있게 되었다. 그때부터 라울은 매일 오후에 카트린을 방문했다. 라울의 재치와 밝은 성격 덕분에 카트린은 무료하지 않았다.

약간 우스우면서도 진지한 톤으로 라울이 외쳤다.

"어때요, 이제 더 이상 두렵지 않죠? 사실, 당신에게 일어난 일은 아주 자연스러운 것입니다. 당신이 당했던 일과 유사한 시도들이 발생하지 않는 날이 드물 정도지요. 흔한 일이에요. 중요한 것은 당신한테 이 일이 다시 생기지 않는 겁니다. 바로 그래서 제가 여기 있는 거고요. 우리의 적 또는 적들이 어떤 능력을 가졌는지 알고 있기 때문에 저는 모든 상황에 대처할 수 있습니다."

이 젊은 여인은 오랫동안 경계를 풀지 않았었다. 하지만 라울의 농담과 태평한 태도를 보며 안심이 되는지 미소를 보이기도 했다. 그렇다고 라울이 어떤 사실에 대해 물었을 때 대답을 해주는 것은 아니었다. 하지만 라울의 능수능란함과 인내가 발휘된 결과, 긴 시간이 지난 후에야 말을 할 수 있게 되었다. 신뢰가 필요했던 것이다. 어느 날 그녀가 마음을 좀 연 듯한 느낌이 들어 라울이 외쳤다.

"자, 이제 얘기해봐요, 카트린(이제는 자연스럽게 성을 빼고 이름만 부르는 사이가 되었다). 파리에서 나를 찾아와 도움을 요청하던 때처럼. 나는 당신이 내게 했던 말들도 다 기억하고 있어요. '제 주변에서 이해할 수 없는 일들이 벌어지고 있어요… 아마 또 다른 일들이 벌어질 거예요. 무서워요.' 사실 당신을 두렵게 했던 것이 정확하게 무엇인지 알 수는 없어도 그건 이미 일어난 일입니다. 또다시 이런 위협을 당하지 않으려면 말해요."

카트린은 여전히 망설이고 있었다. 라울이 손을 잡고 너무나 부드럽게 바라본 나머지 카트린의 얼굴이 붉어졌다. 당황한 기색을 감추기 위해 여자가 바로 말을 이었다.

"저도 같은 생각이에요. 하지만 저는 습관처럼 어린 시절의 외로움을 간직하고 살았어요. 숨어 산 것은 아니었지만 조심스럽게 행동하면서 조용히 살았어요. 굉장히 즐겁게 지냈던 적도 있었는데, 마음속으로라도, 그리고 제 자신을 위해서라도 즐겁게 지내려 했었어요. 하지만 할아버지께서 돌아가신 뒤로는 전보다 더 내성적으로 변해버렸죠. 언니를 좋아했지만 언니는 결혼한 상태였고, 여행을 하는 중이었어요. 언니가 돌아왔을 때 정말 좋았죠. 언니와 함께 이곳에서 산다는 건 큰 기쁨이었어요. 하지만 언니와의 우애는 좋았지만 우리 사이에는 함께 있을 때 서로를 편하게 느낌으로써 얻을 수 있는 완벽한 친밀감 같은 것은 없었어요. 제 잘못이죠. 그리고 제게는 온 마음을 다해 사랑한 약혼자, 피에르 드 바슴이 있었어요. 그도 저를 깊이 사랑했죠. 하지만 우리 사이에는 벽이 있었어요. 너무 충동적이거나 강렬한 감정에 대해서는 늘 의심하고 터놓고 말하지 못하는 제 성격 때문이었어요."

잠시 동안 침묵이 흘렀고 카트린은 다시 말을 이었다.

"여자들끼리 비밀을 지킨다든가 감정을 논할 때는 괜찮겠지만 사실 저의 유난히 조심성 많은 성격은 점점 일상생활에서, 특히 예외적이거나 의외의 일들이 생길 때면 터무니없는 형태로 나타났어요. 하지만 사실 그건 제가 바리바에 온 이후 일어난 일들이었죠. 저를 엄습해왔던 이상한 사건들에 대해서도 진실을 말해야 했어요. 하지만 진실을 말하기는커녕 제 상태는 악화되었고, 주변에서는 저를 변덕스럽고 정신 상태가 불안정한 사람으로 생각했어요. 왜냐하면 제가 겪는 불안과 걱정은 저 혼자 간직하고 있던 사실들 때문에 파생된 것이기 때문이죠. 저는 점점 그 고통과 공포를 이겨낼 수 없을 만큼 걱정 많고 신경질적인, 거친 성격으로 변해갔어요. 저는 주변 사람들과 함께 고통과 공포라는 그 짐을 내려놓고 싶었어요."

카트린은 오래도록 침묵을 지켰다. 그러다 갑자기 라울이 말을 꺼냈다.

"아직까지도 당신은 마음을 정하지 못했군요."

"아니에요."

"그렇다면 다른 사람에게 공개한 적 없는 그 이야기들을 내게 해주겠어요?"

"네."

"그런데 왜 얘기해주는 거죠?"

"저도 모르겠어요."

심각하게 말을 꺼낸 카트린은 다시 한 번 말을 이었다.

"저도 모르겠어요. 하지만 다른 방법은 모르겠으니, 당신의 말을 따르겠어요. 그리고 동시에 당신을 따르는 게 옳다는 생각이 드네요. 어쩌면 당신 입장에서는 내 이야기나 걱정거리들이 유치하고 바보같이 들릴지 몰라요. 하지만 이해해줄 거라고 확신해요."

그러고는 곧, 특별히 감정을 억제하지 않은 채 자연스럽게 말을 이어갔다.

"언니와 제가 바리바 영지로 온 건 지난 4월 25일 저녁이었어요. 할아버지가 돌아가시고 18개월이 넘게 방치되어 있던 싸늘한 집으로 돌아온 거죠. 그날 밤은 뭐 그럭저럭 지나갔어요. 하지만 다음 날 아침, 창문을 열고 어린 시절에 뛰놀던 정원을 다시 보니 그렇게 기쁠 수가 없었어요. 높이 자란 풀들과 잡초로 뒤덮인 오솔길, 썩은 가지들로 인해 짓눌린 잔디들, 제가 그토록 행복한 시간을 보냈던 소중한 정원이었어요. 제가 과거에 가졌던 모든 좋은 것들을 이곳에서는 살아 있는 모습으로 다시 만날 수 있었죠. 제 눈에는 변한 게 하나도 없었어요. 벽으로 둘러싸인 이 폐쇄된 공간에는 더 이상 아무도, 정말 아무도 들어오지 않았어요. 제게는 한 가지 생각밖에 없었어요. 이 추억들을 다시 찾고 잃어버렸다고 생각했던 것들을 다시 살려내야겠다는 생각이요. 옷도 입는 둥 마는 둥 하고는 예전에 신던 장화에 맨발을 끼워 넣은 채, 복받치는 감정을 추스르며 제 오랜 친구인 나무와 위대한 친구인 강, 오래된 돌들, 조각상의 잔해들과 다시 만나고 싶었어요. 우리 할아버지는 그 부서진 조각상을 바닥에 늘어놓곤 하셨죠. 저의 작은 세계가 모두 거기에 있었어요. 그 세계가 나를 기다리고 있었고, 내가 느꼈던 감동을 다시 선사해주기 위해, 내 귀환을 반기는 것 같은 느낌이 들었어요. 하지만 제 기억 속에는 특히 신성한 장소가 한 곳 있었어요. 그날 생각이 난 게 아니라 파리에 있을 때부터 줄곧 생각해왔던 장소였어요. 왜냐하면 제게는 바로 그곳이 공상에 빠진 소녀이자 외로운 아이였던 저의 모든 꿈을 상징하기 때문이었죠. 물론 다른 곳에서도 뛰놀면서 즐거운 시간을 보냈었죠. 혼란스러운 제 감정에 휘둘리기도 하면서 말이죠. 하지만 여기서는 아무것도 하지 않았어요. 그저 생각에 잠겨 있거나 이유 없이 울기도 했어요. 개미들이 여기저기 기어 다니고 파리가 날아다니는 모습을 주의 깊게 관찰하기도 했죠. 숨 쉬는 기쁨을 느끼기 위해 숨을 쉬어보기도 했어요. 물론 행복이라는 게 늘 좋을 수만은 없는 것이고, 느낌이 둔화된 황홀경이나 무념무상의 상태 역시 행복이라는 말로 표현될 수 있겠지만 저는 한쪽에 따로 떨어져 있는 이 세 그루의 버드나무 사이에서 진정한 행복을 느꼈어요. 나무 사이에 매달아 둔 해먹에 누워 균형을 잡기도 하고 나뭇가지에 눕기도 하면서요. 성지 순례자와 같은 간절한 마음으로 천천히 버드나무가 있는 곳으로 갔어요. 전 명상에 잠겨 있었고, 미열이 느껴지는 관자놀이에서는 맥박이 느껴졌어요. 낡은 다리로 이르는 길을 막고 있던 가시덤불과 쐐기풀을 헤치며 길을 만들어갔어요. 그곳에 가지 못하게 했던 것에 대한 반항심으로 저는 이 낡은 다리 위에서 춤을 추곤 했죠. 그 다리를 건너고 섬을 지나 강을 따라가다 보니 오솔길에 이르게 되었는데, 이 길에서는 강을 내려다볼 수도 있었고, 그 길을 따라가면 정원 가운데 바위가 있는 곳으로 이어져요. 제가 떠난 이후로 자란 소관목들이 바로 제가 가려고 했던 그 작은 언덕을 가리고 있었어요. 저는 이 풀이 우거진 언덕 위로 미끄러지듯 다가갔어요. 가지를 벌려 길을 만들었죠. 장애물들을 제거해가며 걸어가던 중에 깜짝 놀라 소리를 쳤어요. **'버드나무 세 그루가 없어졌어!'** 질겁해서는 주위를 둘러봤지만 없었어요. 마치 가장 중요한 손님이 약속에 나오지 않은 것처럼 크게 실망했죠. 그런데 저 바위 뒤편, 굽이치는 개천 뒤로 100미터나 떨어진 곳에 그 잃어버린 버드나무 세 그루가 서 있는 거예요… 정말 똑같은, 제가 확신하건대 바로 그 버드나무들이었어요. 저택 방향으로 부채꼴로 심어져 있던 버드나무들이요. 제가 거기서 얼마나 자주 그 나무들을 바라봤었는데."

카트린이 말을 멈추고 라울을 바라보았다. 걱정 어린 눈빛은 아니었다. 그렇다고 얼굴에 웃음기가 있는 것도 아니었고, 빈정대는 것 같아 보이지도 않았다. 오히려 자신이 발견한 사실을 너무나 중요하게 생각하는 카트린의 태도를 당연하게 받아들이는 듯했다.

"할아버지가 돌아가신 이후로 바리바 영지에 정말 아무도 들어오지 않았다고 확신합니까?"

"누군가 담을 넘었을 수는 있겠죠. 하지만 모든 열쇠는 파리에 있었고, 여기에 돌아와 보니 자물쇠도 멀쩡했어요."

"지금 내 머릿속에는 세 그루의 나무가 당신이 찾은 그 위치에 예전부터 있었던 게 아닐까 하는 의문과 함께 당신이 착각한 것이 아닌가 하는 생각이 드네요."

카트린은 부들부들 떨면서까지 강력하게 항의했다.

"그런 소리 하지 마세요! 아니에요. 그런 가정은 하지도 마세요. 전 착각한 적 없어요! 착각할 수가 없다고요!"

카트린은 라울을 밖으로 데리고 나왔다. 둘은 여자가 안내하는 길을 따라 함께 걸으며 개천의 흐름을 거슬러 올라갔다. 개천은 저택의 왼편과 직각을 이루며 곧게 흐르고 있었다. 그들은 완만한 경사의 비탈길을 따라 작은 언덕까지 이르렀다. 그 길에는 카트린이 덤불에서 깎아낸 풀들이 쌓여 있었다. 작은 언덕에는 나무들을 옮기거나 뽑아간 흔적이 보이지 않았다.

"현재 위치에서 보이는 정원의 모습과 위치를 잘 살펴보세요. 12~15미터 정도는 떨어져 있는 것 같지 않나요? 여기서 보면 전체가 다 보여요. 저택과 성당의 종까지도요. 그러고 나서 이제 비교를 해보세요."

그 오솔길은 점점 험해졌다. 바위 위로도 길이 이어졌는데 길의 중간쯤에는 전나무가 뿌리를 내리고 있었다. 화강암 위로 뾰족한 전나무 잎들이 쌓여 있었다. 바로 거기에 개천의 흐름이 갑자기 바뀌는 선회 지점이 있었고, 개천은 푹 팬 좁은 길까지 흘러갔다. 그 정면에는 일종의 봉분이 세워져 있었는데 이 봉분은 덩굴식물로 두툼히 덮여 있었다. 그곳을 뷔토로맹(로마인의 언덕이라는 뜻 – 옮긴이)이라 불렀다.

그들은 그 좁은 길이 시작되는 비탈까지 내려왔다. 카트린이 부채꼴로 서 있는 버드나무 세 그루를 손으로 가리켰다. 오른쪽부터 왼쪽까지 중간에 있는 나무와의 간격이 일정했다.

"저게 바로 그 세 그루의 나무예요. 제가 정말 틀린 걸까요? 여기는 지대가 낮아요. 그래서 잘 보이지 않죠. 시선이 기껏해야 바위 아니면 뷔토로맹에 머무르게 되는 거예요. 구름이 잠시 걷힐 때나 그 작은 언덕이 언뜻 보일 뿐이죠. 제가 여기서 물놀이를 하던 시절에는 이 나무 세 그루가 여기에 있지 않았어요. 저는 이곳을 잘 알아요. 이래도 제가 다른 장소와 착각하고 있는 거라고 확언할 수 있나요?"

"왜, 대체 왜 나한테 이런 질문을 하는 거죠? 내 느낌에는 당신이 약간 불안해하는 것 같은데요."

직접적인 답은 피한 채 라울이 물었다.

"아니요, 전혀."

격한 어조로 카트린이 대답했다.

"아니요, 맞아요. 느껴져요. 다른 사람들의 이야기는 들어봤나요? 조사는 해봤나요?"

"네. 제 마음이 동요한다는 걸 보여주고 싶지 않아서 겉으로는 그렇게 행동하지 않았지만요. 먼저 언니에게 물었죠. 하지만 언니는 저보다 더 오래전에 바리바를 떠났기 때문에 기억하지 못했어요. 하지만…."

"하지만?"

"언니 생각에는 현재 나무들의 위치가 맞는 것 같다고 했어요."

"그럼 아르놀드는요?"

"그는 다르게 말하더군요. 현재 위치가 맞는 것 같지는 않지만 그렇다고 확실히 말한 것은 아니었어요."

"그럼 다른 증언은 없는 건가요?"

머뭇거리던 카트린이 말했다.

"있었죠. 제가 어릴 적에 이 정원에서 일하던 나이 많은 부인이 증언해주었죠."

"보셸 할멈이요?"

카트린이 갑자기 흥분한 듯 소리를 질렀다.

"할멈을 아세요?"

"만난 적이 있어요. 이제야 부인이 말하던 '바두나무 셋'이 이해가 되는군요. 부인의 발음이 독특했던 거였어요."

감정이 북받치는 듯 카트린이 말했다.

"맞아요! 버드나무 세 그루를 말하는 거예요. 사실 그것 때문에 가뜩이나 마음 상태가 불안정한 그 불행한 여인이 점점 미쳐가는 거예요."

6
보셸 할멈

라울은 카트린이 극도로 흥분한 모습을 보이자 저택으로 다시 데려왔다. 앓고 난 뒤 처음으로 한 외출에서 기운을 다 빼서는 안 되기 때문이다.

지난 이틀간 라울은 자신의 영향력을 발휘해 여자를 진정시키고 사건을 덜 비극적으로 받아들이게 해주려 노력했다. 라울의 눈길 속에 카트린은 안정이 된 것 같았다. 편안한 마음을 되찾고 긴장을 푼 카트린은 선하고도 애정 어린 라울의 뜻에 순순히 따랐던 바라, 이야기를 계속해달라는 남자의 요청에 느긋한 말투로 입을 열었다.

"물론 처음에는 이 모든 게 그리 심각해 보이지 않았어요. 하지만 제가 착각한 거라고 인정할 수는 없었어요. 언니나 아르놀드 씨도 제 말에 반박하지 못하는 판에 저렇게 나무를 옮겨 심은 것에 대해서 무슨 생각을 할 수 있었겠어요? 대체 어떤 방법으로 옮겨 심은 건지, 이유는 뭔지 말이에요. 하지만, 진짜 저를 놀라게 한 사건은 어느 날, 여느 때보다 더 고민에 빠져 있던 날 일어났어요. 좋은 추억들을 되살리고 싶은 마음 반, 호기심 반으로 저택을 샅샅이 뒤지다가, 할아버지가 전에 테이블과 석유 용광로, 증류기 등을 들여놓고 작은 실험실을 차린 다락방 한구석에서 스케치와 도면들이 들어 있는 종이 상자를 발견했지 뭐예요. 그리고 그 상자 안에 흩어져 있는 종이들 사이에서 지형도 한 장을 찾아냈어요. 그때 불현듯 기억이 떠올랐어요. 그 지형도는 바로 4~5년 전에 저와 할아버지가 함께 제작한 거였어요. 할아버지와 저는 함께 거리를 재고 고도를 측정했죠. 저는 제게 맡겨진 임무가 너무나도 자랑스러워서, 직접 측량용 사슬이나 측정기 삼각대, 아니면 다른 필요한 기구들을 들고 서 있었죠. 그렇게 할아버지와 제가 공동으로 작업한 결과물이 바로 이 지형도예요. 할아버지가 손수 도면을 그리고 서명하는 것을 봤어요. 파란 강줄기와 비둘기 집의 붉은 표시를 보고 제가 얼마나 기뻐했는데요. 여기 보세요."

카트린은 탁자 위에 종이를 펼치고는 네 모서리를 핀으로 고정했다. 라울은 몸을 기울여 지형도를 살펴봤다.

파란 뱀과 같은 강줄기는 정문의 조망대 밑을 지나 곧바로 뻗어나가더니, 저택 모서리와 거의 맞닿을 듯 이어지다 섬을 향해 나팔 모양으로 벌어졌고, 그러다가 갑자기 바위들과 뷔토로맹 사이로 굽이쳤다. 잔디밭, 그리고 저택과 사냥용 별채의 윤곽도 그려져 있었으며 버팀벽이 덧대진 담장이 영지의 경계를 표시하고 있었다. 비둘기 집은 붉은 점으로 나타나 있었고, 몇몇 나무들은 십자가 표시와 함께 이름이 적혀 있었다. **참나무, 붉은 너도밤나무, 느릅나무…**.

카트린의 손끝은 정원의 왼쪽 맨 끝인 파란 강줄기 근처를 가리켰다. 거기에는 세 개의 십자가가 표시되어 있었는데, 그 위엔 그녀가 직접 잉크로 **버드나무 셋**이라 적어놓았다.

카트린은 나지막이 중얼거렸다.

"버드나무 셋. 그래요, 여기. 바위들과 뷔토로맹을 지나서…, 다시 말해 지금 이 나무들이 심겨 있는 곳에…."

다시금 초조해진 여자는 계속해서 떨리고 기어들어 가는 억양으로 말을 이었다.

"그러면 내가 미쳤다는 건가요? 언덕 위에서 항상 봐왔고, 분명 2년 전에도 확인했던 나무들인데 그게 원래부터 없었다는 거예요? 저와 할아버지가 직접 만든 지형도가 5년도 더 되어서? 제가 착각에 빠지기라도 했다는 건가요? 저는 명확한 사실들에 대항해 싸웠어요. 제가 알지 못하는 이유로 나무를 옮겨 심은 거라고 믿는 편이 나았을 거예요. 하지만 지형도는 제가 눈으로 보고 기억하는 것과 딴판이었고, 저는 제가 틀린 거라 강요당하며 불안으로 쇠약해져만 갔죠. 인생의 모든 게 환각인 것 같았고, 제 과거는 착시와 거짓으로 얼룩진 악몽인 것처럼 느껴졌어요."

라울은 점점 흥미진진해진다는 듯이 이야기를 들었다. 문제를 해결하리라는 확신을 주는 몇 가닥의 빛에도 불구하고, 카트린이 벗어나려 발버둥치고 있는 어둠 속에는 아직 혼란과 모순밖에 보이지 않는 것 같았다.

남자가 입을 열었다.

"이 모든 걸 베르트랑드에게도 얘기했나요?"

"언니에게도, 그 누구에게도 안 했어요."

"베슈에게도 말이죠?"

"전혀요. 솔직히 그분이 왜 라디카텔에 계시는지 잘 모르겠어요. 그분이 당신과 함께한 무용담들을 들려줄 때 빼고는 따로 이야기를 해본 적도 없어요. 더구나 제가 점점 더 어둡고 예민해지면서 다들 저의 비사교적이고 불안정한 모습에 놀라더라고요."

"그래도 약혼을 한 상태였죠?"

카트린은 얼굴을 붉혔다.

"네, 그랬죠. 약혼과 관련된 문제 때문에 제 불안정함이 더 심해졌죠. 바슴 백작부인이 제가 아드님과 결혼하는 것을 원치 않으셨거든요."

"그를 사랑하십니까?"

카트린이 작은 목소리로 대답했다.

"네, 그런 것 같아요. 그렇지만 그에게도 얘기하지 않았어요. 정말 아무에게도 얘기하지 않았다고요. 저는 그저 혼자 힘으로 저를 짓누르는 이 무거운 분위기를 바꿔보려 애썼죠. 그러다가 우리 저택의 정원을 청소하곤 하던 보셸 할멈에게 물어볼 생각을 한 거예요. 할멈이 정원 위쪽에 있는 모리요 숲에 살고 있다는 걸 알고 있었거든요."

"당신이 자주 가던 그 작은 숲을 말하는 거군요?"

카트린은 다시 한 번 얼굴을 붉혔다.

"네, 맞아요. 피에르가 바리바에 오고 싶어도 올 수 없었기 때문에 모리요 숲에서 약속을 잡곤 했던 거죠. 그러다 어느 날, 그이를 만나고 돌아가는 길에 보셸 할멈이 사는 곳을 알게 된 거예요. 당시 할멈의 아들은 탕카르빌 숲에서 나무꾼으로 일하며 살고 있었어요. 아직 할멈이 미치기 전이었죠. 그렇다고 정정했던 건 아니에요. 어쨌든 할멈을 만났을 때, 먼저 말을 꺼낼 필요도, 제 이름을 다시 알려줄 필요도 없었죠. 절 보자마자 다짜고짜 이렇게 속삭이는 거예요. '카트린 아가씨…. 저택에 사는 우리 아가씨….' 그러고는 오랫동안 입을 다물고 있었어요. 뭔가를 골똘히 생각하려 애쓰다가 콩깍지를 손질하던 의자에서 일어나서는 저를 향해 몸을 기울이고 낮은 목소리로 말했어요. '바두나무 셋… 바두나무 셋… 조심해야 돼, 우리 예쁜 아가씨….' 저는 혼란스러웠어요. 저에게 있어 수수께끼만 같았던 그 버드나무 세 그루에 대해 이야기하니 말이에요. 평소에 정신이 가물가물하던 할멈은 '조심해야 돼'라고 말할 때만큼은 아주 또렷했어요. 대체 이 말들이 뭘 의미했던 걸까요? 세 그루의 버드나무와 저에게 닥칠 위험을 어떻게 연결 지은 걸까요? 저는 할멈에게 꼬치꼬치 캐물었고, 할멈은 그것에 대해 대답해줄 의향이 있는 듯 말하려 애를 썼죠. 하지만 할멈 입에서 나오는 말들은 다 어눌하고 불분명했어요. 알아들은 거라곤 기껏해야 할멈의 아들인 '도미니크'라는 이름뿐이었죠. 저는 재빨리 대답했어요. '네, 도미니크… 아드님 도미니크요. 도미니크가 버드나무 세 그루에 대해 아는 게 있다는 말씀인가요? 도미니크를 만나라고요…? 그게 하고 싶으신 말씀인 거예요…? 그럼 내일 당장 도미니크를 만나러 올게요…. 내일 도미니크가 일을 마치고 돌아올 시간에, 저녁에 다시 여기로 찾아올게요…. 도미니크에게 전해주셔야 해요, 아셨죠? 내일 저를 기다려달라고요…. 내일, 내일 저녁 7시에, 오늘처럼 여기로 올게요. 내일요….' 저는 할멈이 알아들을 수 있도록 몇 번이고 힘을 주어 말했고, 조금이나마 희망을 품은 채로 그곳을 떠났어요. 그때 거의 밤이 다 되어 있었는데, 할멈의 오두막집 뒤 어둠 속에 한 남자의 윤곽이 보이는 것 같았다는 얘기를 드려야겠어요. 그 막연한 느낌을 확인해보지 않고 그냥 무시해버린 게 얼마나 후회되는지 몰라요. 제가 얼마나 굳세지 못한지, 이유도 없이 잘 겁에 질리곤 했는지 아시죠? 그 상황에서도 무서운 나머지 그길로 급히 오솔길을 내려와버렸지 뭐예요. 이튿날 저는 일찍 출발하기 위해 약속한 시간보다 훨씬 전인 한낮에 오솔길에 올랐어요. 도미니크는 아직 일에서 돌아오기 전이었죠. 저는 말 한마디 없이 걱정스러운 표정을 하고 있는 할멈 옆에서 한참을 기다렸는데 갑자기 어떤 사내 하나가 들어왔어요. 곧 동료 두 명이 작업 중이던 참나무 아래서 다친 채 발견된 도미니크를 들쳐 업고 올 거라고 말하더군요. 그 사내가 얼마나 혼비백산하던지, 무언가 나쁜 일이 벌어졌다는 걸 금세 알 수 있었어요. 아니나 다를까, 보셸 할멈의 오두막 앞에 도착한 건 도미니크의 시신이었어요. 불쌍한 할멈은 그걸 보고는 완전히 미쳐버렸죠."

카트린은 마치 그 상황에 다시 처하기라도 한 듯 점점 혼란스러워했다. 어떤 방법으로도 그녀를 달랠 수 없을 거라고 느낀 라울은 이야기를 빨리 끝내게 했다.

"네, 네. 그게 낫겠어요. 그 죽음이 제게 얼마나 수상쩍었는지 아시죠? 도미니크 보셸은 분명 제게 수수께끼의 해답을 제시

하려는 순간 죽은 거예요. 그가 살해당한 거라고 생각하는 게, 저에게 실마리를 주려던 도미니크를 막고자 한 누군가에 의해 살해당한 거라고 생각하는 게 무리인가요? 물증은 없어요. 하지만 릴본의 의사는 도미니크가 쓰러진 나무에 깔려 사고사한 거라고 말하면서도 몇몇 당혹스럽고도 비정상적인 점을 발견하고는 제 앞에서 놀란 모습을 감추지 못하더군요. 머리에서 발견된 부상 같은 것 말이에요. 의사는 그럼에도 불구하고 그점에 별로 주목하지 않고 사망진단서에 서명을 해버렸어요. 하지만 저는 사고 장소에 갔다가 그리 멀지 않은 곳에서 몽둥이 하나를 발견했어요."

라울이 카트린의 말에 끼어들었다.

"범인이 누구라고 생각하죠? 그야 물론 당신이 보셸 할멈의 오두막집 뒤에서 본 그림자의 주인, 즉 이튿날 당신이 버드나무 세 그루의 비밀을 알게 되리라 생각했던 그 사내겠지요?"

"제가 추측하는 바로는 그래요. 불쌍한 할멈은 자기도 모르게 제가 그런 추측을 하고 있다는 걸 눈치채고는 더욱 부추겼죠. 매번 약혼자를 만나러 갈 때마다 길에서 할멈을 마주치리라 짐작했죠. 할멈이 저를 일부러 찾은 게 아닌데도, 끈질긴 우연은 할멈을 제가 가는 길목마다 세워두었죠. 그럴 때마다 할멈은 제 앞에 멈춰 서서는 가물가물한 기억을 더듬어서는 고개를 흔들며 또박또박 끊어 말했어요. '바두나무 셋… 조심해, 우리 예쁜 아가씨. 바두나무 셋….' 그 일이 있은 후로 저는 깊은 비탄 속에 살았어요. 때로는 제 자신이 미쳤다고 믿으며, 때로는 저와 바리바 영지에 사는 사람들에게 끔찍한 위협이 도사리고 있다고 확신하며 말이에요. 그 말을 입 밖에 내지는 않고 있었어요. 그렇다 해도 사람들이 제가 느끼는 공포와 신경증이라고들 부르는 증상을 어찌 몰랐겠어요. 가엾은 언니는 제 병적인 상태를 이해하지 못한 채로 점점 걱정이 늘어간 나머지 라디카텔을 떠나자고 빌었죠. 언니는 실제로 몇 번이고 떠날 채비를 하곤 했었어요. 하지만 저는 원치 않았어요. 약혼한 상태였으니까요. 제 암울한 기분 탓에 피에르와의 관계가 조금 변했지만 그에 대한 사랑이 식은 건 아니었어요. 고백하건대, 저는 단지 저를 이끌어주고 조언해줄 사람이 필요했던 거예요. 혼자 싸우기엔 제가 너무 물러 터졌거든요. 피에르? 베슈? 언니? 당신에게도 말했지만 유치한 이유로 그들에게 제 속을 털어놓을 수 없었어요. 바로 그러던 차에 당신 생각을 하게 된 거예요. 베슈 씨가 당신 아파트 열쇠를 괘종시계 밑에 숨겨두었다는 걸 알고 있었죠. 어느 날 그분이 없는 틈을 타서 열쇠를 슬쩍 챙긴 거고."

라울이 소리쳤다.

"그렇다면 바로 날 찾아왔어야죠! 아니면 편지를 보내든가!"

"형부가 도착하는 바람에 그 계획이 미뤄진 거예요. 저는 형부와 언제나 사이가 좋았죠. 정말이지 형부는 자상하고 친절하고, 제게 많은 애정을 보여준 사람이에요. 제 비밀을 털어놓을 수 있겠다 싶었을 정도로요. 하지만 불행히도, 무슨 일이 생겼는지 아시잖아요. 이틀 후 저는 피에르로부터 백작부인의 가차 없는 결단과 이곳을 떠난다는 내용의 편지를 받고는 그이를 마지막으로 보기 위해 정원 밖으로 나갔어요. 평소 우리가 만나던 약속 장소에서 그이를 기다렸죠. 하지만 끝내 피에르는 오지 않았어요. 바로 그날 저녁이 제가 당신 아파트에 몰래 숨어들었던 날이에요."

라울이 물었다.

"하지만 나를 보러 온 더 특별한 이유가 있었던 것 같은데요?"

"네. 숲에서 피에르를 기다리고 있는데 보셀 할멈이 다가왔어요. 평소보다 상태가 더욱 나빠 보이던 할멈은 제게 더욱 직접적이고 공격적으로 말을 퍼부어댔어요. 할멈은 제 팔을 잡고 흔들면서 전에 없이 거칠게 이야기했죠. 마치 아들의 죽음에 대한 복수라도 하는 것 같았어요. '바두나무 셋, 우리 예쁜 아가씨… 그 남자, 아가씨가 위험해… 아가씨를 죽일 거야…. 조심해, 그 남자… 아가씨를 죽일 거야….' 말을 마친 할멈은 히죽거리며 달아났어요. 저는 거의 정신을 잃을 뻔했죠. 밭을 헤매다 오후 5시쯤 릴본에 도착했고 출발하는 기차 위에 그대로 올라탔죠."

"당신이 기차 안에 있었을 때 게르생 씨가 살해된 겁니다. 모르고 계셨던 거죠?"

"저는 저녁이 돼서야 당신 집에서 그 사실을 알았어요. 베슈씨와의 전화 통화에서요. 제가 얼마나 기절초풍했는지 기억하시잖아요."

라울은 생각에 잠겼다가 입을 열었다.

"마지막 질문입니다, 카트린. 당신이 한밤에 방에서 습격을 당했을 때의 범인과 보셀 할멈의 오두막집 뒤에서 본 그림자의 남자와 동일 인물이라 할 만한 증거는 없습니까?"

"전혀요. 창문을 연 채로 자고 있었고, 어떤 기척도 듣지 못했었어요. 그러다 갑자기 누군가 목을 조르는 것을 느꼈고, 몸부림치며 소리 질렀죠. 그러자 그 사람은 그림자를 볼 새도 없이 어둠 속으로 달아나버렸어요. 하지만 어떻게 두 사람이 다른 인물이라 할 수 있겠어요? 도미니크 보셸과 형부를 죽인 사람, 그리고 보셸 할멈의 예언처럼 저를 죽이려 한 사람이 서로 다르다고요?"

카트린의 목소리가 날카로워졌다. 라울은 그런 여자를 부드러운 눈길로 바라봤다.

카트린이 놀라서 물었다.

"지금 미소 지으시는 건가요? 왜죠?"

"당신에게 신뢰를 주기 위해서요. 보세요, 마음이 좀 더 차분해지지 않나요? 내가 웃는 것만으로 당신 표정이 풀어지고 이 모든 이야기가 덜 끔찍하게 느껴지잖아요."

"아주 끔찍하거든요!"

여자가 단호하게 대꾸했다.

"당신이 생각하는 것만큼 그리 끔찍하진 않아요."

"살인 사건이 두 건이나 벌어졌다고요···."

"도미니크 보셸이 살해당한 거라 확신하는 건가요?"

"그렇다면 그 몽둥이는 뭔데요···? 머리에 입은 부상은 또 뭐죠···."

"그리고 또 뭐가 있나요? 당신의 걱정이 더 커질 걸 무릅쓰고라도 한 가지 더 말해야겠어요. 내가 이곳에 도착하고 이틀

후, 보셸 할멈도 같은 습격을 받았습니다. 할멈 역시 몽둥이에 의해 머리에 부상을 입은 채 낙엽 속에 파묻혀 있는 걸 발견했거든요. 그럼에도 불구하고 나는 범죄가 있었다고 확신할 수가 없습니다."

"그럼 형부가 당한 일은 뭔데요? 그 일은 절대 부정할 수 없을 거예요…."

카트린이 소리쳤다.

"나는 어떤 부정도, 확언도 하지 않습니다. 다만 의심하는 거죠. 어찌 되었건, 카트린. 내가 알고 있는 건 당신 말이 다 옳다는 것, 당신 기억이 틀리지 않았다는 것, 세 그루의 버드나무는 몇 년 전 당신이 그 가지에 매달린 그네를 타곤 하던 장소에 있어야 한다는 것입니다. 내가 이것을 안다는 것으로 당신이 행복해한다면 좋겠군요. 모든 문제는 세 그루의 버드나무가 옮겨 심어진 것 때문에 벌어진 거예요. 이것만 해결되면 나머지는 다 저절로 밝혀질 겁니다. 내 친구 카트린, 일단은…."

"일단은요?"

"웃어요."

카트린이 미소를 지었다.

미소를 지은 여자는 더없이 사랑스러웠다. 라울은 그런 카트린을 보며 마음이 벅차 이렇게 말하지 않을 수 없었다.

"세상에, 이렇게 예쁠 수가…! 이렇게 아름다울 수가! 카트린, 당신은 정말 모릅니다. 당신을 위해 일할 수 있는 게 내게 얼마나 큰 기쁨인지, 당신의 눈길 하나가 내게 얼마나 큰 보상인지 말이에요…."

라울은 말을 끝맺지 못했다. 너무나 적극적으로 표현하는 것이 카트린에게 실례가 되지 않을까 해서였다.

사법 당국이 벌이는 조사는 진전이 거의 없었다. 며칠간의 조사와 심문 후 판사는 다시 돌아오지 않았을뿐더러 임의로 경찰과 베슈에게 조사를 맡겨버렸다. 3주 후 두 동료를 끝내 되돌려보낸 베슈는 실망을 숨기지 않은 채 라울에게 투덜거렸다.

"자넨 어디에 쓸모가 있나? 대체 뭐하고 있나?"

라울이 대답했다.

"담배 피우고 있지 않은가."

"자네 목적이 뭔가?"

"자네 목적과 같지."

"계획은?"

"자네 계획과 다르지. 자네는 구역을 나누고 세분화해서 허튼짓으로 힘든 길을 걷지만, 나는 다른 이들과 달리 추리와 직관을 하는 보다 수월한 길을 택했지."

"멀뚱히 있는 동안 사냥감은 달아난다네."

"골똘히 생각하는 동안 나는 사건의 중심에서 일을 척척 진전시키고 있었네, 베슈."

"뭐야?"

"자네, 에드거 앨런 포의 소설 〈**황금 벌레**〉 기억하나?"

"그러하네만."

"그 소설 속 모험의 주인공은 나무에 올라가 사람의 두개골 하나를 찾아내지. 그는 그 두개골의 오른쪽 눈구멍으로 풍뎅이

한 마리를 실에 꿰어 밑으로 내리지 않나."

"쓸데없는 소리군. 그 내용이야 알지. 그래서 어쩌라는 건가?"

"세 버드나무까지 따라오게."

세 버드나무에 다다르자 라울은 가운데 있는 나무에 기어올라 기둥에 자리를 잡았다.

"테오도르!"

"왜!"

"강 위, 숲 사이로 난 길을 눈으로 쫓아서 봐봐. 바위들의 반대쪽 경사면에 작은 언덕이 있어…. 여기서 약 백 발짝 거리에…."

"그래, 보여."

"그리로 가."

라울의 명령 같은 지시에 군말 없이 베슈는 바위들을 지나 언덕을 다시 내려갔다. 그곳에 다다르니 저 멀리 라울이 보였다. 그는 나무의 가장 큰 가지 중 하나 위에 바짝 달라붙어서는 다른 쪽들을 살펴보고 있었다.

라울이 베슈를 향해 소리쳤다.

"거기 서서 할 수 있는 한 몸을 크게 뻗어봐!"

그 말에 베슈가 동상처럼 몸을 뻗었다.

라울이 계속해서 지시했다.

"팔을 들어! 팔을 들고 별을 가리키듯이 하늘을 향해 검지를 세워봐! 그래! 움직이지 마! 실험이 아주 흥미롭군, 내가 추측한 것에 딱 맞아떨어져!"

라울은 나무에서 뛰어내려서는 담배에 불을 붙이고 한가로
이 산책을 즐기는 사람의 걸음걸이로 베슈에게 걸어갔다. 베슈
는 여전히 보이지 않는 별을 가리킨 채 미동도 없이 서 있었다.

"지금 뭐하나? 포즈 한번 멋지군!"

라울이 놀란 표정으로 물었다.

"뭐야. 자네 지시에 따르고 있지 않나."

베슈가 투덜거렸다.

"내 지시라고?"

"그래, 황금 벌레 실험 말이야…."

"멍청하긴."

라울은 베슈에게 다가가 귓전에 대고 말했다.

"자네에게 시선을 빼앗기고 있군."

"누구 말하는 건가?"

"요리사 말이야. 저기 봐. 자기 방에 있잖아. 세상에! 마치 자
네가 신전 위의 아폴론이라도 되는 듯 넋이 나가 있네! 자네 몸
의 쭉 뻗은 선에… 굴곡을 보며…."

베슈의 표정이 화를 감추지 못하자 라울은 웃음을 터뜨리며
도망갔다. 그러다가 조금 거리를 둔 곳에 다시 돌아와서는 즐
거운 듯 말했다.

"걱정 말게… 걱정 마…. 황금 벌레 실험은 성공했으니…. 내
가 실마리를 잡게 됐으니…."

베슈를 고생시켜 치른 실험은 정말로 라울에게 실마리를 가
져다주었을까? 아니면 다른 방법으로 진실을 밝히려 하는 걸
까? 어찌 되었건 라울은 카트린과 함께 자주 보셸 할멈의 집을

찾았다. 인내심을 갖고 부드러운 태도로 일관한 끝에, 라울은 가엾은 노망난 노파를 놀라게 하지 않고 길들이는 데 성공했다. 그는 갈 때마다 간식거리와 돈 몇 푼을 챙겨줬고, 노파는 그 것을 잽싸게 채가곤 했다. 라울은 할멈에게 지칠 줄 모르고 끈 질기게 항상 같은 질문을 던졌다.

"버드나무 셋 아시죠? 그걸 누가 옮겨 심었습니까…? 누가 옮겨 심었죠? 아드님이 그것에 대해 알고 있죠? 아드님이 그 일을 거들진 않았나요? 대답해주세요."

기억 속에 섬광이 스친 듯 노파의 두 눈이 이따금씩 번쩍였다. 노파는 자신이 알고 있는 것에 대해 말하고 싶어 했다. 모든 의문을 환히 밝히기엔 몇 마디 말로도 충분했다. 그 몇 마디 말 이 할멈의 머릿속에 생각나는 대로 입 밖에 나오리라 생각되니 라울과 카트린은 긴장되고 초조했다.

어느 날, 라울이 말했다.

"내일이면 입을 열게 될 거예요. 내일이면 입을 열게 될 거라 고요."

그 이튿날, 두 사람이 오두막집에 도착했을 때, 사다리 밑에 뻗어 있는 노파를 발견했다. 소관목의 가지를 치려던 모양이었다. 사다리의 받침대 하나가 어긋나 있었고, 가엾은 노파는 이 제 주검이 되어 누워 있었다.

7
공증 사무소의 서기

보셸 할멈의 죽음은 그 지방이나 검찰에서 아무런 의혹도 불러일으키지 못했다. 노파 역시 아들처럼 사고로 죽었다. 머리가 온전치 못함에도 불구하고 시골 아낙네면 다 하는 허드렛일을 손에서 놓지 못하다가 그렇게 된 것이었다. 이들 두 사람의 죽음은 뭇사람들의 동정을 샀지만 땅에 묻히자 이내 잊혀졌다.

라울 다브낙은 두 버팀대 사이의 간격을 유지해주는 철제 가로대의 고정 장치가 빠져 있었으며, 한쪽 버팀대가 좀 더 짧은데, 누군가 최근에 밑동을 톱으로 켠 흔적이 있었다고 진술했다. 이런 상황에서 파국은 불가피했다.

카트린은 더는 속지 않았으며, 불안에 휩싸인 채 말했다.

"아시겠지만, 적은 끈질기게 물고 늘어지고 있어요. 살인 사건이 또 한 번 일어났잖아요."

"제 생각은 좀 다릅니다. 살인이 성립하려면 살해 의도라는 게 있어야 합니다."

"의도는 명백해요."

라울은 좀 전에 했던 말을 되풀이했다.

"제 생각은 좀 다릅니다."

그는 카트린을 옥죄고, 무슨 영문인지는 몰라도 작은 성에 사는 이들까지 옥죄어드는 숱한 위협 앞에서 여자가 얼마나 공포와 혼란을 느끼는지 알면서도 이번에는 카트린의 마음을 달래주려 그다지 애쓰지 않았다.

영문 모를 사건이 연달아 두 번이나 일어났다. 다리가 무너져 그 위를 지나가던 아르놀드가 강에 빠졌다. 다행히 코감기에 걸린 것 말고 별다른 일은 없었다. 그런가 하면, 다음 날에는 샤를로트가 땔감 창고로 쓰이던 낡은 창고를 나서려던 순간, 건물이 무너져버렸다. 그 아래 깔리지 않은 것만도 기적이었다.

카트린은 두 차례나 정신을 잃는 위기 속에서도 언니와 베슈 앞에서 자신이 알고 있는 바를 전부 말했다. 이야기를 하는 동안 식당 문은 부엌 쪽으로 열려 있어, 아르놀드와 샤를로트의 귀에도 그 소리가 들렸다.

카트린은 모든 이야기를 털어놓았다. 누군가가 버드나무 세 그루를 옮겨 심은 일이라든가 보셸 할멈의 예언들, 할멈과 아들의 죽음 그리고 이 두 살인 사건을 의심의 여지 없이 사실이되게끔 하는 명백한 증거들을 말이다.

다만 카트린은 라울에게 받고 있는 영향력에 대한 예기치 못한 약간의 거부감으로, 파리에 다녀온 일이라든지 라울과의 첫 만남에 대해서는 입도 뻥긋하지 않았다. 그 대신 라울과 함께 진행했던 조사라든가 둘 사이에 있었던 대화, 그리고 라울이 개인적으로 보셸 할멈과 아들에 대해 결정적인 수사를 진행한 일에 대해서는 숨김이 없었다. 이야기를 마친 카트린은 결국 눈물을 흘렸다. 라울을 배신한 것이 미안했던 여자는 신열을 앓아 이틀을 자리에 꼼짝없이 누워 지내야 했다.

동생 곁에서 베르트랑드 게르생 역시 카트린이 느끼는 두려움에 사로잡혀 있었다. 상황이 이렇다 보니 베르트랑드의 눈에 뵈는 것이라고는 위험과 공격밖에 없었다. 아르놀드와 샤를로트 역시 같은 정서를 공유하고 있었다. 베르트랑드뿐만 아니라 그들이 보기에도 적은 벽을 사이에 두고 영지 주변을 돌아다니다가, 그들이 모르는 통로로 잠입하고는 다시 빠져나가는 존재였다. 적은 제 마음대로 왔다 갔다 하고, 나타났다가 이내 사라지면서 자신이 택한 시점에 공격을 가했다. 그러면서도 여전히 눈에 띄지도 잡히지도 않으면서, 은밀하고 대담하게 자신만이 알고 있는 목적을 위해 숨어서 일을 꾸미는 것이었다.

베슈는 기뻐서 어쩔 줄을 몰랐다. 자신의 실패가 라울의 실패에 가려진 것으로 여겨 쉬지 않고 라울을 들들 볶아댔다.

기쁨에 겨운 나머지, 베슈는 이죽거렸다.

"이보게, 친구, 우리 둘 다 갈피를 못 잡고 있군그래. 나나 자네나 매한가지 아닌가. 라울, 폭풍우가 몰아칠 때는 거기에 맞서는 게 아니라네. 피하는 게 답이지…. 그랬다가 위험이 사라지면 그때 나오는 거라고."

"그러니까, 여자들더러 이곳을 떠나라고?"

"나 같으면 진작 그렇게 했을 걸세. 하지만…."

"하지만 카트린이 망설인다?"

"바로 그거야. 카트린이 망설이는 건 여전히 자네의 영향을 받고 있기 때문이지."

"그럼 자네가 영향력을 발휘해보게나."

"그랬으면 좋겠네. 너무 늦어버리지 않기를!"

이런 대화가 오고 간 날 밤, 두 자매는 알코브로 쓰이던 1층의 작은 거실에서 일을 하고 있었는데 이들은 평소에도 이곳에 있기를 좋아했다. 그 다음다음 방에서 라울은 책을 읽고 있었고, 베슈는 오래된 당구대에서 멍하니 당구를 치고 있었다. 둘 사이에는 아무 말도 오가지 않았다. 10시가 되면 보통 각자 자기 방으로 올라가기 마련이었다. 마을에서 종소리가 열 번 울리자, 작은 성의 괘종시계도 열 번을 울렸다.

두 번째 괘종시계가 울리기 시작하자, 바로 지척에서 유리창 깨지는 소리와 함께 총소리가 나더니 날카로운 비명이 들렸다.

"**자매**의 방이다!"

베슈는 이렇게 외치고는 알코브 쪽으로 돌진했다.

라울은 총 쏜 범인의 길목을 차단하겠다는 일념으로 창문 쪽으로 내달렸다. 쪽문 두 개는 매일 저녁이 되면 그렇듯 닫혀 있었다. 빗장을 벗겨냈지만 쪽문이 밖에서 잠겨 있어 아무리 거칠게 흔들어봤자 열 수가 없었다. 라울은 얼른 단념하고 옆방으로 나갔다. 하지만 시간을 너무 허비한 나머지, 정원에는 수상쩍은 것이 눈에 띄지 않았다. 슬쩍 보니 분명 전날 밤에 놓아둔 것으로 보이는 널찍한 빗장 두 개가 당구실 쪽문 바깥쪽에 질러져 있었다. 그 때문에 온갖 노력이 물거품이 되고 적이 쉽사리 도망쳤던 것이었다.

알코브로 돌아와 보니, 카트린과 베슈 그리고 하인 둘이 이번 공격의 표적이 된 베르트랑드 게르생 주위에 몰려 있었다. 유리창을 깨고 날아든 탄환은 여자의 귀를 스쳤을 뿐, 다행히 맞지는 않고 반대편 벽에 박혀 있었다. 베슈는 라울을 맞이하며 침착하게 말했다.

"권총 탄환이야. 오른쪽으로 10센티미터만 빗겨났어도 관자놀이가 뚫릴 뻔했네."

그러고는 자못 진지해진 목소리로 물었다.

"자네 생각은 어떤가, 라울 다브낙?"

라울은 아무렇지 않게 대답했다.

"카트린이 망설이지 않고 당장 떠날 것 같군, 테오도르 베슈."

여자가 대답했다.

"당장요."

그날 밤은 불안과 충격의 밤이었다. 몸을 누이고 평화로이 잠든 라울을 빼고 모두가 귀를 쫑긋한 채 신경을 곤두세우고 꼴딱 밤을 새웠다. 살짝 부스럭거리는 소리만 나도 모두들 소스라치게 놀랐다.

다음 날, 하인들은 짐을 꾸려 짐수레를 타고 릴본으로 가서는 르아브르행 열차를 탔다.

베슈는 바리바의 영지를 보다 쉽게 감시하기 위해 자기 집으로 되돌아갔다.

오전 9시가 되자, 라울은 자매를 르아브르로 데려가 주인과 알고 지내는 민박에 머무르게 했다.

그곳을 떠나려는 참에, 완전히 긴장이 풀린 카트린이 라울에게 용서를 구했다.

"뭘 용서해달라는 말입니까?"

"당신을 의심했던 걸요."

"그건 당연한 겁니다. 시작은 했는데 보이는 결과는 없었으니까요."

"그럼 앞으로는 어떡하죠?"

"쉬세요. 어서 기운들 차려야 해요. 늦어도 보름 후 두 분을 모시러 오겠습니다."

"어디로 데려가려고요?"

"바리바로요."

여자가 몸을 바르르 떨자, 라울은 덧붙였다.

"4시간이든 4주든 원하는 만큼 머무실 수 있습니다."

"말씀하시는 기간만큼 머물게요."

카트린이 이렇게 대답하며 손을 내밀자, 라울은 그 손등에 다정하게 입을 맞추었다.

10시 반이 되자 라울은 릴본으로 가서 그곳의 공증인 두 명을 만났다. 11시에는 베르나르 선생의 사무실에 들렀는데, 두툼하게 살이 오른 풍채에 푸근한 인상의 그는 눈을 반짝이며 선뜻 라울을 맞아주었다.

"베르나르 선생, 저는 게르생 부인과 몽테시외 양의 부탁을 받고 왔습니다. 게르생 씨가 살해당한 소식과 사법 당국이 처한 어려움은 익히 들어 알고 계시리라 믿습니다. 저 역시 베슈와의 인연으로 이번 수사에 합류하게 됐습니다. 몽테시외 양께서는 당신이 할아버지의 공증인이니, 당신을 찾아뵙고 애매한 점을 밝혀달라고 하시더군요. 여기 당신에게 전해드릴 편지를 가져왔습니다."

라울이 내민 편지는 일종의 백지 서명인데 카트린과 파리를 떠나 라디카텔에 도착한 날 아침에 카트린에게 써 달라고 했던 것으로, 다음과 같은 내용이 적혀 있었다.

사건의 진실 규명과 나에게 유리하고 올바른 결정을 위해 라울 다브낙에게 전권을 위임한다.

라울은 거기에다 날짜만 적어 넣으면 그만이었다. 문서를 읽은 공증인이 물었다.

"무엇을 도와드릴까요?"

"살인 사건이라든가 그 후에 연달아 일어난 말하기도 뭐한 수수께끼 같은 사건들 모두 한 가지 원인 때문인 것 같습니다. 바로 몽테시외 씨의 유산이지요. 그런 만큼 몇 가지 질문을 드릴까 합니다."

"말씀해보십시오."

"바리바의 영지 매입 건을 서명한 게 이 사무실입니까?"

"네, 저의 선임자와 몽테시외 씨 사이에 이루어진 일이니까, 50년도 더 된 일이지요."

"이 문서에 대해 알고 계셨습니까?"

"몇 차례 검토할 기회가 있었습니다. 몽테시외 씨의 요청이 있기도 했고, 그게 아니라도 부수적인 이유들도 있고 해서요.

하지만 특이 사항은 없었습니다."

"몽테시외 씨의 공증인이셨습니까?"

"그렇습니다. 저와는 어느 정도 친분이 있기도 했고, 이런저런 문제를 상의하고 싶어 하셨거든요."

"유언장의 조항과 관련해서 두 분이 말씀을 나누신 적이 있습니까?"

"있다마다요. 하지만 경솔하게 입을 놀리고 다닌 적은 없습니다. 그 일이라면 게르생 씨 부부와 카트린 양도 들은 이야기 아닙니까."

"그 조항이 내용상 그 둘 중 어느 한쪽에 유리하게 돼 있었습니까?"

"아닙니다. 몽테시외 씨는 함께 지냈던 카트린을 대놓고 편애하셔서 전부터 카트린에게 그녀가 맘에 들어 하던 그 영지를 물려주고 싶어 하셨습니다. 그렇기는 해도 어떤 방법으로든 상속분 사이에 균형을 맞추려는 노력은 하셨습니다. 그런데 결국 유언장을 남기지 않으셨지요."

라울이 말했다.

"알고 있습니다. 그 점은 저 역시 의외였으니까요."

"저도 그랬습니다. 그건 게르생 씨도 마찬가지였지요. 장례식 날 아침에 그분을 파리에서 만났는데, 유언장 문제로 저를 찾아오겠다고 했습니다. 그러고 보니, 찾아오기로 한 날이 살인 사건이 일어난 바로 다음 날이군요. 이 가엾은 양반은 찾아오겠다고 미리 편지까지 보냈거든요."

"그렇다면 몽테시외 씨가 상속 문제를 잊은 것에 대해선 어떻게 생각하십니까?"

"관련 사항을 조항으로 남기는 데까지는 미처 신경을 못 쓰셨는데 불시에 죽음이 찾아온 거죠. 꽤나 특이한 분이셨고, 연구소 일과 화학 실험 때문에 상당히 바쁘셨습니다."

"그렇다기보다는 연금술 때문에 바쁘셨겠지요."

라울이 그의 말을 바로잡자, 베르나르 선생이 살며시 웃어 보이며 대답했다.

"맞습니다. 대단한 비밀을 발견했다고 하셨어요. 일전에 이상하리만치 들떠 있는 모습을 뵌 적이 있는데, 저한테 금가루가 그득 담긴 봉투 하나를 보여주셨지요. 그러면서 감정이 격해져 떨리는 목소리로 그런 말씀을 하셨어요. '이보게나, 친구, 이게 바로 내 연구 성과일세. 입이 떡 벌어지지?'"

"그게 진짜 금이었단 말입니까?"

"틀림없는 금이었습니다. 조금 집어 주시기에, 궁금한 마음에 조사를 해보았지요. 분명 금이었습니다."

라울은 그 대답에도 눈도 깜짝 않는 눈치였다.

"이런 사건은 그와 같은 종류의 발견을 둘러싸고 벌어진 일이라고 생각했습니다."

그러고는 몸을 일으키며 이 말을 되풀이했다.

"한마디만 더 하겠습니다, 베르나르 선생. 사무실에서 소위 비밀 누설이라 할 만한 사건이 일어난 적은 없습니까?"

"없습니다."

"하지만 때로는 당신 직원들이 이 비극적인 가정사들의 일부를 자연히 알게 되는 거 아닌가요? 증서를 읽고, 계약서 사본을 만들기도 하니까요."

그러자 베르나르의 대답이 이어졌다.

"다들 성실한 사람들입니다. 사무실에서 일어나는 일에 대해서는 본능적으로든 습관적으로든 입 밖에 내지를 않습니다."

"그래도 생활은 변변치 않겠지요."

그러자 베르나르 선생이 웃어 보이며 지적했다.

"원하는 게 그 정도니까 그렇지요. 하지만 운이 좋은 사람들도 간혹 있기는 합니다. 사무실 서기들 중에 나이 들고 고집 센 사람이 하나 있는데, 짠돌이다 싶을 정도로 근검절약이 몸에 밴 사람이었거든요. 이 사람이 한 푼 두 푼 저축을 하더니 은퇴해서 살 조그마한 땅뙈기와 오막살이 한 채를 마련한 거예요. 그러더니, 어느 날 아침에 나한테 와서는 회사를 나가겠다고 하지 뭡니까. 그 사람 얘기가 채권에 할증금이 붙어 2만 프랑을 벌었다나?"

"세상에! 오래전 일입니까?"

"몇 주 됐어요. 5월 8일인가 아마… 날짜가 기억나는 게 게르생 씨가 살해당한 게 바로 그날 오후였거든요."

라울은 날짜가 같다는 점은 슬쩍 넘어간 채 말했다.

"2만 프랑이라니! 정말 어마어마한 돈이군요!"

"그런데 그 재산을 낭비하고 있지 뭡니까. 나 원 참! 루앙에 있는 작은 호텔에 들어앉아서는 인생을 즐기는 모양이더라고요."

라울은 그 이야기를 재미있게 들으면서도 조심스레 그 직원의 이름을 알아내고는 베르나르 선생과 헤어졌다.

오후 9시, 루앙에서 후딱 조사를 끝마친 라울은 샤레트가의 어느 호텔에서 공증인의 서기였던 파므롱 씨를 찾아냈다. 그는 침울한 얼굴에 깡마르고 호리호리한 체격이었으며, 검은 나사羅紗로 된 외투와 높이 올라온 중절모를 쓰고 있었다. 12시가 되자 파므롱 씨는 라울도 가본 적이 있는 선술집에서 술을 한잔 걸치고는, 무도회장에서 얼근히 술에 취해 몸매가 육중하고 시끄러운 여자와 캉캉을 춰대는 것이었다.

파티는 다음 날도 그다음 날도 계속되었다. 파므롱 씨의 돈은 씀씀이가 헤픈 이 인물에게 매달리는 사람들에게 돌리는, 아페리티프와 샴페인 값으로 펑펑 새어나가고 있었다. 하지만 이들 중에서도 라울은 그의 절친한 친구였다. 어느 이른 아침에 거나하게 취해 갈지자로 걸으며 돌아온 파므롱 씨는 라울의 팔을 붙들고는 이런 말로 속내를 토로했다.

"이보게, 라울, 자네한테 하는 말이네만, 정말 그런 운이 없지. 2만 프랑이 나한테 떨어지다니…. 그 돈은 한 푼도 남기지 않겠다고 맹세했다네. 나는 말이야. 아무 일 안 해도 먹고 살 만큼은 벌어놓았다네. 하지만 나한테는 이런 돈을 갖고 있을 권리가 없거든. 아니, 이건 깨끗한 돈이 아니야. 이런 돈은 인생을 아는 작자들이랑 푸지게 먹고 써버려야 한다고…. 자네 같은, 라울 자네 같은 작자 말일세."

속내 이야기는 그리 오래가지 않았다. 라울이 따져 물을 기미를 보이자, 하던 말을 딱 멈추고는 꺼이꺼이 우는 것이었다.

하지만 2주 뒤, 이 음산한 꼭두각시 곁에서 거나하게 즐기던 라울은 더욱 판을 크게 벌려 그에게서 진술을 받아내는 데 성공했다. 파프롱 씨는 자기 방에 들어가 망연자실한 사람처럼 높이 솟아오른 자신의 중절모 앞에 무릎을 꿇고는 마치 고해성사라도 하는 듯이 울면서 더듬거리는 것이었다.

"사기꾼 같으니라고… 그래, 난 사기꾼에 불과해. 채권이라고? 전부 거짓말일세! 알고 지내던 어떤 작자가 그날 밤 릴본에서 내게 접근하더니, 편지 한 장을 주면서 몽테시외 씨의 서류철에 끼워 넣으라더군. 난 그러기 싫었다네. 그래서 그렇게 말했지. '싫다, 그런 건 못 한다. 그건 내 능력 밖의 일이다. 내 인생을 밑바닥까지 탈탈 털어봐라…. 그런 게 하나라도 나오나….' 그런데… 그런데, 어쩌다 그렇게 된 건지 모르겠어. 그자가 나한테 만 프랑… 1만 5000프랑… 2만 프랑을 줬거든…. 그래서 잠시 돌았던 거지. 다음 날, 난 그 편지를 몽테시외 씨의 서류철에다가 밀어 넣었어. 그러면서 그 돈 때문에 나를 더럽히지 않겠다고 맹세했지. 그러니 그 돈은 먹고 마시면서 펑펑 써버릴 걸세…. 새 집에 들어가서는 그 돈 가지고 살지 않을 생각이었네…. 아! 아니지, 아니야, 그런 썩은 돈은 사양하겠네…. 자네 내 말 알아듣는 건가…? 그런 돈은 싫다고!"

라울은 좀 더 파고들고 싶었지만, 상대는 다시 눈물을 뚝뚝 떨구더니, 절망감에 끅끅거리며 이내 잠이 들고 말았다.

이 모습을 보며 라울은 속으로 생각했다.

'이제 별수 없게 됐군. 그렇다고 밀어붙여봐야 무슨 소용인가? 행동으로 옮길 만큼은 건졌으니 이 정도면 편안하게 행동

할 수 있어. 이자에게 남은 돈이 아직 5000프랑이나 있으니 앞으로 보름 동안은 릴본에 발을 들이지 않겠지.'

3일 뒤, 라울은 자매가 묵고 있는 르아브르의 민박에 모습을 나타냈다. 그를 보자 카트린은 즉시 그날 아침에 베르나르 선생에게서 받은 편지 내용을 이야기해주었다. 언니와 자기 둘 다 다음 날 오후에 바리바의 영지로 오라는 전갈이었다. 공증인 말로는, '중대한 발표'라는 것이었다.

라울이 입을 열었다.

"이번 모임을 주도한 건 바로 접니다. 그래서 이렇게 약속대로 여러분을 찾으러 온 것입니다. 그곳으로 돌아가도 겁나지 않으시죠?"

"네."

라울의 질문에 카트린이 대답했다. 실제로도 평안한 표정으로 미소를 띤 그녀의 얼굴은 신뢰와 안정을 되찾은 듯했다.

"뭔가 새로운 소식이 있나요?"

카트린의 질문에 라울은 대답이 이어졌다.

"무슨 소식을 듣게 되는지는 저도 모르겠습니다. 하지만 사건이 좀 더 명료해질 거라는 점만큼은 확실합니다. 그러니 바리바에 좀 더 머무를지 어쩔지를 결정해주셨으면 합니다. 아르놀드와 샤를로트에게 연락하는 문제는 그때 가서 결정하면 되니까요."

예정된 시각에, 두 자매와 라울은 저택에 도착했다. 그들을 보자 베슈는 팔짱을 끼고는 노발대발했다.

"아니, 이건 해도 너무하지 않나! 그런 일을 겪고도 여길 또 오다니!"

베슈가 이렇게 외치자, 라울이 말했다.

"공증인과 약속이 잡혀 있어서 온 걸세. 가족회의가 있거든. 그래서 자네도 부른 걸세. 자네도 이 집 가족 아닌가?"

"하지만 저 가엾은 자매가 또 공격을 받으면 어쩌려고?"

"염려할 것 없네."

"무슨 소린가?"

"바리바의 유령과 약속을 해뒀거든. 오기 전에 미리 알려주기로 말이네."

"어떻게?"

"자넬 쏘기로 했지."

라울은 베슈의 어깨를 잡아끌고는 따로 불러내 이야기해주었다.

"잘 들어두게, 친구. 잘 알아듣고 내가 어떻게 하는지 보고 놀랄 준비나 하라고. 일이 길어지게 생겼어. 아주 길어질 거야. 아마도 한 시간쯤? 그래도 결과는 값질 걸세…. 감이 왔거든. 그러니 잘 들어두게."

8
유언장

베르나르 선생은 몽테시외가 고객이었던 시절부터 익숙하던 거실로 들어서면서 베르트랑드와 카트린에게 인사를 건넸다. 그는 두 자매에게 앉기를 권한 뒤, 라울에게 악수를 청했다.

"두 분의 주소를 보내주신 건 감사합니다만, 설명을 좀 해주셔야…."

라울은 그의 말을 끊고 들어왔다.

"제가 보기에는, 설명을 해주셔야 할 분은 선생이신 것 같습니다만…. 물론, 우리 이야기가 끝난 후에 무슨 일이 일어났다면 말이죠."

라울이 석연치 않은 눈빛을 보내자 공증인은 입을 열었다.

"그러니까 무슨 일이 일어난 걸 알고 계시는군요?"

"제가 사무실에서 드린 질문에 답이 나왔을 거라고 짐작하는 건 당연한 것 아닙니까?"

"무슨 조화인지는 모르겠지만, 덕분에 답이 나왔습니다. 살아생전의 뜻대로, 어쨌든 몽테시외 씨의 유언장이 나왔고, 유언장이 나온 지금의 이 상황이 저의 놀라움을 가중시킨다고밖

에는….'

"그러니까, 유언장의 내용과 수수께끼 같은 게르생 씨 살해 사건을 둘러싼 사건들 사이에 뭔가 연관이 있을 거라는 제 추측이 틀린 게 아니란 말씀이시죠?"

"그건 모릅니다. 제가 아는 건, 몽테시외 양을 대신해 절 찾아오셔서 다행이라는 겁니다. 며칠 전, 당신이 보낸 당혹스러운 편지를 받고서 추측도 할 수 없어 그 내용을 확인해볼 수밖에 없었습니다."

"그건 추측이 아니었습니다."

"제가 볼 때는 추측에 불과했고, 말도 안 되는 것이었습니다. 이게 바로 그 편지입니다. '베르나르 선생, 몽테시외 씨의 유언장은 당신 사무실에 있는 그분 성함이 적힌 서류철 안에 있습니다. 유언장의 내용을 두 분 여성 고객에게 아래 주소로 알려주시기 바랍니다.' 상황이 이렇지 않았더라면, 이런 편지는 불에다 던져버리고 말았을 겁니다. 하지만 이번엔 저도 애써….'

"결과는요?"

베르나르 선생은 자신의 서류 가방에서 세월과 함께 손때가 묻은 꽤 큼직한 아이보리색 봉투 하나를 꺼냈다. 그러자 카트린이 외쳤다.

"할아버지가 늘 쓰시던 봉투예요!"

베르나르 선생이 말을 이었다.

"사실, 그분이 보내주셔서 저도 이런 봉투를 여러 개 갖고 있습니다. 여기 옆으로 흘려 쓴 글씨를 몇 줄 읽어보십시오."

카트린은 목소리를 높여 읽었다.

이것은 나의 유언장이다. 내가 죽으면 일주일 후에, 공증인 베르나르 선생이 바리바에 있는 저택에서 이것을 개봉할 것이다. 그는 나의 두 손녀에게 읽어주고, 내 의사대로 일이 마무리되도록 힘써줄 것이다.

카트린은 더없이 단호한 어조로 말했다.

"필체를 보니 할아버지가 맞아요. 증거는 얼마든지 있어요."

공증인도 동의하고 나섰다.

"저도 같은 생각입니다. 돌다리도 두드려보자는 생각에, 어제 루앙에 들러 전문가를 만나고 왔습니다. 그도 역시 우리와 정확히 같은 생각을 했습니다. 그러니 더 망설일 것도 없었습니다. 다만, 개봉하기에 앞서 이 점은 분명히 짚고 넘어가야겠습니다. 개인적으로 이 유언장을 찾고 싶은 마음에서 그러기도 했지만 몽테시외 씨가 저한테 맡겼던 농장 처분에 필요한 유언장을 찾아야 했기에, 지난 2년간 열 번도 넘게 몽테시외 씨 서류철을 샅샅이 뒤졌습니다. 제 직업의 명예를 걸고, 서류철에는 유언장이 없었습니다."

베슈는 반박했다.

"그렇지만 베르나르 선생…."

"저는 있는 그대로를 말씀드리는 겁니다. 서류철에는 이 문서가 없었습니다."

"그렇다면, 베르나르 선생, 누군가 와서 그걸 넣어놓고 갔다는 말씀입니까?"

공증인이 받아쳤다.

"긍정도 부정도 않겠습니다. 저는 단지 논의의 여지가 없는 진실을 말씀드리는 겁니다. 더구나, 제 기억은 한 번도 어긋나 본 적 없는 습관과 결부된 겁니다. 제 손에 유언장이 들어오면 고객의 서류철에 들어가는 일은 없습니다. 전부 다 알파벳 순서대로 정리한 후 금고 안에 보관해놓지요. 결과적으로 여러분께 읽어드려야 할 유언장이 저한테 있었다면, 금고에 있을 일이지 유언장이 발견된 몽테시외 씨 서류철에서 나올 리가 없다는 말입니다."

공증인이 봉투를 열려던 찰나, 테오도르 베슈가 손을 저으며 그를 막았다.

"잠깐만. 그 봉투를 좀 보고 싶소만."

베슈는 봉투를 받고는, 세심하게 살피더니 말했다.

"소인 다섯 개가 그대로 있군요. 그 점은 의심의 여지가 없습니다. 하지만 이 봉투는 개봉된 적이 있습니다."

"무슨 말씀이십니까?"

"세로 방향으로 개봉된 적이 있습니다. 접혀 있는 윗부분을 따라 주머니칼로 틈을 내서 열고는 감쪽같이 다시 붙인 겁니다."

베슈는 칼끝으로 앞서 말했던 곳에 난 틈새 양쪽을 벌리고는, 소인을 있던 상태 그대로 둔 채 글자가 여러 줄 적혀 있는 반으로 접힌 종이 한 장을 봉투에서 꺼냈다.

베슈가 말을 이었다.

"봉투와 같은 종이군요. 게다가 필체도 같지 않습니까?"

공증인과 카트린도 베슈의 말에 동의했다. 그것은 몽테시외의 필체였다.

이제 유언장을 읽는 일만 남았다. 모두들 놀라 깊은 침묵에 빠진 가운데, 베르나르 선생이 그 일을 맡았다.

"마지막으로 한 가지만 더 말씀드리겠습니다. 두 분 고객 모두 제가 베슈 씨와 라울 다브낙 씨 앞에서 유언장을 낭독하는 데 동의하십니까?"

"네."

자매가 대답했다.

"그럼 읽겠습니다."

베르나르 선생은 접힌 종이를 펼쳐 들었다.

아래 서명한 본인 미셸 몽테시외는 심신이 건강한 68세의 남성으로, 심사숙고를 거친 소견 및 법적, 도덕적 권리에 따라 과거에는 그토록 창성했던 바리바의 영지 주변의 작은 땅을 두 손녀에게(두 손녀에게 부탁하는 바, 공동소유로 하고 수입의 절반씩을 취하는 방식으로) 물려주는 바이다.

이 영지는 강줄기를 따라 자리하고 있어, 크기가 서로 다른 두 부분으로 나눌 것이다. 그중 우측 부분, 즉 저택을 비롯해 내 사망 시점에 그 안에 있는 모든 것을 포함한 구역은 카트린의 소유가 될 것이며 카트린은 그 애와 내가 그랬듯, 그 집에 살면서 관리해주리라 믿는다. 좌측 부분은 베르트랑드의 소유가 될 것이며 결혼한 관계로 많은 시간 동안 그곳을 비워두겠지만, 그 아이는 이 땅을 받아 옛 사냥용 별장을 임시 거처로 기꺼이 이용할 것이다. 수리도 하고 가구도 갖추어놓기 위해, 더

불어 둘에게 주는 상속분의 차이도 줄일 겸, 3만 5000프랑에 해당하는 금가루를 베르트랑드에게 줄 것이다. 이 금가루는 내가 만든 것으로, 어디다 두었는지는 유언 변경 증서에 정확히 언급해둘 것이다. 더불어 때가 되면 그 비할 데 없는 보물의 제조 비밀을 밝힐 것이며, 보물의 진정성은 현재 몇 그램을 보여준 적이 있는 베르나르 선생만이 보증해줄 수 있다.

내가 손녀들을 겪어보아 알건대 내 뜻을 따르는 데 둘 사이에 어려움이 전연 없으리라 믿는다. 하지만 한 아이는 결혼을 했고 다른 아이는 결혼을 앞두고 있기에, 둘 사이에 오해를 불러일으킬 가능성이 있는 해석상의 실수를 피하기 위해 영지의 지형도를 작성해 내 책상 오른쪽 서랍에 두었다. 또한 논란의 여지가 전혀 없도록 명확히 표시해두었다. 영지 내 두 소유지를 구분하는 경계선은 카트린이 자주 찾던 버드나무 세 그루 중 가운데 나무에서 출발해, 정원 정문의 철책이 걸려 있는 네 개의 기둥 중 서편 마지막 기둥까지이다. 더불어, 쥐똥나무 울타리로든 생울타리로든 이 경계선을 표시해둘 생각이다. 그러니 각자 마음을 편안하게 갖길 바란다. 이는 내가 공식적으로 꼭 지켜주기를 바라는 규칙이다.

베르나르 선생은 부차적인 관심을 끌 뿐인 유언장의 내용들을 빠르게 읽고 지나갔다. 버드나무 세 그루 이야기가 나오자 카트린과 라울은 서로를 바라보았다. 그들 입장에서는 몇 장이나 되는 유언장의 핵심이 거기에 있었던 것이다. 반면 남은 이들의 관심이 온통 금가루에 관한 내용에 팔려 있는 가운데, 베슈가 단호한 말투로 말했다.

"이 유언장은 전문가에게 맡겨 그 진위 여부를 확실히 밝혀야 할 것입니다. 하지만 제가 봤을 때 이를 빠르고 정확하게 입증할 수 있는 방법은, 작은 성에서든 정원에서든 3만 5000프랑에 달하는 몇 킬로그램짜리 금가루를 찾아내는 겁니다."

베슈는 더할 나위 없이 냉소적인 말투로 마지막 말을 내뱉었다. 그러나 라울 다브낙은 카트린에게 물었다.

"아가씨는 이에 대해 하실 말씀 없으십니까?"

카트린은 라울이 질문해주기를 기다렸다가 라울의 허락과 격려를 받고서야 말을 하고 싶었던 양 질문이 끝나기가 무섭게 대답을 했다.

"있어요. 개인적인 증언이 될뿐더러, 할아버지의 진실성에 관한 것이라면 베슈 씨가 요구하는 것처럼 손에 잡힐 만한 증거를 댈 수도 있어요. 이곳에 머문 지난 석 달 동안 저는 온갖 데를 쑤시고 다니며 그토록 행복했던 시절의 자취를 되살리려 애썼어요. 그러다가 할아버지가 즐겨 일하시던 곳에서 저와 할아버지가 만들었던 바로 그 지형도를 손에 넣었지요. 그러다 우연히…."

카트린은 다시 라울에게로 시선을 향하더니, 이렇게 말을 맺었다.

"…우연히 금가루도 발견했어요."

이 말에 베르트랑드의 반응이 격해졌다.

"뭐! 그러고서… 아무 말 안 했던 거야…?"

"그건 할아버지의 비밀이었으니까. 할아버지의 허락이 나야지만 밝힐 수 있는 거였어."

카트린은 모두에게 자신을 따라 위층으로 오라고 했다. 이들 모두 하인들이 기거하는 다락방을 지나, 지붕의 제일 높은 부분에 두꺼운 널빤지를 대어 지탱하고 있는 중앙의 높은 방으로 들어갔다. 그러더니 금이 가고 깨진 낡은 도기 항아리들을 가리켰는데, 마치 쓰임이 다해 걸리적거리지 않도록 구석진 곳에 치워둔 그릇들 같은 모양새였다. 항아리 위에는 먼지가 쌓여 있었고, 그 위로 거미줄이 얼기설기 얽혀 있었다. 그 누구도 그것들을 그 옴팍한 데서 꺼낼 생각은 하지 않았던 것 같았다. 그 중 세 개의 항아리 위에는 유리며 그릇 조각들이 널브러져 있었다.

베슈는 흔들거리는 발판 하나를 갖고 와서는 항아리 하나에 손을 뻗더니 그걸 베르나르 선생에게 내밀었다. 먼지 아래로 반짝이는 금빛이 눈에 들어오자, 선생은 모래 속에 손가락을 넣듯 그 속에 손가락을 넣고는 중얼거렸다.

"금이야… 예전에 견본품으로 보았던 것과 똑같은 금가루야. 알갱이가 꽤 큰데?"

다른 항아리 안에도 같은 양이 들어 있었다. 몽테시외가 말한 무게가 정확한 모양이었다. 베슈는 어안이 벙벙해져서는 이렇게 말했다.

"그러니까, 뭐야… 정말로 만들었던 거야? 그게 가능해? 어림잡아 5~6킬로그램은 되는 것 같은데…. 그렇다면 이건 기적이야!"

그러고는 말을 이었다.

"제조 비밀이 묻히지 않아야 할 텐데!"

베르나르 선생이 말했다.

"없어지지 않았을지 모르겠습니다. 어쨌든 유언장에는 이 내용을 다룬 유언 변경 증서가 없었고, 봉투 안에는 추가 서류도 없었습니다. 몽테시외 양의 도움이 없었더라면, 아무도 보물을 감추어둔 낡은 항아리들을 살펴볼 생각도 못 했을 겁니다."

베슈는 빈정대며 입을 열었다.

"위대한 예언가이자 위대한 마술사인 내 친구 다브낙조차도 꿈도 못 꿀 일이죠."

라울이 대꾸했다.

"착각은 자유야. 이곳에 온 다음다음 날에 이미 다녀왔거든."

"설마!"

베슈가 긴가민가하며 외쳤다.

"발판을 밟고 올라서보게. 그리고 네 번째 항아리를 가져와. 잘했어. 그 아래, 가루 속에 작은 종이 상자가 하나 있지 않나? 그 위에 몽테시외 씨의 필체로 제조 연도가 적혀 있고, 옆에는 9월 13일이라는 날짜가 보일 거야. 금가루를 항아리에 부어놓은 날짜임에 틀림없어. 2주 뒤에, 몽테시외 씨는 바리바의 소유지를 떠났다네. 그러고는 파리에 도착한 날 밤에 갑자기 세상을 떠났지."

베슈는 입을 벌린 채 듣고 있다가 중얼거렸다.

"자넨 알고 있었어? …알고 있었던 거야…?"

라울이 냉소를 지으며 대답했다.

"알아내는 게 내 일이잖나."

공증인은 항아리를 다 내려놓게 하고는, 열쇠를 갖고 있는 2층 어느 방 벽장 안에 넣어두었다. 그러고는 베르트랑드에게 말했다.

"이 금가루는 반드시 당신한테 돌아갈 겁니다. 하지만 돌아가는 상황을 보니 저는 유언장의 진위 여부에 대해 미리 대비를 해야 할 것 같습니다."

베르나르 선생이 자리를 뜨려 하자, 라울이 붙잡았다.

"잠시만 더 시간을 내주시겠습니까?"

"그러지요."

"좀 전에 유언장을 읽을 때, 마지막 장에서 숫자 몇 개를 본 것 같습니다만."

공증인은 해당 페이지를 펼쳐 보여주었다.

"맞습니다. 그렇지만 그건 아무렇게나 써놓은 숫자일 뿐입니다. 분명코 그건 몽테시외 씨의 유언장과 전혀 관계가 없는 것입니다… 제가 꼼꼼히 확인해보고 내린 결론은 그렇습니다. 보시는 것처럼, 서명 아래에다가 급하게 써놓은 것입니다. 수중에 다른 종이가 없으니 거기다 휘갈겨놓은 모양입니다."

그러자 라울이 대답했다.

"선생의 말이 맞을 겁니다. 하지만 어쨌든 적어 가도 될까요?"

그러고서 숫자들을 베껴 적었다.

31415169131415310111129121314

"감사합니다. 때로는 우연한 행운이 그냥 지나쳐서는 안 될 뜻밖의 단서를 가져다주지요. 이 숫자들이 상당히 막연하기는 해도 아마 단서가 될 겁니다."

이야기는 끝이 났다. 베슈는 자기 의견을 좀 더 개진해보려는 생각에 공증인을 철책까지 배웅했다. 돌아온 베슈는 1층 알코브에 라울과 두 자매가 모두 말없이 있는 것을 보자 거침없이 소리쳤다.

"그래, 자네 생각은 어떤가? 그 숫자들 말이야. 내가 보기엔 별 뜻 없이 늘어놓은 숫자들 같은데 말이지. 안 그런가?"

라울이 대답했다.

"그럴지도. 사본을 줄 테니, 생각해보게나."

"그럼 나머지는 어떤가?"

"내가 생각하기엔 성과가 나쁘지는 않아."

무심코 뱉은 별것 아닌 말에 주변이 조용해졌다. 라울이 그런 말을 한 데는 분명 그럴 만한 이유가 있으리라. 근심 섞인 호기심에 모두의 시선이 이 남자에게 향했다.

라울은 좀 전에 했던 말을 반복했다.

"성과가 나쁘지는 않아. 그리고 끝난 게 아니거든. 모임은 계속될 거야."

"그러니까 자네 말은 이렇게 뒤죽박죽된 것 같은 난리 통에 건질 게 있다는 말인가?"

베슈가 묻자 라울이 대꾸했다.

"도처에 깔렸지. 그리고 그게 다 우릴 사건의 핵심으로 이끌고 있다고."

"무슨 말인가?"

"무슨 말이냐면, 세 그루의 버드나무가 옮겨졌다는 거지."

"또 그놈의 강박관념. 아니, 몽테시외 양의 강박관념인가?"

"게다가 몽테시외 씨의 유언장에 그 증거가 아주 뚜렷하게 남아 있거든."

"빌어먹을! 몽테시외 씨의 지도에는 버드나무가 지금 있는 위치에 나와 있던데."

"그래. 그런데 좀 아까 내가 그랬던 것처럼 자네도 이 지도를 잘 살펴보라고. 그러면 땅에다 해놓은 거랑 똑같은 일을 지도에도 해놓은 게 보일 걸세. 보라고, 거기 언덕 자리에 버드나무를 표시하는 십자가 세 개가 지워졌잖은가. 감쪽같이 긁어놓았지만, 돋보기로 보면 쉽게 눈에 띌 걸세."

"그래서?"

"그러니까 며칠 전 있었던 일을 떠올려 보게. 나는 어느 버드나무 가지 위에 누워 있었고, 자넬 그 언덕 위에 아폴론처럼 세워놓지 않았나. 그래, 나는 그때 사방을 막 둘러보면서 지금 우리가 수학적인 정확성을 기해가며 이 지도상에서 찾으려는 곳을 찾고 있었다네. 이 자와 연필을 쥐고 몽테시외 씨가 일러준 대로 철책부터 시작해 가운데 버드나무까지 선 하나를 그어 보게."

베슈는 그 말대로 했고, 라울은 이야기를 계속했다.

"좋아. 이제 자 아랫부분을 철책에 대고 그대로 왼쪽으로 돌려보게. 위쪽이 언덕에 닿도록 말이야. 잘했어! 자를 치워보게. 이제 철책 기둥에서 시작해 두 가지가 양쪽으로 뻗어가는 예각을 이룬 컴퍼스가 생긴 거야. 하나는 버드나무 세 그루가 원래 있었던 왼편으로 뻗어가고, 다른 하나는 지금 있는 오른편으로 말이지. 이 컴퍼스를 벌리면 방추형의 땅이 펼쳐지지. 몽테시외 씨가 처음에 만든 지도를 택하느냐 몰래 수정된 지도를 택하느냐에 따라, 이 땅의 주인이 작은 성을 갖게 될 첫 번째 상속자가 될 수도 있고 사냥용 별장을 갖게 될 두 번째 상속자가 될 수도 있는 거지. 알겠나?"

"그런 거군."

친구의 추론에 곧장 설득된 듯 베슈가 수긍하자, 라울이 이야기를 계속했다.

"그러니까 첫 번째 문제는 밝혀진 거지. 그럼 두 번째로 넘어가자고. 이 방추형 땅에 뭐가 있지?"

"바위들이랑 뷔토로맹의 절반, 개천이 흐르는 좁은 협곡 일부, 섬 등이 있지."

라울이 정리했다.

"그러니까 도둑맞은(이건 순전히 도둑질이나 진배없으니) 방추형 땅에 포함되는 게 대략 영지 내로 유입되는 개천 전체라는 얘기고, 결국 몽테시외 씨는 이 개천을 작은 성을 상속받는 사람에게 주고 싶었다는 건데, 자기 뜻과 달리 사냥용 별장 상속자에게 남겨준다는 이야기가 되지."

"그러니까 자네 말인즉슨, 이 음모를 꾸민 목적이 한쪽을 희생해 개천을 훔친 뒤 다른 한쪽에게 주려 한다는 얘긴가?"

"바로 그거야. 몽테시외 씨가 죽자, 누군가가 유언장을 가로챈 후 이곳에 와서는 공범들과 짜고 버드나무 세 그루를 옮긴 거지."

"하지만 이 유언장만 보고 나무를 옮겨 심는 게 무슨 득이 되는지 예상할 수가 없지 않은가? 자네도 모를 테고."

"모르지. 하지만 몽테시외 씨가 남긴 말을 떠올려 보게. 때가 되면 그 비할 데 없는 보물의 제조 비밀을 밝힐 것이다. 그게 무슨 말인지는 설명이 없지만, 유언장을 훔친 사람은 알아채고는 그때부터 버드나무 세 그루를 옮겨 심으면서 적절한 조치를 취한 거지."

베슈는 그 말에 수긍을 하면서도 걸고넘어질 것을 찾다가 이렇게 대답했다.

"귀가 솔깃해지는 추론이네. 그렇다면 자네가 보기엔 그게 누구 짓이란 말인가?"

"자네도 이런 라틴어 속담은 알고 있겠지. **Is fecit cui prodest, 범인이란 범행으로 득을 보는 자다.**"

"당치 않아! 이런 경우 이런 일을 꾸며서 득을 보는 건 게르생 부인이잖나. 훔친 만큼 유산이 늘어나니 말일세. 그런데 우리보고 지금 그 말을 믿으란 말인가…?"

라울은 이에 대해 바로 대답하지 않았다. 곰곰이 생각해보더니 자신이 입을 열 때마다 함께한 이들의 반응이 어땠는지를 보려는 듯이 이들의 얼굴을 살폈다. 마침내 라울의 시선이 베르트랑드를 향했다.

"미안합니다, 부인. 베슈 씨의 주장을 곧이곧대로 믿게 하고 싶지는 않습니다. 다만 사건들의 관련성을 하나하나 짚어보며 추리를 하는 데 있어 가능한 한 엄정함과 합리성을 기하려 합니다."

"사건이 말씀하신 대로 흘러갔던 건 사실이에요. 하지만 겉으로 보기에만 저한테 유리하게 돌아갔지, 실제로는 카트린이나 저나 그런 도둑질로 득을 볼 일은 없을 거예요. 우리 사이에는 울타리도 말뚝도 없을 테니까요. 결국 이 수수께끼 같은 음모를 꾸민 자는 자신이 득을 보려고 이 일을 꾸몄겠죠."

"그 점에 관해서는 이견이 없습니다."

라울의 말에 베슈가 끼어들었다.

"그럼 자넨 아무 생각도 없다는 건가…? 그렇다면 유언장이 몽테시외 씨의 서류철에 끼워져 있던 걸 알고 있었던 게 아니냐는 말일세."

"알고 있었지."

"그 얘길 해준 게 누군가?"

"그 일을 꾸민 사람이지."

"그럼, 그 사람을 통해 이 사건의 핵심에 이를 수 있겠군."

"그는 단지 공범일 뿐이야."

"그렇군. 돈을 받고 움직이는 행동 대원이라 이거군?"

"그렇다네."

"그자의 이름이 뭔가?"

라울은 범인의 정체를 밝히는 데 뜸을 들였다. 어찌나 망설이고 주저하던지, 범인의 정체를 밝히는 장면에 강렬한 효과를 주려는 것처럼 보였다. 반면, 베슈는 끈질기게 졸라댔고 두 자매는 대답이 나오기를 기다렸다.

라울이 입을 열었다.

"어쨌든 베슈, 조사는 우리끼리 진행하는 거야, 알겠나? 자네의 경찰 친구들까지 끌어들여 걸리적거리게 하면 안 된다고!"

"알겠네."

"맹세하지?"

"맹세하고말고."

"그래, 배신은 사무실 안에서 일어났어."

"그게 정말인가?"

"그렇고말고."

"그런데 왜 베르나르 선생한테 말하지 않았나?"

"입이 무겁지 않을 것 같아서 그랬네."

"그럼 지인들 중 누구한테라도 물어볼 수 있지 않은가. 이를테면, 사무소 서기라도 말이야. 내가 해도 되는데."

카트린이 불쑥 나섰다.

"그 사람들이라면 제가 다 알아요. 그 둘 중 한 명은 몇 주 전에 형부를 만나러 이곳에 들른 적도 있어, 언니. 가만, 갑자기 생각난 건데 말야(카트린은 목소리를 낮추었다), 형부가 살해된 날 아침이었어…. 8시였어. 난 약혼자한테서 연락이 오지 않을까 해서 기다리고 있었는데, 현관에서 베르나르 씨 사무실 서기와 마주쳤지 뭐야. 그런데 불안한 기색이 역력했거든. 마침 그때 형부가 내려와서는 같이 정원으로 가더라고."

베슈가 끼어들었다.

"그러면, 그 사람 이름도 알겠군요?"

"그럼요! 안 지 오래됐는걸요. 두 번째로 온 서기고, 훤칠하고 마른 체격에, 우울한 표정을 한 사람이었어요…. 파프롱 씨라고…."

라울은 예상이 맞아떨어졌던지라 눈썹 하나 까딱하지 않았다. 잠시 후, 라울은 베르트랑드에게 말을 걸었다.

"뭐 한 가지만 묻겠습니다, 부인. 그 전날 밤에 게르생 씨가 저택을 벗어난 적이 있습니까?"

"그런 것 같은데, 기억이 잘 안 나네요."

베르트랑드의 말에 베슈가 끼어들었다.

"나는 기억나는데, 아주 또렷하다고. 당시에 머리가 좀 아프다고 했어. 나를 마을까지 배웅해주고는 계속해서 릴본 쪽으로 산책을 했지…. 그때가 밤 10시 즈음이었어."

라울 다브낙은 일어나 아주 잠시 왔다 갔다 했다. 그러더니 돌아와 자리에 앉고는 침착하게 말했다.

"신기하기도 하지. 참으로 희한한 우연의 일치야. 몽테시외 씨의 서류철에다 유언장을 넣어 놓고 간 자의 이름이 파므롱이야. 그런데 그날 밤 10시경 릴본 쪽에서 그가 누군가를 만났는데, 이자는 분명 자신이 훔친 유언장이 서류철의 서류들 틈에 끼워져 있길 바랐거든. 그리고 파므롱 씨는 망설이다가 2만 프랑을 받기로 하고 임무를 수행한 거야."

9
두 명의 용의자

라울 다브낙의 이야기는 온갖 잡다한 생각들이 살아 숨 쉬는 무거운 침묵으로 이어졌다. 베르트랑드는 한 손으로 눈을 가린 채 깊이 생각에 잠겨 있었다. 그러다 라울을 향해 입을 열었다.

"납득이 잘 안 가는군요. 말씀을 듣자 하니, 누군가를 용의자로 지목하고 싶으신 것 같은데…?"

"누굴 말입니까, 부인?"

"제 남편을 지목하고 싶으신 거죠?"

라울이 반박했다.

"제 말은 그런 의도가 아니었습니다. 하지만 솔직히 말씀드리면, 제 머릿속에 떠오르는 사건들을 짚어가다 보니 그 상황들이 게르생 씨에게 불리하게 돌아가는 것을 보고 저 역시 적잖이 놀랐습니다."

베르트랑드는 그다지 놀라지 않은 모습으로 해명에 나섰다.

"결혼할 당시 로베르와 저, 우리 두 사람을 이어주던 애정은 시련을 견뎌내지 못했어요. 남편이 여행을 떠나면 전 웬만하면 따라다녔어요. 그이는 내 남편이고 우리는 관심사가 같았으니까요. 하지만 제가 없는 동안 일어난 남편의 사생활까지 속속들이 다 아는 건 아니에요. 그렇기 때문에 어떤 사건이 일어나 남편의 행동을 조사할 일이 생겨도 제 입장에서 그렇게 심하게 화낼 일이 아닌 거죠. 정확히 무슨 생각을 하시는 거죠? 편하게 말씀해보세요."

라울이 조심스레 요청했다.

"몇 가지 여쭤도 될까요?"

"되고말고요."

"몽테시외 씨가 사망할 당시, 게르생 씨가 파리에 있었습니까?"

"아뇨, 우린 보르도에 있었어요. 카트린한테서 전보를 받고, 그다음 날 아침에 온 거예요."

"그런 다음 어디서 묵었습니까?"

"할아버지의 저택에서요."

"남편분이 쓰시던 방은 몽테시외 씨가 묵던 곳에서 멀리 떨어져 있습니까?"

"가까운 데 있었어요."

"남편분은 밤샘에 참여했습니까?"

"마지막 날 밤에 저와 교대로 했어요."

"방에 남편 혼자 있었다고요?"

"네."

"몽테시외 씨가 서류를 넣어두었을 거라 추정되는 상자, 그러니까 수납장이 방 안에 있었습니까?"

"수납장이 하나 있었어요."

"열쇠로 잠겨 있었습니까?"

"기억이 안 나요."

카트린이 끼어들며 말했다.

"전 기억나요. 할아버지께서 갑작스럽게 돌아가셔서 수납장은 열려진 상태였어요. 제가 열쇠를 꺼내서 벽난로 위에 두었는데, 수납장을 열겠다고 베르나르 선생이 장례식 날 가져갔어요."

라울은 간단하게 손짓을 하고는 말했다.

"그러니까 게르생 씨가 유언장을 빼돌린 게 밤사이에 일어난 일이라고 생각해야겠군요."

그 말이 떨어지기가 무섭게 베르트랑드가 따지고 들었다.

"무슨 말씀이세요? 말씀이 지나치시네요! 대체 무슨 자격으로 **따져보지도 않고** 그 사람이 유언장을 빼돌렸다고 하는 거예요?"

"유언장을 훔친 건 남편분이 맞습니다. 파므롱 씨한테 돈을 주고서 몽테시외 씨 서류철에 유언장을 끼워 넣으라고 한 게 그 사람이거든요."

"하지만 왜 그런 짓을?"

"우선은 읽어보려고 그랬겠죠. 그리고 당신한테, 그러니까 자기한테 불리한 조항이 있는지 볼 생각이었겠죠."

"하지만 그런 건 전혀 없었잖아요!"

"처음 보았을 땐 아니죠. 당신 대신 동생이 좀 더 많은 부분을 받았는데, 그 차액만큼을 당신은 금으로 받았죠. 그런데 그 금은 어디서 나왔을까요? 그건 당신도 궁금해하고, 게르생 씨도 궁금해하던 문제였습니다. 어찌 됐든 간에, 그는 유언장을 챙긴 겁니다. 금에 대해 생각을 한다거나 제조 비법이 설명돼 있는 보충 서류를 손에 넣는 일은 보류했던 거죠. 결국 찾은 게 아무것도 없었어요. 하지만 유언장을 읽으면서 금의 제조 과정을 눈치채게 되자, 자꾸 생각을 하게 됐고, 두 달 후에는 라디카텔 주변을 배회하기에 이른 겁니다."

"뭘 안다고 그러세요? 그이는 절 떠나지 않았어요. 저흰 함께 여행을 하고 있었다고요."

"늘 그랬던 건 아니죠. 당시 남편분께선 독일을 여행하는 척했어요. 남편분께서 당신과 함께하지 않은 건 몰래 당신 동생을 조사하다가 알게 됐습니다. 실은 센 강 저편의 키유뵈프에 거처를 정하고는, 그날 밤에 근처 숲에 와서 보셸 할멈과 할멈의 아들이 사는 오두막집에 숨어 있었습니다. 그리고 그날 밤, 암벽 뒤편에 있는 벽을 넘어 제가 점찍어둔 장소로 가서 저택에 들렀던 겁니다. 그런데 그게 다 헛수고였습니다. 금도 제조 비법에 대한 설명서도 손에 넣지 못했으니까요. 하지만 유언장의 의도로 보아 금 제조 비법과 관련돼 있는 듯한 땅덩어리를 당신 상속분에 추가할 생각에 버드나무를 옮겨 심었고 그럼으로써 암벽이며 뷔토로맹, 그리고 강줄기가 당신 몫에 추가된 거죠."

급기야 베르트랑드는 감정이 격해졌다.

"증거를 대봐요! 증거를!"

"나무꾼으로 일하던 보셸 할멈의 아들이 증인이죠. 그의 어머니 역시 다 알고 있었지요. 완전히 미치광이가 되기 전에 동네방네 떠들고 다녔거든요. 그 얘기라면 조사하면서 만나본 말하기 좋아하는 그 마을 아낙네들한테서 다 들었답니다."

"하지만, 그 사람이 정말 제 남편인가요?"

"네, 남편분은 이 지역 사람들에게 안면이 있는 사람이었습니다. 과거에 당신과 함께 여기 살았던 적이 있으니까요. 게다가 키유뵈프의 호텔에 자취를 남겨두었더군요. 숙박부에 기재된 이름이 가명이기는 했지만, 필체는 그대로였습니다. 기록이 남아 있는 페이지를 찢어 지갑에 고이 넣어 왔습니다. 거기에 다른 사람의 서명도 있었는데, 합류 시점은 남편분이 호텔을 떠날 때 즈음이었습니다."

"다른 사람이 있었다고요?"

"네, 여성이었습니다."

분통이 터진 베르트랑드가 소리쳤다.

"거짓말! 남편은 바람피운 적이 없어요. 전부 다 중상모략에 거짓말이에요! 왜 그렇게 악착같이 남편을 물고 늘어지죠?"

"질문한 건 당신입니다."

그녀는 애써 감정을 억누르며 말했다.

"다음엔? 다음엔 어떻게 됐죠? 계속해보세요. 사람이 대체 얼마나 뻔뻔해질 수 있는지 궁금하네요…."

라울은 차분히 이야기를 이어갔다.

"다음엔, 게르생 씨는 계획을 중단했습니다. 버드나무는 옮겨 심은 곳에서 활기를 되찾고 있었고, 원래 나무가 있던 언덕은 점차 자연스러운 모습을 찾아갔지요. 게다가 문제는 미궁에 빠졌고, 금가루의 제조 비법도 알 길이 없었습니다. 당신이 동생과 그곳에 머무르게 되자 다시 그 일에 착수하고픈 욕망이 당신 남편의 발길을 이곳까지 이끈 겁니다. 그러니까 때가 온 거죠. 유언장을 이용하고, 몽테시외 씨가 살았던 곳에서 지내보고, 손에 넣은 땅과 금이 만들어졌을 조건을 현장에서 조사할 때를 말입니다. 이튿날 밤이 되자 남편분은 파므롱 씨를 고용해 2만 프랑이라는 대가를 치르고 그자의 양심을 샀습니다. 다음 날 아침, 파므롱 씨는 이곳에 와서 그를 집요하게 따라다녔습니다. 일말의 양심 때문이었는지 세부 지시를 받으려던 것이었는지는 알 수가 없지만 말입니다. 점심 식사 후, 게르생 씨는 정원을 거닐다가 강을 건넜고 비둘기 집 쪽으로 가서 문을 열었습니다….”

그때 갑자기 베슈가 목소리를 높이며 말을 자르고 들어왔다. 그는 일어나 팔짱을 낀 채 도발적인 태도를 보였다.

“그러다 가슴 한복판에 총알 한 방을 맞고 그 자리에서 즉사한 거지. 왜냐하면 결국, 자네의 논증이 끝나는 건 바로 이 지점이니까!”

“무슨 말을 하는 건가?”

베슈는 예의 열렬하고 자신감에 넘치는 목소리로 같은 말을 되풀이했다.

“그러다 가슴 한복판에 총알 한 방을 맞고 그 자리에서 즉사했지! 결국, 게르생 씨가 음모를 꾸민 주모자란 말일세. 유언장을 가로채고, 나무 세 그루를 옮겨 심고, 수천 미터나 되는 정원을 손에 넣는 등 수단과 방법을 가리지 않았지. 하지만 자신의 임무를 완수하면서 최상의 덫을 놓은 건 그가 아닐뿐더러 오히려 자기 꾀에 넘어간 것도 그 자신이란 말일세! 자네가 지금 하는 얘기가 전부 이 얘기 아닌가. 그러고서 나 베슈한테, 이 수사반장 베슈한테 이런 거짓부렁을 무턱대고 믿으라는 거 아닌가? 어디 딴 데 가서 알아보게, 이 친구야!"

베슈는 거룩한 분노로 가득한 얼굴을 하고 여전히 팔짱을 낀 채 라울 다브낙 앞에 버티고 섰다. 그 옆에는 베르트랑드가 남편을 변호할 태세를 갖추고 꼿꼿이 서 있었다. 카트린은 어떤 감정도 드러내지 않으려는 듯 앉아서 고개를 떨구고 우는 듯했다.

라울은 말로 표현할 수 없는 경멸이 섞인 눈빛으로 한참이나 베슈를 보았는데, 마치 '나 같으면 그런 바보 같은 짓은 절대로 안 하겠네'라고 말하는 듯했다. 그러고는 어깨를 으쓱해 보이고는 자리를 떴다.

창문 너머로 그의 모습이 보였다. 라울은 주택을 따라 난 좁은 테라스를 성큼성큼 걷고 있었다. 입에는 담배를 물고 뒷짐을 진 자세로 테라스 타일을 응시한 채 생각에 잠겨 있었다. 그러더니 강을 향해 가다가 다리까지 걸어가더니 멈춰 서서는 이내 돌아오는 것이었다. 다시 몇 분이 흘렀다.

라울이 돌아왔을 때, 두 자매와 베슈는 말 한마디 하지 않고 있었다. 베르트랑드는 카트린 곁에 망연자실한 모습으로 앉아 있었다. 베슈로 말할 것 같으면 대들거나 도발하거나 거만하게 들이대는 태도가 싹 가시고 없었다. 라울의 경멸 섞인 시선에 기가 죽은 듯했고, 주인에게 반기를 든 데 대해 겸손한 태도로 용서받을 생각뿐인 듯했다.

라울 다브낙은 계속해서 논증을 펴거나 반론에 대해 해명하려 들지 않았다.

다만 카트린에게 이렇게 물을 뿐이었다.

"당신이 날 믿으려면, 테오도르 베슈가 던진 질문에 답을 해야겠지요?"

그런데 카트린은 이렇게 대답했다.

"아니요."

이번에는 베르트랑드에게 물었다.

"부인 생각도 마찬가지입니까?"

"네."

"저를 철석같이 믿는 겁니까?"

"네."

라울이 말했다.

"저택에 머물겠습니까? 르아브르로 돌아가겠습니까? 아니면 파리로 가겠습니까?"

카트린은 벌떡 일어나 라울의 눈을 들여다보며 말했다.

"언니랑 저는 당신이 하라는 대로 할 생각입니다."

"그렇다면, 이곳에 머물러요. 하지만 앞으로 닥칠 일로 인해 마음 상하지 말아야 합니다. 겉으로 보기에 당신들이 느끼는 주변의 위협과 테오도르 베슈의 말이 얼마나 심한 것이든 간에 염려할 것 없습니다. 딱 한 가지 주의할 것은 몇 주 후에 이 작은 성을 떠날 준비를 하고, 파리에 일이 생겨서 9월 10일이나, 늦어도 12일에는 떠날 거라는 말을 하고 다니라는 겁니다."

"그 얘길 누구한테 하면 되죠?"

"마을에 가면 만날 수 있는 사람들에게."

"하지만 우리는 거의 외출을 하지 않는데요."

"그러면 하인들한테 해요. 내가 르아브르에 가서 데려올 테니까요. 당신들이 이런 생각을 한다는 걸 베르나르 선생과 사무소 서기들, 샤를로트와 아르놀드 씨, 예심판사가 알도록 해야 합니다. 9월 12일에는 작은 성을 폐쇄할 예정이고, 당신들은 내년 봄에나 돌아오는 걸로 하는 겁니다."

그때 베슈가 조용히 끼어들었다.

"무슨 말인지 이해가 잘 안 되는데."

라울이 대꾸했다.

"이해가 되는 게 오히려 이상하지."

회의는 그렇게 끝이 났다. 라울의 말대로 긴 시간 동안 이루어진 회의였다.

베슈는 라울을 따로 불렀다.

"다 끝났나?"

"다는 아닐세. 하루 갖고 될 일이 아니야. 하지만 나머지는 자네랑 상관없는 일일세."

그날 저녁, 샤를로트와 아르놀드가 돌아왔다. 라울은 다음 날부터 베슈와 함께 사냥용 별장에 단출하게 머무르면서 살림은 베슈의 가정부에게 맡기기로 했다. 자매 둘만 지내도 위험할 것이 없으며, 이유는 밝히지 않았지만 라울이 따로 지내는 것이 낫다고 주장했기 때문이다. 라울이 두 자매에게 미치는 영향력이 상당했던지라 이런 말이 이상하기는 해도 둘 다 이의를 제기하지 않았다.

카트린은 라울과 둘만 남자, 시선을 피한 채 중얼거렸다.

"당신 말대로 할게요, 라울. 무슨 일이 있어도요. 당신 말을 따르지 않는다는 건 나한테는 불가능한 일이에요."

여자는 감정이 북받쳐 몸을 가누기도 힘들었지만, 여전히 미소를 띠고 있었다.

함께한 마지막 저녁 식사 자리에서 모두들 말이 없었다. 라울이 언급한 혐의 사실이 거북스러웠던 것이다. 저녁이 되자 자매는 평소처럼 알코브에 머물렀다. 10시가 되자 먼저 카트린이, 다음으로 베슈가 자리를 떴다. 하지만 라울이 당구실을 떠나려던 찰나, 베르트랑드가 와서 말을 걸었다.

"드릴 말씀이 있어요."

몹시 창백한 얼굴에 입술이 떨리는 것이 라울의 눈에 들어왔다.

"꼭 해야 하는 이야기인지는 모르겠습니다."

라울의 말에 베르트랑드는 곧바로 대답했다.

"네, 꼭 해야 돼요. 드릴 말씀이 뭔지, 중요한 얘긴지 아닌지도 모르시잖아요."

라울은 이 말을 되풀이했다.

"정말 그렇게 생각합니까? 정말 내가 모를 거라고 생각하느냐고요."

베르트랑드의 목소리가 변했다.

"그런 말씀을 하시다니! 저한테 감정이 안 좋으신 것 같네요."

"아! 전혀요, 맹세코 아닙니다."

"아니긴 뭐가 아니에요! 그런 게 아니고서야 키유뵈프에서 남편에게 다른 여자가 있었다는 얘기를 왜 저한테 하겠어요? 쓸데없이 저 속상하게 하려고 그러신 거잖아요."

"그런 사소한 일까지 믿고 안 믿고는 당신 마음입니다."

베르트랑드가 중얼거렸다.

"사소한 게 아니잖아요. 사소한 게 아니라고요."

여자는 라울에게서 눈을 떼지 못했다. 잠시 후, 베르트랑드는 망설이며 걱정스러운 기색으로 물었다.

"그러면, 숙박부에서 찢어낸 종이를 갖고 있나요?"

"네."

"좀 보여주세요."

라울은 조심스럽게 찢어낸 종이 한 장을 자신의 지갑에서 꺼냈다. 그것은 여섯 개의 칸으로 나뉘어 있었는데, 각 칸마다 질문이 인쇄돼 있었고, 그 밑에 여행객들이 쓴 대답이 적혀 있었다.

"남편의 서명은 어디 있나요?"

"여기 있습니다. 게르시니라고 적혀 있죠. 보시다시피, 이름을 바꿔 쓴 겁니다. 필체를 알아보시겠습니까?"

베르트랑드는 고개를 끄덕이고는 더는 말이 없었다. 그러더니 눈을 들어 라울을 바라보며 말했다.

"그런데 여자 이름은 어디에도 없는데요."

"그렇죠. 여자가 온 건 며칠 뒤니까요. 여기 제가 찢어온 종이를 보시면 이름이 있을 겁니다. 앙드레알 부인, 파리."

베르트랑드는 나지막이 중얼거렸다.

"앙드레알 부인. 앙드레알 부인이라…."

"아는 이름입니까?"

"전혀요."

"그럼 필체는 알아보시겠어요?"

"아니요."

"사실, 필체를 속인 게 분명합니다. 하지만 주의 깊게 살펴보면, 독특하고 특징적인 구석을 어렵지 않게 발견할 수 있습니다. 대문자 A라든가 i의 점을 오른쪽으로 상당히 치우쳐 쓴다든가 하는 점 말입니다."

잠시 후, 베르트랑드는 우물거리며 말했다.

"독특한 특징 얘기를 하는 이유가 뭐죠? 비교할 만한 필체가 있다는 건가요?"

"네."

"이런 필체를 가진 사람이 누군지 파악했단 말인가요?"

"네."

"그렇지만… 그러면… 서명을 남긴 게 누군지 아세요?"

"알지요."

베르트랑드가 펄쩍 뛰며 소리쳤다.

"당신이 착각한 거면요? 그러니까… 착각할 수도 있는 거잖아요…. 두 필체가 비슷할 수는 있지만 같은 사람 것이 아닐 수도 있어요. 잘 생각해봐요. 이런 혐의를 뒤집어씌우는 건 상당히 심각한 문제니까요!"

베르트랑드는 잠자코 입을 다물었다. 여자의 눈빛은 라울에게 애원하다가 다시 도발하는 듯했다. 그러더니 돌연 체념한 듯, 안락의자에 주저앉아 흐느껴 울기 시작했다.

라울은 베르트랑드가 감정을 추스르도록 시간을 주고 나서 몸을 기울여 여자의 어깨에 손을 얹고는 나직이 말했다.

"울지 마십시오. 다 수습하겠습니다. 그렇지만 내가 가정한 것들이 모두 맞고 지금까지 해온 방식대로 밀고 나가도 된다고 말씀해주십시오."

베르트랑드는 들릴락 말락 한 목소리로 대답했다.

"네…. 전부 사실이에요."

여자는 라울의 손을 자신의 두 손 안에 꼭 쥐고는 눈물로 적셨다.

"대체 어떻게 된 일입니까? 얘길 좀 해봐요. 내가 알아듣게요…. 자세한 이야기는 필요하면 나중에 다시 하기로 하고요."

베르트랑드는 갈라진 목소리로 입을 열었다.

"남편이 생각하는 것만큼 그렇게 잘못한 건 아니에요…. 편지는 할아버지가 남편한테 맡긴 거고, 할아버지의 사망 시점에 공증인이 있는 데서 개봉해야 했어요. 그런데 남편이 먼저 열었다가 유언장을 발견한 거죠."

"남편분께서 그렇게 설명하던가요?"

"네."

"그 얘긴 그다지 신뢰가 안 가는군요. 남편분께선 평소 몽테시외 씨와 사이가 좋았습니까?"

"아니요."

"그러면, 당신 할아버지는 어떻게 유언장을 남편한테 맡겼을까요?"

"실은… 실은요, 몇 주 후에 남편한테 들었어요…."

"몽테시외 씨의 유언에 대해서는 함구한 채 남편과 공모하신 거군요…."

"알아요…. 그 때문에 저도 마음고생이 이만저만이 아니었어요. 하지만 당시 우린 돈 문제로 전전긍긍하던 때였고, 카트린한테 유산이 더 많이 책정된 걸 보고 마음이 상해 있었어요. 그러다 그 금 얘기에 그이 눈이 돌아간 거죠. 우린 할아버지가 제조 비법을 알아냈고, 저택과 강 오른쪽 땅을 전부 카트린에게 물려주면서 그 애한테만 무한한 보물을 양도하려 한다고 생각한 거예요."

"하지만 동생분은 분명 그것을 당신과 나누었을 겁니다."

"저도 그렇게 생각해요. 하지만 남편 뜻이 워낙 강한 데다, 저는 나약하고 비겁하게 그냥 끌려간 거죠…. 욱하는 심정도 있었고요. 그 일은 정말이지 부당하고… 너무나 속 뒤집어지는 일이었어요…!"

"하지만 유언장이 없어져서 재산이 분할되지 않고 당신 두 자매 사이에 남아 있는 것 아닙니까."

"네, 하지만 그 애는 결혼할 가능성이 있었고(실제로 그렇게 되었지요), 그렇게 되면 우린 원하던 대로 자유롭게 조사를 할 수 없으니까요. 게다가, 남편은 이 일에 대해 더 오래전부터 알고 있었던 것 같아요."

"어디서 들은 걸까요?"

"전에 여기서 일했던 보셸 할멈이요. 반쯤 미쳐 있는 상태에서 할아버지에 대한 얘기를 남편한테 전했는데, 암벽이라든가 뷔토로맹, 강에 대한 이야기를 주로 해주었다고 했어요. 그 점은 두 땅 사이에 버드나무로 경계를 두려고 했던 할아버지의 유언과 일치했어요."

"게르생 씨가 경계선을 변경한 게 그 때문이었군요?"

"네, 제 서명을 보고 눈치채셨겠지만, 전 키유뵈프에 다녀온 적이 있어요. 설명은 남편이 해주었고요…."

"그래서 다음엔 어떻게 됐습니까?"

"더 이상 아무 얘기도 안 해줬어요. 절 의심하는 눈치였죠."

"이유가 뭡니까?"

"제가 말을 번복했던 데다, 카트린한테 다 말해버리겠다고 으름장을 놓았거든요. 게다가 우린 갈수록 관계가 소원해졌어요. 올해 들어 카트린의 결혼 문제 때문에 그 애와 이곳을 찾았을 때는 이제 영영 헤어지는구나 싶었어요. 두 달 후 남편이 와서 굉장히 놀랐죠. 파므롱 씨와 관련된 일은 저한테 입도 뻥끗 안 했고, 누가 남편을 죽였는지, 왜 죽였는지도 전 몰라요."

베르트랑드는 몸을 떨고 있었다. 살인 사건이 떠오르자 다시금 충격에 휩싸인 듯했다. 여자는 절망과 공포에 사로잡혀 라울의 품에 뛰어들며 애원했다.

"부탁이에요…. 부탁이에요…. 절 좀 도와주세요…. 절 지켜주세요…."

"누구한테서 말입니까?"

"누구한테서든요…. 아니, 이런저런 사건들…. 과거로부터요…. 남편이 저지른 일이나 제가 공범이라는 사실이 알려지는 건 싫어요…. 당신이 사건의 진상을 밝혀냈으니, 알려지지 않게 해줄 수 있잖아요…. 원하기만 하면 뭐든 할 수 있잖아요….

당신 곁에 있으면 그런 안전함이 느껴져요! 절 지켜주세요…."

베르트랑드는 눈물로 뒤범벅된 젖은 뺨에 라울의 손을 가져 갔다. 당혹스러워진 라울은 여자를 일으켜 세웠다. 비탄에 잠긴 채 격정에 일그러진 베르트랑드의 아름다운 얼굴이 남자의 얼굴과 마주하고 있었다.

라울은 중얼거렸다.

"두려워할 것 없습니다. 제가 지켜드리겠습니다."

"그리고 사건의 진상을 밝혀주실 거죠? 온갖 의혹이 저를 짓눌러와요. 누가 제 남편을 죽였을까요? 왜 죽인 걸까요?"

라울은 여자의 떨리는 입술을 응시하며 나지막이 대답했다.

"당신의 입술은 절망을 표현하라고 있는 게 아닙니다…. 자, 두려워하지 말고 웃어요…. 함께 풀어보도록 합시다."

베르트랑드는 열띤 목소리로 말했다.

"네, 함께 해봐요. 당신 곁에 있으면 마음이 안정돼요. 당신만 믿을게요… 당신이 아니면 절 도와줄 사람이 없어요… 제 마음속에서 무슨 일이 일어나고 있는지는 모르겠지만… 당신밖에 없어요… 당신밖에 없어요… 절 버리지 마세요…."

10
커다란 모자를 쓴 사내

파므롱 씨는 라울의 예상보다 훨씬 빨리 루앙에서 돌아왔다. 유흥가 친구들 중 한 명에게 주머니를 다 털린 후, 절제하며 올곧게 살아온 지난 긴 세월 동안 모아두었던 돈으로 마련한, 릴본과 라디카텔 사이에 있는 작은 집으로. 그리고 그날 밤, 자기 주머니에는 정직하게 번 돈 외에는 단 한 푼도 들어 있지 않다는 자부심으로 잠자리에 들었다.

그러니 한밤중에 누군가 자기 눈에 손전등을 비춰 잠을 깨우며 흥청망청 놀던 희미한 기억을 들추어냈을 땐 놀라지 않을 수가 없었다.

"이보게, 파므롱, 루앙의 옛 친구를 몰라보겠나? 라울일세."

아연실색해서 벌떡 일어난 파므롱은 횡설수설 입을 뗐다.

"저한테 왜 이러시는 겁니까…? 라울이라니…? 난 그런 이름은 전혀 모릅니다."

"뭐? 자네 말을 빌자면 '우리가 유흥을 즐기던' 게 기억이 안 난다? 루앙에서 어느 날 밤 내게 비밀을 털어놓던 것도?"

"비밀이라니!"

"자네도 알고 있잖나, 파므롱… 2만 프랑 말이야. 자네한테 접근했던 남자하며… 몽테시외 씨 서류에 몰래 끼워 넣은 편지하며, 응?"

"조용…! 조용히 해요!"

파므롱은 숨넘어가는 목소리로 신음하듯 말했다.

"알겠네. 그럼 말해주게나. 친절하게 답변만 해주면 게르생 씨 살인 사건을 함께 수사하고 있는 베슈 반장에게는 입도 뻥긋 않겠네."

그러자 파므롱이라는 이 순박한 사내는 공포에 질려, 금방이라도 흰자위를 보이며 까무러칠 것 같았다.

"게르생…? 게르생 씨라고요…? 전 정말 아무것도 몰라요."

"나도 그렇게 생각하네, 파므롱… 자넨 살인을 할 얼굴이 아냐… 내가 궁금한 건 그게 아니라… 아주 간단한 거라네, 별거 아니지… 그 얘기만 해주면 자넨 착한 꼬마 아가씨처럼 새근새근 잠들 수 있을 걸세."

"그게 뭡니까?"

"자네, 게르생 씨를 전에도 알고 있었나?"

"네, 예전에 고객으로 한 번 만난 적이 있어요."

"그 후론?"

"전혀요."

"그 사람이 자네에게 접근했을 때와 사건이 있던 날 아침, 자네가 라디카텔에 그를 보러 간 것을 빼곤 말이지?"

"네."

"그럼 이거 하나만 묻겠네. 그날 밤, 그 사람은 혼자였나?"

"네… 아니, 꼭 그런 것은 아니었습니다."

"자세히 말해보게."

"저한테 말할 땐 혼자였어요. 하지만 10미터쯤 떨어진 나무 사이에… 우리가 얘기를 나눴던 장소가 이곳에서 그리 멀지 않은 길가였거든요. 어두운 나무 사이로 누군가가 보였어요."

"그 사람과 한패였나, 아니면 감시하는 사람이었나?"

"모르겠어요… 제가 '누가 있어요'라고 했는데, '상관없네'라고 했습니다."

"숨어 있던 사람은 어떻던가?"

"몰라요. 형체밖엔 안 보였어요."

"형체는 어땠나?"

"뭐라 말하기가 힘든데, 커다란 모자를 쓴 것은 봤습니다."

"모자가 많이 크던가?"

"네, 챙도 엄청 크고, 높이도 높은 모자였습니다."

"또 알려줄 만한 다른 특이한 점은?"

"아무것도요."

"게르생 씨 살인 사건에 대해선 할 말 없나?"

"전혀요. 형체만 보이던 그 사람이 범인과 뭔가 관련 있을 거란 생각만 했어요."

"그럴 수도 있지. 하지만 신경 쓰지 말게나, 파므롱. 그런 생각 말고 그만 자게."

라울은 파므롱을 슬며시 침대에 밀어 눕히고는 턱 밑까지 이불을 덮어주었다. 옆으로 삐져나온 이불도 접어 정리해준 뒤, 까치발을 들고 방을 나오며 조용히 잘 자라고 일러두었다.

자신이 라울 다브낙이란 이름으로 바리바 사건에서 어떤 역할을 했는지 풀어놓던 아르센 뤼팽은 여담처럼 인간의 심리에 대해 말하기 시작했다.

"사람이 위기에 처하면 사건에 연루된 이들의 심리를 오해하는 걸 자주 봤다네. 사건과 관련된 행동에 대해서는 명민하게 주변 사람들을 분석하지만, 그 외에 은밀한 생각들, 말하자면 감정, 취향, 계획 같은 것들은 드러나지가 않아. 이번 사건의 경우도 그랬다네. 베르트랑드의 심중을 전혀 파악할 수가 없었지. 카트린도 마찬가지고. 사건과는 무관한 다른 무엇이 있다는 것조차 생각지 못했어. 두 자매 다 감정의 기복이 있었다네. 나에 대한 신뢰도 왔다 갔다 하고, 뭔가를 두려워하다가 침착해지고, 발랄하다가도 우울해지곤 하더군. 내가 완전히 잘못짚은 게 이 점이라네. 나는 그런 감정의 기복을 사건과만 연결 지어 생각했지. 자매들을 조사할 때도 사건에 관련된 것만 물었고. 그런데 실은 그런 감정 기복의 대부분은 사건과는 전혀 무관했던 거야. 내 실수는 사건에 대한 생각을 정리하는 데만 골몰해 있다 그만 문제의 감정적인 면을 놓치고 말았다는 거지. 그게 사건 해결을 다소 지연시켰다네."

하지만 수사가 지연된 대신 라울이 누린 보상은 꽤나 달콤했으리라! 날마다 두 자매의 기분을 띄워주고 용기를 북돋아 주는 조언자 역할을 하느라, 두 자매 사이에서 때로는 언니와, 때로는 동생과 매혹적인 몇 주를 보냈으니 말이다. 아침마다 라울은 개천 왼편 기둥에 매어둔 보트에 앉아 가장 좋아하는 취미인 낚시에 빠져들었고, 그러면 자매들은 점심 식사 전까지 그곳에서 그와 만나곤 했다. 셋은 때때로 역류에 뱃머리를 맡긴 채 상류를 향해 거슬러 올라가기도 했다. 다리 밑을 지나 뷔토로맹을 끼고 깊은 협곡을 건너면 버드나무들이 있는 곳에 닿았다. 그러다 다시 아래로 내려오는 물결을 따라 유유자적 제자리로 돌아왔다.

오후 나절엔 릴본이나 탕카르빌, 또는 바슴 마을 쪽으로 산책을 나가곤 했다. 그때마다 라울은 마을 농부들과 대화를 주고받았다. 노르망디 사람들은 타 지역에서 온 이들은 자기네 사투리로 외지인이라 부르며 경계했지만, 그럼에도 라울에게는 농부들의 수다를 끌어내는 요령이 있었다. 그러다 몇 해 전부터 이 지역 성주나 부농을 대상으로 도둑이 몇 번 들었다는 사실을 알게 되었다. 담을 넘고 비탈을 기어올라 집으로 들어와선, 가보와 은식기들을 훔쳐갔다고 했다.

좀도둑 수사는 아무 성과도 없었다. 게르생 살인 사건이 일어났을 때 경찰은 이 이야기를 언급조차 하지 않았지만, 지역 사람들은 도난 사건 중 상당수가 커다란 모자를 쓴 남자의 소행이었다는 걸 알고 있었다. 그 커다란 모자 형체를 봤다는 사람들이 있었기 때문이다. 모자는 짙은 색, 아마도 검은색이었던 것으로 추정되고 호리호리한 몸매에 키는 평균치보다 훨씬 컸다고 한다.

경찰은 범인의 발자국을 세 차례나 발견했다. 엄청나게 크고 깊은 그 발자국은 한눈에 봐도 큼직한 나막신 자국이었다.

하지만 무엇보다 흥미로운 것은 그 남자가 성에 잠입했다는 점이다. 그 성에 들어가려면 어린애 한 명이 겨우 통과할 만큼 좁다란 옛 운하를 통과하는 것밖에는 다른 방법이 없는데도 사람들은 성의 안뜰에서 그 커다란 모자의 형체를 보았고, 큼직한 나막신 자국도 발견했다. 어떻게 그 모습으로 옛 운하를 통과할 수 있었단 말인가!

커다란 모자를 쓴 남자 이야기는 흔히 떠도는 무시무시한 야수 전설처럼 온 지역으로 퍼져나갔다. 아낙네들 사이에선 그 남자가 게르생 사건의 범인이라는 게 정설이었고, 제법 그럴듯한 증거들도 있었다.

그 얘기를 들은 베슈는 카트린이 방에서 습격당했던 밤, 어두운 정원에서 추격전을 벌이던 범인도 큰 모자를 쓰고 있었던 것 같은 기억이 난다고 했다. 스쳐 지나가는 장면이긴 해도 지금 생각해보니 그랬던 것 같다고 말이다.

그렇게 모든 추리가 희한한 모자와 신발 차림의 미스터리한 인물을 중심으로 전개되었다. 마음대로 영지에 드나들고, 주변을 맴돌며 종횡무진 활보하되 예상치 못한 시점에 불쑥 출몰하는 그 남자는 과연 마을 전설 속에 나올 법한 악의 화신처럼 느껴졌다.

본능적으로 보셸 할멈의 오두막을 자주 살펴보던 라울이 어느 날 오후에는 두 자매를 불렀다. 나무 몸통에 기대어 세워진 널빤지 더미를 살피다 낡은 문을 하나 발견했던 것이다. 금이 가고 부서진 이 문에는 분필로 아무렇게나 거칠게 그린 그림이 하나 있었다.

"자, 그 사람 모습입니다. 모자는 이렇게 생겼고요… 사람들 말에 따르면 시장 인부들이 쓰는 솜브레로(스페인이나 남미에서 쓰는, 챙이 넓은 펠트 모자 – 옮긴이) 같은 모자를 쓰고 있지요."

"인상적이네요. 누가 이런 걸 그렸을까요?"

카트린이 속삭이듯 말했다.

"보셸 할멈의 아들입니다. 도미니크 보셸은 널빤지 조각이나 두꺼운 종이판에 그림을 그리며 시간을 보냈습니다. 미적인 요소 따위 없는 초보적인 수준이지만요. 이제 모든 게 맞아떨어지는군요. 보셸의 오두막은 모든 음모의 중심에 있었습니다. 모자 쓴 남자와 게르생 씨는 아마도 여기서 만났겠지요. 도미니크 보셸이 버드나무 세 그루를 옮기려고 나무꾼 한두 명을 임시 고용한 것도 이곳이고요. 제정신이 아니었던 모친도 그 밀담에 참석했고, 부족하나마 자기 머릿속으로 해석하고, 상상하고, 그 모든 것을 곱씹어보며 자기가 이해하지 못하는 부분을 추측했습니다. 카트린, 당신에게 횡설수설 털어놓았던 말이, 당신이 그렇게나 두려워한 이 위협들이 있을 것이란 내용이었죠."

그리고 이튿날 라울은 여섯 점의 스케치를 더 발견했다. 버드나무 세 그루, 바위들, 비둘기 집, 모자 그림 두 개, 그리고 얼기설기 여러 선으로 덧그려진 나머지 한 개의 그림은 권총의 형태였다.

카트린은 손재주가 퍽 좋았던 도미니크 보셸도 자기 모친처럼 저택으로 와 할아버지의 관리하에 목공 일, 자물쇠 작업 등

잔업을 도와준 적이 있음을 기억해냈다.

라울이 결론을 내렸다.

"그런데 우리가 얘기한 다섯 사람 중 몽테시외 씨, 게르생 씨, 보셸 할멈과 그 아들까지 네 사람이 죽었고, 모자 쓴 남자만 남았군요. 그 사람을 잡아야 사건이 풀리겠습니다."

사실 이 미궁 속 인물이야말로 사건 전반을 지배하고 있었다. 분초마다 이 모자 쓴 남자가 나무 사이, 땅속, 하천 바닥 어디서든 튀어나올 것 같았다. 길모퉁이 혹은 땅바닥 높이의 잔디부터 저 높이 나무 꼭대기까지 유령처럼 도사리다가 자세히 들여다보면 사라져버리는….

카트린과 베르트랑드는 여전히 예민했다. 언니도, 동생도, 위험을 피해 피난처를 찾듯 라울을 의지했다. 때로는 두 자매 사이에 뭔가 잘 맞지 않는 구석도 있음이 느껴졌다. 어색한 침묵이 감돌거나 갑작스레 부둥켜안기도 했고, 겁에 질려서 라울이 다정한 말과 행동으로 겨우 진정시켜도 이내 까닭도 없이 다시 공포에 사로잡히곤 했기 때문이다. 이 불안정한 상태를 어떻게 설명해야 할까? 유령에 대한 두려움이 전부일까? 라울은 모르는 어떤 이유가 있는 것은 아닐까? 남몰래 뭔가와 싸우고 있는 것일지도 모른다. 혹은 밝히고 싶지 않은 비밀이라도?

떠날 날이 가까워져 왔다. 8월 말엔 유쾌한 날들이 이어졌다. 저녁 식사 후엔 테라스에 나가 야외 분위기를 즐겼다. 베슈는 그 자리에 함께하지 않았지만 저택에서 멀리 떨어지지 않은 곳에서 담배를 피우며 예쁜 샤를로트와 함께 있는 모습이 보이곤 했고, 그동안 아르놀드는 여유롭게 상을 치웠다.

11시쯤 되면 자리는 파했다. 그러면 라울은 혼자서 정원을 순찰한 후 보트를 타고 강을 거슬러 올라가 잠복하며 사방에 귀를 기울였다.

어느 날 저녁은 날이 너무 좋아 두 자매도 라울을 따라나서고 싶어 했다. 보트는 노를 살짝만 저어도 조용히 미끄러져나갔고 경쾌한 소리를 내며 물방울을 튀겼다. 별이 박힌 하늘은 희미하게 빛났고, 지평선 너머 안개 속 어딘가에서 달 조각이 떠오르며 밤하늘을 점점 더 또렷이 밝혔다.

모두들 침묵을 지켰다.

협곡에서는 더 이상 노를 저을 수 없었기에 거의 미동조차 없었다. 물결이 이는 대로 강의 이편과 저편 사이를 부드럽게 오갈 뿐이었다. 라울이 팔을 뻗어 두 자매의 손을 잡으며 속삭였다.

"들어봐요."

두 사람은 아무것도 들을 수 없었다. 다만 산들바람의 고른 숨결이나 평온한 자연 속에서는 느끼지 못할 어떤 위험이 다가오는 듯, 숨 막히는 긴장감이 감돌았다. 라울은 두 사람의 손을 더욱 꼭 쥐었다. 자매들이 놓치고 있는 무언가를 듣고 있는 게 분명했다. 고요 속에 가득 숨겨진 위협을 라울은 알고 있었다. 범인이 매복 중이라면 이 배를 지켜보고 있을 것이다. 하지만 배에서는 온통 어둠으로 덮인 좌우의 골짜기를 세세히 살필 수가 없었다.

라울이 노를 잡아 골짜기 비탈면에 대고 밀며 말했다.

"돌아갑시다."

하지만 때는 늦었다. 요란한 소리와 함께 뭔가가 골짜기 위에서 굴러떨어지더니 3~4초 만에 강물이 덮쳤다. 라울이 노를 붙들고 있지 않았더라면, 그리고 배를 급히 돌릴 생각을 하지 못했더라면 바윗덩이가 뱃전을 산산이 박살 내고 말았을 것이다. 다행스럽게도 지금은 세 사람에게 흙탕물이 조금 튀는 정도로 그쳤다.

라울은 비탈면으로 뛰어올랐다. 그의 예리한 눈이 산꼭대기의 바위와 소나무 사이로 커다란 모자 형체를 포착했던 것이다. 형체는 고개를 살짝 들었다 이내 사라졌다. 아마 그자는 은신처에 숨어 안심하고 있을 것이다. 라울은 풀뿌리를 움켜쥐고 삐져나온 바위에 매달리며, 놀랍도록 빠르게 수직 비탈면을 기어올랐다. 놈은 막판에야 라울의 소리를 들은 게 분명했다. 반쯤 세우고 있던 몸을 그제야 다시 움츠렸기 때문이다. 그 때문에 라울에게는 나무 그림자로 덮인 편편한 바닥 외엔 아무것도 보이지가 않았다.

라울은 잠시 방향을 잡았다 주춤하더니 펄쩍 뛰어올라 흙더미처럼 꼼짝 않고 있는 검은 물체를 덮쳤다. 그자였다. 라울은 그를 붙잡았다.

허리춤을 움켜쥐고 라울이 소리쳤다.

"네놈은 끝났어! 내 손아귀를 빠져나갈 순 없지. 이거, 재밌어지겠는걸!"

남자는 땅속으로 파고들 듯 미끄러지더니, 여전히 허리춤을 단단히 붙들린 채로 몇 미터를 기어갔다. 라울은 욕을 퍼부으며 소용없다고 장담했지만, 컴컴한 어둠 속에 숨은 먹잇감은 말 그대로 손 안에서 스르륵 녹아버리는 느낌이었다. 남자가 두 개의 커다란 바위틈으로 파고들 땐 거친 바위 면에 두 손이 긁히고 두 팔은 점점 맞닿아 제대로 붙들 수가 없었다.

그랬다. 정말 그랬다. 남자는 사라지고 있었다! 땅속으로 들어가 버렸다고, 점점 몸집이 작아지더니 잡을 수조차 없게 되어버렸다고 말해야 옳았다. 라울은 이성을 잃고 울부짖으며 소리쳤다. 하지만 남자는 납작하게 얇아져서 꼭 움켜쥔 손가락 틈으로 빠져나가고 있었고, 어느 순간 라울의 손에는 아무것도 남은 것이 없었다.

모든 게 증발해버린 것이다. 이 무슨 기적이란 말인가? 그 무엇도 침투할 수 없는 은신처가 있단 말인가? 라울은 귀를 기울였다. 아무 소리도 들리지 않았다. 보트 곁에서 그를 기다리며 두려움에 사로잡힌 두 여인의 떨리는 외침뿐이었다.

라울은 자매들 곁으로 돌아왔다.

"아무도 없더군요."

실패로 끝난 추격전은 덮어두었다.

"그래도 그자를 보셨잖아요?"

"본 줄 알았죠. 하지만 이 컴컴한 나무 아래서 뭔들 확신할 수 있겠습니까…?"

라울은 신속하게 두 자매를 저택에 데려다주고 정원으로 달려갔다.

화가 났다. 그자에 대해, 또 자신에 대해 분노가 치밀었다. 담 주변을 돌며 빠져나갈 만한 틈이 있는 곳들을 꼼꼼히 살피다 문득 무너진 온실 터를 향해 내달렸다. 바로 그곳에 무릎 꿇고 앉은 그림자 하나가 보였다… 아니, 둘이었다.

라울은 그 위로 몸을 날렸다. 두 번째 그림자는 잽싸게 빠져나갔다. 라울은 첫 번째 그림자의 허리를 두 팔로 끌어안고는 함께 가시덤불을 뒹굴며 소리쳤다.

"아! 됐어! 이번엔 잡았어!"

가느다랗게 탄식하는 목소리가 들렸다.

"아니, 대체 뭘 잡았단 말인가? 나 좀 내버려 둘 수 없겠나?"

베슈의 목소리였다.

라울은 분통이 터졌다.

"이런 빌어먹을! 이 시간에 누워 자지 않고 뭐하는 겐가? 바보 천치 같으니라고. 대체 누구와 있었던 거야?"

그러자 이번엔 베슈가 불같이 성을 내더니 라울의 멱살을 붙잡아 흔들며 따졌다.

"바보 천치는 바로 자네야! 무슨 짓을 하고 다니는 건가? 왜 우릴 방해하느냔 말이야!"

"우리라니?"

"젠장, **그 여자** 말일세! 막 키스를 하려던 참이었는데. 이제야 드디어 나한테 넘어왔었는데… 입 맞추려는 찰나에 자네가 덮쳐버렸다고! 이 멍텅구리 친구야!"

자기가 달콤한 유혹의 현장에 불청객으로 난입했다는 생각을 하자 라울은 씁쓸한 실망감마저 뒤로한 채 웃음이 터져버렸다. 그렇게 한바탕 배꼽이 빠지도록 웃고 말았다.

"요리사…! 요리사 아가씨였네…! 베슈가 요리사 아가씨와 키스하려던 참이었다니! 그런데 그 소중한 순간에 내가 산통을 깼구먼…! 아이고, 하느님, 정말 웃기네! 베슈가 요리사 아가씨와 키스하려던 참이었다니! 이 친구, 돈 후안이구만!"

11
덫에 걸리다

몇 시간 눈을 붙인 라울 다브낙은 벌떡 침대에서 일어나 옷을 주워 입고, 협곡의 바위를 다시 찾아갔다. 몸싸움이 벌어졌던 장소를 표시해두려고 어젯밤 손수건을 떨어뜨려 두었던 것이다.

손수건은 어젯밤 그 자리가 아닌 멀리 떨어진 곳에서 두 번 매듭지어진 채로(분명 라울은 매듭을 지은 적이 없었다), 전나무 기둥에 단검으로 박혀 있었다.

"나에게 선전포고를 한단 말이지. 그래도 내가 무섭긴 한가보군. 다행이야! 하지만 그놈도 여간 대담한 게 아니야… 뱀장어처럼 손에서 빠져나가는 솜씨라니!"

바로 그 점이 라울의 관심사이기도 했다. 게다가 주변을 살펴보고 나니 한층 더 흥미로워졌다. 그자가 자취를 감춰버린 곳에는 자연적으로 생긴 일종의 균열이 있었다. 화강암 암반에서 흔히 발견되는 것이었다. 두 바위 사이 단층의 깊이는 고작해야 60~80센티미터였지만 꽤 길쭉했고, 무엇보다 폭이 아주 좁았다. 균열은 밑바닥이 좁다랗게 마무리되는 형태로, 너무

비좁아 그자가 여기로 지나갔으리라고는 상상할 수도 없었다. 그럼에도 놈은 분명 어깨너비보다도 널따란 모자를 쓰고 나막신처럼 투박한 신을 신은 채 이곳을 지났다. 사실이 그랬다. 빠져나갈 다른 출구는 없었다.

믿을 수 없는 도주 현장에서 놈이 발휘한 몸을 길게 늘이는 기술은 이 바위 단층의 좁다란 이미지와 잘 맞아떨어졌고, 라울의 손 안에서 그자가 녹아버리는 듯 사라지던 느낌과도 통했다.

간밤의 일로 인해 아직까지도 진정을 하지 못한 카트린과 베르트랑드는 잠을 설쳐 피곤한 얼굴로 라울을 찾아왔다. 두 사람 모두 출발 날짜를 앞당겨달라고 라울을 조르고 있었다.

"무엇 때문에요…? 바윗덩이 때문입니까?"

라울이 소리치자 베르트랑드가 대답했다.

"당연하죠. 우릴 노리고 있잖아요."

"장담하건대 그런 일은 없었어요. 방금 현장을 확인해보니 바위는 혼자서 굴러떨어졌더군요. 공교로운 일이지만 그 이상은 아니에요."

"하지만 저 위까지 쫓아 올라가신 건 뭔가를 보셨기 때문…."

"보지 못했습니다. 그저 누군가 있는 것은 아닌지, 바위가 인위적으로 떨어진 것은 아닌지 확인하려던 것뿐입니다. 하지만 어젯밤에 이어 오늘 아침에도 조사해보니 의심스러운 구석이라곤 하나도 없어요. 게다가 그 정도 낙하 사고를 꾸미려면 시간이 필요한데, 두 분이 한밤중에 배를 타고 나설 줄은 아무도 예상치 못했을 겁니다. 아시다시피 마지막 순간에 따라나선 것 아닙니까."

"그랬겠죠. 하지만 당신이 올 줄은 알고 있었을 거예요. 벌써 며칠째 그랬으니까요. 이제 우리가 아니라 당신을 공격하려는 거예요, 라울."

"제 걱정은 말아요."

라울은 웃으며 말했다.

"그럴 수 없어요! 그럴 수 없다고요! 위험을 자초하지 마세요. 그건 우리가 바라는 게 아니에요."

겁에 질린 두 여인은 정원을 산책하는 라울의 팔을 붙들고 번갈아가며 애원했다.

"떠나요! 정말이지 여기엔 더 이상 아무 미련도 없어요. 무서워요. 주변엔 온통 덫이 도사리고 있어요… 우리 떠나요. 무엇 때문에 안 가려고 하시는 거예요?"

이윽고 라울이 입을 뗐다.

"왜냐고요? 이제야 모든 비밀이 풀리려 하니까요. 최종 날짜도 결정되었고, 두 분은 게르생 씨가 어떻게 죽었는지, 그리고 할아버지의 금은 어디서 나온 것인지 아셔야 하니까요. 그걸 바라신 게 아닙니까?"

"맞아요. 하지만 그걸 꼭 여기서만 알 수 있는 것은 아니잖아요."

베르트랑드가 말했다.

"여기서만 알 수 있습니다. 그것도 정해진 날짜예요. 9월 12일, 13일, 아니면 14일입니다."

"누가 정한 날짜죠? 당신인가요…? 아니면 다른 사람이?"

"저도, 다른 사람도 아닙니다."

"그럼 누구죠?"

"운명입니다. 운명도 그 날짜는 바꾸지 못해요."

"하지만 그렇게 확신하신다면서 왜 사건은 아직도 미궁에 빠져 있는 거죠?"

"이젠 그렇지 않아요. 몇 가지만 빼고는 진실이 명확하게 밝혀졌습니다."

라울은 놀라우리만치 강한 확신과 함께 또박또박 강조하며 말했다.

"그렇다면, 밝혀보세요."

"정해진 날짜에만 할 수 있어요. 그날이 되어야만 정체불명의 범인을 붙잡고 두 분께 황금을 선사할 수 있습니다."

라울은 어리둥절해하는 사람을 지켜보며 즐거워하는 주술사처럼 경쾌한 음색으로 앞날을 예견하고는 이렇게 덧붙였다.

"오늘이 9월 4일이니까 6~7일밖에 안 남았습니다. 기다려 주실 거죠? 그럼 이 골치 아픈 일들은 더 생각지 말고 전원에서의 마지막 한 주를 즐깁시다."

두 자매는 기다렸다. 불안과 걱정의 나날이었다. 알 수 없는 이유로 서로 다투기도 했다. 라울에게 두 사람은 여전히 이해하기 힘들었고, 변덕스러웠으며, 그래서 더욱 매력적이었다. 하지만 둘은 서로를 떠나지 못했고, 특히 라울과는 헤어지지 못했다.

남은 며칠은 매혹적인 시간이기도 했다. 격전의 날을 기다리며 두 자매는 어떤 일이 펼쳐질지 짚어보려 애썼고, 그 사건이 이곳을 떠나기 전에 벌어질지, 후에 벌어질지 궁금해하다가 라울의 노력으로 마침내 긴장을 풀고 인생의 감미로운 순간들을 즐기게 되었다. 라울이 말을 할 때마다 두 자매는 웃음을 터뜨렸고, 발랄하면서도 진지했으며 열정적이면서도 무심했다. 자연스레 라울을 찾아와 꾸밈없는 애정 표현으로 즐거움을 주기도 했다.

라울은 두 자매가 털어놓는 우정 어린 토로를 들으며 가볍고도 유쾌한 혼자만의 생각에 빠지기도 했다.

'그것참, 예쁜 두 아가씨들이 점점 더 좋아지는군. 둘 중 누가 더 좋은 거지? 처음엔 카트린이 내 마음을 사로잡았지. 나도 앞뒤 재지 않고 카트린에게 헌신했고. 그런데 이제는 여성스럽고 애교 넘치는 베르트랑드가 날 흔들잖아. 정말 정신을 쏙 빼놓는군.'

라울의 마음속은 어쩌면 두 사람을 모두 좋아하고 있는 듯했다. 한 명은 너무나 맑고 순수했고, 다른 한 명은 너무나 격정적이고 난해해서, 두 사람을 좋아하면서도 마치 두 모습으로 나타난 한 여인을 좋아하는 것인지도 모른다. 그리고 라울은 그 여인, 모험 속의 여인을 위해 이 사건에 전심전력을 쏟고 있는 것인지도.

9월 5일, 6일, 7일, 8일, 9일… 그렇게 날짜가 흘렀다. 정해진 시간이 다가오자 베르트랑드와 카트린은 마음을 다잡고 라울과 같은 침착함마저 보였다. 두 사람은 자기 짐을 꾸렸고, 아르놀드와 샤를로트는 저택 이곳저곳을 정리했다.

친절하기 그지없는 베슈는 샤를로트 돕기를 마다하지 않았다. 샤를로트는 일주일간 자기 집에 다녀와야 했고, 베슈는 그녀와 동행하고픈 마음에 자기도 기차를 타겠다고 선언했다. 라울은 자가용으로 브르타뉴 지방을 둘러보자고 두 자매에게 제안했고 승낙을 받아냈다. 그사이 아르놀드가 파리에 있는 아파트를 정돈하기로 했다.

9월 10일, 점심 식사를 마친 베르트랑드는 물건값 결제를 위해 저택을 떠나 마을로 나갔다. 여자가 저택으로 돌아와 보니 라울은 보트에 앉아 낚시를 즐기고 있었고, 20미터쯤 떨어진 다리 입구에서 카트린이 라울을 바라보고 있었다.

베르트랑드는 보트 앞쪽으로 20미터쯤에 앉아 동생처럼 라울을 바라봤다. 남자는 물을 들여다보면서도 흔들리는 찌에는 무관심해 보였다. 강바닥에 뭔가 있는 것일까? 아니면 머릿속으로 뭔가를 생각하는 중일까?

라울도 그들의 시선을 느꼈는지 고개를 들어 카트린 쪽을 바라보고는 미소를 지었고, 이내 베르트랑드 쪽도 바라보고 미소 지었다. 두 자매가 보트에 올라탔다.

"우리 생각했죠?"

자매 중 한 명이 웃으며 물었다.

"맞아요."

"우리 중 누구요?"

"둘 다요. 두 사람은 따로 떼어 생각할 수가 없지요. 이제 두 분이 없으면 저는 어떻게 살아가야 될지 모르겠군요."

"우리 내일 떠나는 거죠?"

"맞습니다. 9월 11일, 내일 아침입니다. 브르타뉴 여행은 제가 드리는 보상입니다."

베르트랑드가 말했다.

"우리는 떠나는데… 아무것도 해결된 게 없어요."

라울이 답했다.

"모든 게 해결됐습니다."

긴 침묵이 흘렀다. 라울의 낚싯대엔 아무것도 걸리지 않았고, 라울 역시 아무것도 잡을 생각이 없었다. 그 강엔 물고기라고는 한 마리도 없었다. 하지만 셋은 들썩이는 찌를 열심히 바라보았다. 그러다 한마디씩 말을 꺼냈고, 그렇게 유쾌한 친밀감에 빠져 있다 문득 찾아든 저녁노을에 놀랐다.

"자동차를 점검해둬야겠군요. 같이 가시겠습니까?"

셋은 라울의 차를 세워둔 헛간으로 발걸음을 옮겼다. 성당에서 멀지 않은 곳이었다. 모든 게 정상이었다. 엔진도 고른 소리를 내며 돌아갔다.

오후 7시, 라울은 키유뵈프 페리보트를 타고 센 강을 건널 예정이라며 내일 아침 10시 반경에 데리러 오겠다는 말을 남기고 베르트랑드와 카트린을 떠났다. 라울은 베슈가 있는 별장으로 향했다. 그곳에서 마지막 저녁을 보내는 게 더 편할 것 같아서였다.

저녁 식사를 마친 라울과 베슈는 각자의 방으로 들어갔다. 이내 베슈가 코를 골았다.

그래서 라울은 별장을 나섰다. 별장 초가지붕 아래 두 개의 고리로 매달아 놓은 사다리를 꺼내 들고는 바리바 영지의 담장을 오른쪽에 끼고 오솔길을 따라 걸었다. 그러다 왼쪽으로 꺾어 담장 위로 올라갔다. 꼭대기에 이르자 칠흑 같은 어둠 속에서 무성한 나뭇가지들이 그를 덮어 가려주었다. 라울은 밧줄을 이용해 사다리를 밖으로 밀어낸 후 가시덤불 사이에 몸을 뉘였다.

나무 속에 숨은 채로 30분쯤 지났을까. 정원 전체가 시야에 들어왔다. 밝게 떠오른 달이 창백하고 고요한 빛으로 구석구석 어둠을 비추며 은빛 강물 위에 부서지고 있었다.

저 멀리 저택의 불빛이 하나둘 꺼졌다. 라디카텔 광장에 있는 커다란 시계가 10시를 알렸다.

라울은 주변을 살폈다. 두 자매에게 위험한 일이 생기리라곤 생각지 않지만 모든 것을 운명에만 맡겨두고 싶지는 않았다. 아무런 함정도 없다는 생각에 놈은 주변을 배회하며 계략을 이어나갈 수도 있다. 이미 목표물을 손에 넣었다고 믿으며 접근할지도 모르는 일이다. 그리고 아무도 자신을 감시하지 않을 것이라 확신할 것이다.

갑자기 라울은 전율했다. 잠복해 있길 잘했다고 할 만한 사건이 벌어지려는 것일까? 뭔가 알아내게 되는 게 아닐까? 오십 보쯤 떨어진 곳, 첫날 아침 카트린이 통과했던 쪽문에서 멀지 않은 곳이었다. 조금 전 라울이 따라왔던 그 울타리 안쪽 나무 기둥에 뭔가가 가만히 붙어 있는 것이 보였다. 나무의 일부 같지는 않았다. 그것이 몇 번 움찔거리더니 높이가 점점 줄어 땅바닥에 바짝 붙었다. 이 은밀한 움직임을 발견하지 못했더라면 라울도 길게 누운 이 형체를 커다란 주목의 그림자라고만 생각했으리라. 그 형체는 이제 어둠을 따라 기어가고 있었다.

그러다 그것이 허물어진 온실 터 위에 언덕처럼 쌓인 돌무더기, 수풀, 가시덤불에 이르렀다. 거기엔 희끄무레하게 곡선으로 난 길이 보였다. 그 형체가 다시 조금씩 높아지더니 바닥에 몸을 끌며 가시덤불 속으로 사라졌다.

들키지 않았음을 확신한 라울은 즉시 나무에서 뛰어내려 달빛이 닿지 않는 길목들을 골라 달리기 시작했다. 시선은 무너진 온실의 잔해 더미에 고정한 채였다. 몇 분 되지 않아 그곳에 도착한 라울은 더 이상 가리지 않고 흙더미 사이 구불구불한 길을 따라 들어갔다.

손에는 권총을 쥐었다. 불안이 엄습해왔기 때문이다. 언덕바지에 오른 뒤 눈으로 주변을 살폈다. 아무것도 보이지 않았다. 어쩌면 놈은 반대편 비탈로 내려갔을지도 모른다는 생각에 세 발자국쯤 더 내디뎠다.

라울은 한순간 망설였다. 나뭇잎 하나, 풀잎 하나 흔들리지 않는 깊고도 깊은 적막이 오히려 커다란 위협으로 다가오는 순간이었다. 하지만 모든 신경을 곤두세우며 걸음을 내디뎠다. 그 순간, 발밑으로 나뭇가지 부러지는 소리와 함께 잔해 더미 속에 균열이 생기고 있다는 걸 느꼈다.

라울은 허공으로 떨어졌다. 계획된 범행이 분명했던 만큼 제대로 한 방 먹고 말았다. 상황을 모면하는 데 실패한 라울은 균형을 잃은 채 아무 저항도 못 하고 쓰러졌다. 이내 담요 같은 것이 그를 덮은 뒤 돌돌 말았고 그 위로 밧줄이 옭아맸다. 정신을 차릴 틈도, 단 한 번 저항해볼 틈도 없었다.

이 모든 것이 상황을 판단할 겨를도 없이 일사천리로, 단 한 사람의 손에 의해 일어났다. 다음 단계도 지체 없이 진행됐다. 또 다른 밧줄이 라울을 말뚝, 쇠막대, 시멘트 기둥같이 단단하게 고정된 지점에 붙들어 맸고, 그 위로 자갈과 모래 더미가 쏟아지고 있었다.

그러고는 끝이었다. 고요한 어둠과 묘비의 무게만 더해졌다. 라울은 매장되어버린 것이다.

라울 다브낙은 스스로 패배자로 남아 희망의 끈을 놓아버릴 만한 인물이 아니었다. 어떤 상황에서든 사태의 심각성을 짚어보며 긍정적인 면을 찾아내는 사람이었다. 그러니 이 순간에도 라울은 적이 자기를 죽일 수도 있었을 텐데 그러지 않았다는 사실에 감탄하고 있었다. 정말 간단하게 끝낼 수도 있지 않았는가! 단검 한 방이면 자신을 그토록 집요하게 방해하는 장애물을 완전히 제거해버릴 수도 있었다. 그럼에도 라울을 죽이지 않았다는 것은 꼭 그럴 필요까진 없었기 때문일 것이다. 그저 계획을 실행하는 데 필요한 며칠간만 라울이 힘을 못 쓰게 하면 충분하다고 생각했으리라.

이런 추측은 라울이 평소 갖고 있던 생각과도 일치했다.

하지만 어쨌든 놈은 범행을 저지르는 데 주저하지 않았다. 운명의 손에 결과를 맡긴 것이다. 라울이 죽게 되더라도 범인에게는 그저 조금 안타까운 일에 지나지 않는다.

라울은 생각했다.

'난 굴복하지 않아. 중요한 건 이제 받을 공격은 다 받았다는 점이지.'

사실, 처음부터 라울은 본능적으로 가능한 한 가장 유리한 자세를 취해두었다. 온몸에 힘을 주어 무릎을 살짝 구부리고 양팔을 뻣뻣하게 펴고 숨을 들이마셔 가슴을 부풀렸다. 몸을 움직일 수 있는 어느 정도의 자유와 숨 쉴 공간을 확보했던 것이다. 또 한편으로는 자신의 위치가 어디쯤인지 정확히 파악하고 있었다. 라울은 모자 쓴 남자가 은신할 만한 공간을 탐색하며 이미 수차례 온실 잔해 더미 속에 들어왔었고, 온실 옛 입구에서 멀지 않은 곳에 위치한 이 빈 공간을 눈여겨봐 둔 적이 있었다.

그러니 두 가지 희망이 존재했다. 벽돌, 자갈, 모래와 함께 무너져 내린 온갖 고철 더미를 헤치고 위쪽으로 탈출하거나, 한때 온실이 세워졌던 지면을 이용해 아래쪽으로 탈출하는 것이다. 하지만 그러려면 어쨌든 몸을 움직여야만 했다. 이것이야말로 극복하기 어려운 난관일지도 몰랐다. 밧줄은 조그만 움직임에도 더 세게 조여오도록 매듭지어져 있었다.

하지만 라울은 몸을 뒤척이며 공간을 확보하기 위해 사력을 다했다. 동시에 머릿속에는 끊임없이 생각이 이어졌다. 함정에 빠지게 된 모든 경위를 그려보았다. 놈이 자신의 일거수일투족을 감시한 것과 담장 꼭대기 나뭇가지 사이에 숨은 자신을 발견해낸 방법, 덫이 놓인 장소까지 끌어들인 수완에 대해 생각했다.

희한한 것은 담요로 덮이고 그 위에 각종 더미가 성벽처럼 쌓였음에도 불구하고 바깥의 소리가 들린다는 점이었다. 희미하게가 아니라 신기하리만치 명확하게 들렸다. 적어도 센 강변과 이쪽 편의 소리들은 모두 들렸다. 잔해 틈으로 지면을 따라 벌어진 균열이 있어 그리로 소리가 들어오는 것이 분명했다. 그렇다면 균열은 센 강 쪽을 향해 거의 수평으로 생긴 배기관 형태일 것이다.

그렇게 라울은 강에서 울리는 뱃고동 소리를 들었다. 도로를 달리는 자동차의 경적 소리도 들었다. 라디카텔 성당은 11시를 알렸고, 마지막 열한 번째 종소리는 누군가가 자동차 시동 거는 소리에 묻혀버렸다. 그것은 라울의 차였다. 라울은 자기 차 엔진 소리를 알고 있었다. 수천 대의 차량 속에서도 명확히 구별할 수 있는 소리였다.

라울의 차가 출발했다. 마을을 돌아 대로로 접어들었고, 속도를 높여 릴본으로 향하고 있었다.

릴본이 최종 목적지일까? 놈이 누군지는 분명했다. 그가 루앙까지, 혹은 파리까지 가지는 않을까? 목적이 무엇일까?

힘겨운 탈출 시도로 조금은 지친 라울은 잠시 쉬며 생각에 잠겼다. 사실 상황을 따지자면 이랬다. 9월 11일, 내일 아침 10시 반에 카트린과 베르트랑드를 데리러 저택으로 가기로 되어 있으니, 10시 반이나 11시까지는 모든 게 정상으로 보일 것이다. 카트린과 베르트랑드가 걱정할 일도, 그를 찾아 나설 일도 없을 것이다. 하지만 그 후엔? 시간이 흐르며 라울이, 다른 사람도 아닌 라울이 사라졌다는 사실이 명확해지면 수사가 진행되고 그를 구하러 오지 않을까?

그렇게 되면 두 자매가 바리바에 남아 사건 해결을 기다릴 거라는 것쯤은 놈도 예상하고 있을 것이다. 하지만 그러면 놈의 모든 계획은 수포로 돌아가고 만다. 적의 계략이 성공하려면 자유롭게 활보할 수 있어야 하기 때문이다. 두 자매 중 누가 됐든 한 명은 이곳을 떠나주어야 한다는 결론인데. 방법은? 하나뿐이다. 파리로 불러들이는 것이다. 편지로는 필체가 드러난다. 그럼 전보로… 전보에 라울의 서명을 넣어, 갑자기 일이 생겨 먼저 왔으니 이 전보를 받는 즉시 기차를 타고 와달라고 한다면.

라울은 생각했다.

'그렇다면 두 사람이 거부할 리가 없어. 전보 내용도 그보다 논리적일 수 없고! 더구나 내 경호도 없는 바리바에 결코 남아 있으려고 하지 않겠지.'

한동안 애쓰던 라울은 비록 숨을 쉬기는 조금 힘들어도 충분히 잠을 자두었다. 그러곤 다시 작업에 몰두했다. 확신할 수는 없어도 탈출에 진전이 있는 것 같았다. 바깥 소리가 좀 더 명확하게 들렸기 때문이다. 하지만 갖은 고생과 작은 몸놀림의 결과로 과연 몇 센티미터나 전진했을까?

라울을 포박한 밧줄은 꿈쩍도 하지 않았다. 다만 닻과 같이 그를 고정된 지점에 붙들어 맨 밧줄만 조금 느슨해진 것 같았다.

오전 6시쯤 익숙한 자신의 자동차 엔진 음이 들리는 듯했다. 하지만 그럴 리가 없었다. 엔진 소리는 라디카텔 훨씬 못 미치는 곳에서 멈췄다. 놈이 무엇 하러 라울의 자동차를 다시 여기로 가져와 전보의 신빙성을 떨어뜨리겠는가?

오전이 지났다. 정오가 되었고, 비록 아무런 차 소리도 들리지 않았지만 라울은 두 자매가 이미 전보를 받고 라디카텔을 떠나 릴본으로 기차를 타러 갔으리라 생각했다.

하지만 예상은 빗나갔다. 1시쯤 성당의 규칙적인 종소리가 울려 퍼질 때 근처에서 외치는 목소리가 들렸다.

"라울! 라울!"

카트린이었다.

이어서 베르트랑드의 목소리도 들렸다.

"라울! 라울!"

라울도 두 사람의 이름을 힘껏 외쳤다. 아무 반응이 없었다. 자매의 외침이 이어졌다. 그러고는 멀어져 갔다.

다시 적막이 찾아왔다.

12
복수

라울은 생각했다.

'내 예상이 틀렸어. 자매를 파리로 부르는 전보는 없었던 거
야. 내가 없어진 것에 혼비백산해서 날 찾고 있는 거야.'

이윽고 그는 자매가 자신을 찾는 것이 헛되이 끝나지 않을
거라고 생각했다. 더욱이 이런 분야에 있어 전문가인 베슈라면
어렵지 않게 성공할 터였다. 영지의 규모는 결국 제한적이며,
라울이 죽었거나 부상당했다고 가정했을 때 그를 파묻어 숨겨
놓으리라 추정할 만한 장소가 그리 많지 않았다. 좁은 길의 바
위들, 뷔토로맹, 온실의 잔해들, 그 외 두서너 곳의 장소를 모두
가 익히 알고 있었으며, 이곳들은 모두 라울과 베슈가 하천과
사냥용 별장, 저택 외에 자주 순찰하던 곳이다. 그렇다면 시체
한 구를 숨겨놓을 만한 장소는 어디일까?

점점 시간이 흐르자 라울의 희망도 차츰 줄어들었다.

그는 혼자 중얼거렸다.

"베슈는 지금 제 기력이 아닐 거야. 악착같이 나를 찾으려고
하겠지만 사랑에 빠져 온전히 집중할 수 없겠지. 틀림없이 두

자매와 두 하인을 데리고 정원 밖 근처 언덕들과 작은 나무들, 센 강가를 헤매고 다니겠지. 아니면… 아니면… 누가 알아? 내가 변을 당한 거라 생각지 못했을 수도 있어. 급한 일이 생겨 미처 알릴 시간도 없이 어디에 갔다거나, 먼저 알아볼 것이 있다고 생각할 수도 있을 거야…. 그렇게 무작정 나를 기다릴 거라고!"

정말이지 어떠한 기별도 없이 하루가 지났다. 배나 자동차 소음 외엔 어떠한 소리도 들리지 않았다. 시간은 계속해서 흘렀다. 밤 10시가 되자 그는 자신의 보호에서 벗어난 카트린과 베르트랑드가 어둠이 찾아옴과 동시에 두려움에 떨고 있을 거라고 생각했다.

라울은 두 배로 힘을 냈다. 몸을 옥죄던 밧줄이 조금 느슨해졌으며, 고정되었던 부분들이 풀려 그가 생각하는 탈출구 쪽으로 조금 더 빨리 나아갈 수 있게 되었다. 또한 온몸을 뒤덮은 천의 엉성한 부분을 통해 보다 수월하게 호흡할 수 있었다. 배고픔은 그를 크게 괴롭히지는 않았지만 일을 보다 고되고 더디게 했다.

라울은 잠이 들었다. 열에 들떠 악몽에 소스라치고, 이유 모를 두려움에 찬 비명을 지르며 깨길 반복하면서.

남자는 정신을 차리기 위해 큰 소리로 외쳤다.

"이런, 이런! 피곤함과 배고픔으로 이틀을 보냈다고 내 머리가 돌아버리는 건가?"

오전 7시가 되었다. 9월 12일 아침, 자신이 공표했던 운명의 그날이 온 것이다. 이제 모든 상황은 적이 전쟁에서 승리할 것임을 예상하게 했다.

이 생각은 맹렬한 분노를 불러일으키며 라울을 채찍질했다. 적이 승리한다는 것은 두 자매의 패배와 파멸, 커다란 비밀의 누설, 죄인을 처벌하지 않는 것, 그리고… 자신의 죽음을 의미했다. 죽지 않고 이기고 싶다면, 묘석을 치우고 탈출해야만 했다.

전보다 맑게 들이쉬어지는 공기에 라울은 탈출구가 멀지 않았음을 느꼈다. 그곳으로 빠져나가기만 한다면 그는 사람들을 부를 것이고, 소리를 들은 사람들은 그를 찾을 것이고, 그렇게 구조될 터였다.

라울은 초인적인 힘을 썼다. 몸을 움직여 땅속을 지나가고 있는 순간, 갑자기 자신을 둘러싸고 있는 땅이 천재지변이라도 난 것처럼 뒤흔들리는 것을 느꼈다. 머리와 어깨, 팔꿈치와 무릎, 발을 동원하여 파헤친 굴이 무너져 내린 것이다. 이것은 라울 자신의 움직임 때문이었을까, 아니면 출구를 향해 나아가는 그의 동작을 지켜보고 감시하던 적이 한 번의 곡괭이질로 부실한 통로를 무너뜨린 것일까? 어찌 되었건 라울은 온몸이 짓눌려 숨이 막히고 막막했다.

저항해내려 애를 썼다. 다시 한 번 몸에 힘을 주어 힘껏 버텼다. 숨도 꾹 참았다. 굴 안에 남아 있는 공기를 아끼기 위해서였다. 하지만 가슴을 들어 올린 상태에서 몸을 짓누르는 무게에 맞서 호흡하기란 매우 힘이 들었다.

라울은 생각했다.

'15분 정도는 버틸 수 있을 거야… 근데 만약 15분 후에도…'

라울은 초를 세기 시작했다. 하지만 관자놀이가 마구 뛰기 시작하더니 정신이 흩어져 착란에 사로잡혔고, 자신에게 무슨 일이 생긴 건지 알 수가 없었다.

정신을 차렸을 때, 라울은 저택에서 자신이 원래 사용하던 방의 침대에 누워 있었다. 눈을 뜨자 자신이 옷을 다 입고 있는 게 보였으며, 카트린과 베르트랑드가 걱정스러운 눈으로 내려다보고 있었다. 괘종시계는 7시 45분을 가리키고 있었다.

라울이 중얼거렸다.

"15분… 그보다 더 지난 건 아니겠지? 그렇지 않고서야…."

그때 라울은 이런저런 지시를 내리는 베슈의 목소리를 들었다.

"서둘러요, 아르놀드! 사냥용 별채로 달려가서 라울의 여행 가방을 가져와요! 그리고 샤를로트는 차 한 잔과 비스킷을 좀 가져와요. 빨리빨리 서두릅시다!"

그리고 베슈는 침대 곁으로 다가와서 라울에게 말을 건넸다.

"먹어야 해, 친구… 많이는 아니더라도 먹어야 한다고…. 제기랄! 자네 때문에 다들 얼마나 걱정했는지 아나? 대체 무슨 일이 있었던 거야!"

카트린과 베르트랑드는 일그러진 표정으로 울고 있었다. 각자 라울의 양손을 잡은 채로 말이다. 베르트랑드가 나지막이 속삭였다.

"대답할 필요 없어요… 말하지 마세요…. 얼마나 기운이 빠졌겠어요…. 아! 당신이 없어진 동안 얼마나 걱정했는지! 갑자기 사라져서 얼마나 놀랐다고요! 대체 무슨 일이었는지 말해줘요…. 아니, 아니에요. 아무 말 말아요… 대답하지 말아요…."

자매는 입을 다물었다. 하지만 둘 다 너무나 흥분한 나머지 다시금 질문을 쏟아붓고는 바로 대답 말라고 하길 반복했다. 라울이 겪은 위험으로 완전히 혼란에 빠진 듯 보이는 베슈도 마찬가지였다. 베슈는 일관성 없이 횡설수설하다가 엉뚱한 지시를 내리느라 말을 멈추곤 했다.

차를 마시고 비스킷을 먹으며 원기를 조금 되찾은 라울이 입을 뗐다.

"혹시 파리로 오라는 전보를 받지 않았나요?"

베슈가 나서서 대답했다.

"그렇다네, 자네가 첫 기차를 타고 파리에 오라고 하지 않았나. 바로 자네 집에서 만나자고 말이야."

"그런데 왜 가지 않았나?"

"나는 가려 했지만 **그녀들**이 원치 않았네."

"무슨 이유로?"

"전보를 안 믿었거든. 자네가 그런 식으로 떠났으리라고 생각지 않더군. 그래서 결국 모두 자네를 찾기 시작한 거지…. 특히 밖에, 숲 사이에서 말이야. 하지만 우리 모두 우왕좌왕 갈피를 못 잡았지. 자네가 떠난 게 아니었던 건가? 우린 몰랐어. 시간만 계속 흐르더군. 잠도 못 잤지."

"경찰엔 알리지 않았나?"

"응."

"잘했네. 어떻게 나를 찾은 건가?"

"샤를로트가 자네를 발견했어. 오늘 아침 별안간 소리를 지르지 뭐야. '예전 온실 쪽에서 무언가 움직여요! 제 방 창문에서 봤어요!'라고 말일세. 그래서 그쪽으로 달려가 살펴본 거지."

라울이 나지막한 목소리로 말했다.

"고마워요, 샤를로트."

그리고 누군가가 다음 계획을 물어본 것 처럼 단호한 목소리로 또박또박 소리 내어 말했다.

"일단 자고 떠날 겁니다…. 르아브르로 향할 거예요…. 며칠간 머물면… 바닷바람에 기운을 차릴 수 있을 겁니다."

다들 라울을 혼자 남기고 방을 나갔다. 방의 덧창을 닫고 문도 모두 잠갔다. 라울은 곧 잠이 들었다.

오후 2시쯤 초인종이 울렸고, 베르트랑드가 라울의 방에 들어왔다. 베르트랑드는 한결 나아진 안색에 면도를 하고 깨끗한 옷으로 갈아입은 채로 소파에 길게 누워 있는 라울을 발견했다. 여자는 잠시 동안 기쁨이 넘치는 눈길로 감탄하며 바라보다가 남자에게 다가가서는 이마에 입을 맞추었다. 그의 두 손에도 말이다. 눈물이 뒤섞인 입맞춤이었다.

샤를로트가 라울의 방에 모두를 위한 식사를 차렸다. 라울은 조금밖에 먹지 못했다. 지친 기색이 역력했으며, 고통스럽던 순간의 기억에 시달리는 듯 어서 저택을 떠나고 싶어 했다.

베슈는 자동차까지 라울을 부축하다 못해 거의 안고 가다시피 해야 했다. 베슈는 라울을 자동차 뒷좌석에 태우고 운전대를 잡아 아슬아슬하게 운전해 갔다. 아르놀드와 샤를로트는 파리행 저녁 기차를 타야 했다.

르아브르에 도착하자 라울은 어떤 이유도 대지 않은 채 짐을 내리지도, 호텔에 들지도 않겠다고 했다. 라울은 곧장 생트 아드레스 해변을 거닐고, 하루 종일 한마디 없이 모래사장에 누워 생기를 조금씩 되찾아주는 신선한 공기를 가슴 가득 들이마셨다.

하늘을 따라 길게 뻗은 분홍빛 구름 사이로 해가 저물고 마지막 불꽃마저 수평선 너머로 꺼질 때, 두 자매와 베슈는 예기치 못한 광경을 접했다. 라울이 네 사람밖에 없는 텅 빈 모래사장에서 벌떡 일어나더니 정신없는 스텝과 동작으로 이뤄진, 바다 위의 갈매기 울음소리와 같이 날카로운 괴성까지 곁들인 춤을 춰대는 것이 아닌가.

베슈가 소리쳤다.

"아니, 자네! 미쳤나?"

라울은 베슈의 허리를 잡고 빙빙 돌게 하더니 쭉 뻗은 두 팔 위로 번쩍 들어 올렸다.

카트린과 베르트랑드는 웃으면서도 깜짝 놀랐다. 고달픈 시간을 겪고 아침부터 기진맥진하던 사람에게서 어떻게 이런 힘이 난 것일까?

라울은 일행을 이끌며 말했다.

"내가 며칠씩이나 혼수상태에 빠져 있을 줄 알았습니까? 기진맥진하던 상태는 끝났습니다. 저택에서 진작 끝났고말고요. 차 한 잔을 마시고 두 시간의 휴식을 취한 뒤 말입니다. 나의 예쁜 숙녀분들! 내가 어린 산모처럼 침대에서 시간을 허비하리라 생각한 건 아니겠지요! 자, 이제 작업을 시작해볼까요! 우선 뭘 좀 먹읍시다. 배고파 죽을 지경이군요!"

라울은 일행을 근처의 유명한 식당으로 데리고 갔다. 그곳에서 엄청난 식욕으로 식사를 했고, 두 자매는 이 남자가 이토록 활기와 재치가 넘치는 모습을 처음 보았다. 베슈도 이런 모습에 깜짝 놀라긴 마찬가지였다.

"무덤에 들어갔다 나오더니 갑자기 젊어진 겐가!"

라울은 그 말을 받아쳤다.

"자네가 약해 빠진 걸 나라도 어떻게든 상쇄시켜야지! 이번 위기를 겪는 동안 자네가 얼마나 한심해 보이던지 아나! 운전하는 것만 해도 그래, 얼마나 벌벌 떨던지! 내가 다 불안해서 벌벌 떨었네! 내가 한 수 가르쳐줘?"

그들이 자동차에 다시 탔을 때는 이미 밤이었다. 이번에는 라울이 운전대를 잡고 베슈를 조수석에, 두 자매를 뒷좌석에 앉혔다. 라울이 입을 열었다.

"무서워하지들 마세요! 몸 좀 풀겠습니다! 달리면 달릴수록 더 나아지니까요."

정말이지 자동차가 날아오르는 듯했다. 이윽고 포장도로 위를 내달려 아르플뢰르로 난 길 위를 돌진했다. 그들 앞에 길고 긴 해안선이 펼쳐져 있었고, 소용돌이가 코 지방의 고원지대를 쓸고 지나갔다. 그들은 생로맹 마을을 가로질러 릴본으로 향하는 길로 접어들었다.

라울은 이따금씩 승리의 노래를 부르거나 베슈에게 불쑥 말을 걸었다.

"이봐, 친구. 놀랐나? 병자치곤 운전을 잘하지 않나! 자, 베슈, 신사는 이런 식으로 운전한다고. 혹시 겁을 먹은 건 아니겠지? 카트린! 베르트랑드! 베슈가 겁을 먹은 것 같군요. 이런 경우엔 차를 세우는 게 나을 것 같은데, 어떻게 생각하시는지요?"

라울은 릴본의 길고 긴 내리막길에 다다르기 전, 오른쪽으로 방향을 틀어 달빛과 구름 아래 종탑이 눈에 두드러지는 한 성당을 향했다.

"생장드폴빌… 이 마을 알죠? 바리바에서 도보로 20분밖에 걸리지 않으니까요. 우리가 센 강 쪽 도로로 오는 소리를 못 듣도록 강 위쪽으로 들이닥치도록 하죠."

"듣다니 누가?"

베슈가 물었다.

"곧 알게 될 거야."

라울은 농장의 비탈에 차를 세워둔 뒤, 바슴 성과 마을, 보셸 할멈이 사는 숲과 라디카텔 골짜기를 잇는 시골길을 따라 걸었다. 그들 모두 발걸음을 살피며 조심조심 걸었다. 바람이 불자 엷은 구름이 슬며시 달을 가렸다.

그들은 라울이 전전날 사다리를 숨겨놓았던 가시덤불에서

멀지 않은 위쪽 담장에 다다랐다. 라울은 사다리를 다시 찾아 벽에 기대어 세우고는 그것을 타고 올라가 정원 안을 살폈다. 그러고는 일행을 불렀다.

라울이 목소리를 낮추어 말했다.

"어떤 두 사람이 한창 일을 하고 있군요. 이럴 줄 알고 있었 죠."

다른 이들도 모두 직접 보고 싶은 마음에 차례차례 사다리를 올라 벽 너머로 고개를 내밀었다.

그러자 강의 양측에 서 있는 그림자 두 개가 비둘기 집 높이 로 하나는 섬에, 다른 하나는 정원 쪽 기슭에 보였다. 그 그림자 들은 꼼짝도 하지 않았고, 몸을 숨기려는 기색도 보이지 않았 다. 그들은 과연 무엇을 하는 것일까? 무슨 비밀스러운 임무를 수행 중인 것일까?

엷은 안개가 구름에 뒤섞인 탓에 설령 두 물체를 이미 알고 있다 하더라도 제대로 식별해낼 수 없었다. 두 실루엣은 점점 더 강 위로 몸을 숙이는 것 같았다. 그들은 물속에 시선을 고정 한 채 무언가를 지켜보는 것이 분명했다. 그러나 그들은 보다 수월한 작업을 위한 손전등조차 가지고 있지 않았다. 마치 매 복 중이거나 덫을 당기고 있는 밀렵꾼들 같아 보였다.

라울은 베슈의 숙소에 사다리를 가져다 두고는 저택으로 향 했다. 쇠사슬 두 줄을 더 감아둔 탓에 자물쇠는 더욱 단단히 잠 겨 있었다. 그러나 라울은 모든 열쇠를 미리 복사해두었고, 심 지어 뒷문용 열쇠까지 가지고 있었다. 모두가 조심해서 걸었지 만, 사실 저택 앞쪽에서 작업 중인 이들이 소리를 들을 위험은 거의 없었다. 게다가 아주 희미한 손전등으로만 앞을 비추며 걸었다.

라울은 당구실로 들어가 사용하지 않는 낡은 무기 진열장에 미리 놓아둔 소총 하나를 집어 들었다.

"이 총은 장전이 되어 있네. 어때, 베슈. 감쪽같이 숨겨놓았지 않았나? 자네도 전혀 몰랐지?"

라울이 베슈에게 말을 걸자 겁에 질린 카트린이 소곤거렸다.

"죽이면 안돼요."

"아뇨, 그놈들에게 총을 겨눠야겠어요."

"아! 제발 그러지 말아요!"

라울은 아랑곳 않고 손전등마저 끄고는 십자형 유리창 하나를 조심스레 열고는 덧창까지 밀어제쳤다.

하늘은 점점 회색빛을 띠어갔다. 하지만 저기 60~80미터 정도 떨어진 거리에서는 여전히 동상처럼 움직이지 않는 그림자두 개가 보였다. 바람이 더욱 세차게 불었다.

그로부터 몇 분이 지났다. 두 그림자 중 하나가 천천히 움직이는 것이 보였다. 섬에 있는 다른 한 그림자는 강 위로 몸을 더욱 구부렸다.

라울은 총을 어깨에 얹었다.

그러자 카트린이 눈물을 흘리며 애원했다.

"제발 그러지 말아요… 제발…"

"그럼 내가 어떻게 했으면 좋겠습니까?"

라울이 되물었다.

"직접 달려가서 잡으면 되잖아요."

"놈들이 도망이라도 간다면? 내 손아귀를 빠져나간다면요?"

"절대 그럴 리 없어요."

"전 확실한 게 좋습니다."

라울이 총을 겨누었다.

두 여인의 심장이 오그라들었다. 차라리 끔찍한 장면이 이미 끝났기를 바랐다. 정말이지 요란한 총성 소리를 듣기가 두려웠던 것이다.

섬 위의 그림자는 더욱 몸을 구부리다 갑자기 멀어졌다. 떠나려는 신호인 걸까?

두 차례의 총성이 연이어 울렸다. 라울이 총을 쏜 것이다. 그리고 맞은편에선 두 그림자가 신음을 내며 풀 위에 나뒹굴었다.

라울이 베르트랑드와 카트린에게 명령했다.

"여기서 움직이지 마세요! 움직이면 안 됩니다!"

자매는 극구 따라가겠다고 고집했지만, 라울은 단호했다.

"아니, 안 돼요. 저 녀석들이 어떻게 반응할지 아무도 모른단 말입니다. 우리가 올 동안 기다리면서 놈들을 치료할 만한 것을 준비하고 있어요. 게다가 중상도 아닐 겁니다. 고작 새 사냥용 탄환으로 다리를 맞춘 것뿐이니까요. 베슈, 자네는 현관에 있는 궤에서 가죽띠와 밧줄 두개를 가져다주게."

그러면서 라울 자신도 들것으로 사용할 접의자 하나를 챙겨 두 부상자가 움직이지 못하고 쓰러져 있는 강가로 서두르는 기색 없이 다가갔다.

지시에 따라 베슈는 권총 한 정을 쥐고 있었고, 라울은 두 명의 적 중에 가까이에 쓰러져 있는 자에게 말했다.

"허튼수작은 하지 않는 게 좋을 거야! 조금이라도 바보 같은 짓을 했다가는 여기 있는 형사 양반이 널 짐승 잡듯 해치워버릴 테니까. 저항해봤자 무슨 소용이 있겠어?"

라울은 적 앞에 무릎을 꿇고 앉아 손전등을 그 얼굴에 비추고는 조소를 터뜨렸다.

"어이, 아르놀드 씨! 자네일 줄 알았어! 어찌나 능숙하게 처신하던지 의심을 할 수가 없더군. 오늘 아침에서야 자네가 범인이라는 것을 확신할 수 있었어. 여기서 대체 무얼 하고 있던 건가? 강에서 사금 낚시라도 하고 있던 건가? 제대로 설명해야 할 거야. 베슈! 들것에 이 양반을 좀 묶어주게. 가죽끈 두 개로 손목을 묶어놓는 걸로 족할 거야. 살살 해야 해, 알겠지? 팔인지 엉덩이인지에 총알이 박혀 있을 테니."

라울과 베슈는 자매가 램프를 밝혀놓고 기다리고 있는 저택의 거실로 아르놀드를 조심스레 옮겼다. 라울은 두 자매에게 말했다.

"자, 여기 소포 1번 아르놀드 씨입니다! 범인은… 그래요… 당신들 할아버지의 충직한 집사, 그분의 신임을 받던 바로 그 집사랍니다. 전혀 짐작치도 못하셨겠죠. 이제 소포 2번을 볼까요?"

10분 뒤, 라울과 베슈는 비둘기 집까지 힘겹게 기어 도망치던 공범을 붙잡아 왔다. 공범은 울먹이는 목소리로 더듬거리며 말했다.

"저예요… 네, 접니다… 샤를로트… 하지만 저는 아무 잘못 없어요. 아무 짓도 안 했어요."

그러자 라울이 크게 웃음을 터뜨리며 소리쳤다.

"샤를로트! 작업복에 면바지를 입고 발견된 우리의 예쁜 요리사! 어떤가, 베슈! 정말 축하하네! 자네 애인이 이렇게 매력적이라니! 하지만 그 전에 아르놀드 씨의 공범이었다니. 믿지 못할 일이군, 전혀 생각도 못했어. 가여운 샤를로트, 내가 당신 몸의 가장 포동포동한 부위를 다치게 한 건가요? 베슈, 자네가 직접 치료해주게! 냉습포 몇 장을 조심스레 올려놓고 자주 갈아주라고…."

라울은 계속해서 강기슭을 순찰했다. 그러다가 두 장의 시트를 맞대어 꿰매 붙인 기다랗고 얇은 천 하나가 둑 한편에서 반대편까지 걸쳐져 물에 잠겨 있는 것을 발견하고는 수거했다.

그 천은 큰 주름이 잡혀 물 안에서 주머니 모양을 만들고 있었다. 라울은 유쾌하게 웃으며 소리쳤다.

"하하! 여기 우리 낚시 그물이 있군! 베슈! 황금 물고기는 이제 우리 거야!"

13
논고

두 포로는 응접실의 소파에 각각 눕혀져 있었다. 허벅지에 꽤 심한 부상을 당한 아르놀드는 둔탁한 신음 소리를 내며 앓았다. 납 파편 몇 개에 종아리를 다친 걸로 끝난 샤를로트는 그나마 덜 고통스러워했다.

베르트랑드와 카트린은 아연실색한 표정으로 그들을 쳐다보았다. 두 자매는 정말이지 스스로의 눈을 믿지 못할 정도였다. 아르놀드와 샤를로트, 떨어지지 않을 정도로 끈끈한 정이 들어 자매들에게 가장 믿음직한 이들이자 거의 친구라고 할 수 있는 두 하인… 정말로 그들이 범인이란 말인가? 정말로 그들이 배신과 절도, 살인을 범했단 말인가?

베슈는 표정이 일그러질 대로 일그러져서는 세상 최악의 불행에 짓눌린 사내의 모습을 하고 있었다. 그는 요리사를 향해 몸을 기울이고는 위협과 질책, 절망이 뒤섞인 몸짓을 하며 낮은 목소리로 몰아세웠다.

그러자 여자는 어깨를 으쓱하며 비아냥거리듯 대꾸하여 베슈의 이성을 잃게 만들었다. 라울은 그런 그를 진정시켰다.

"베슈, 샤를로트의 결박을 풀어주게. 불편한 기색이 역력하니 말야."

베슈는 여자의 두 손목을 묶고 있던 두 개의 끈을 끊었다. 샤를로트는 풀려나자마자 베르트랑드 앞에 가서 무릎을 꿇더니 통곡을 하기 시작했다.

"마님, 전 죄가 없어요. 저를 용서해주세요! 다브낙 씨를 구한 사람이 저라는 걸 잘 아시잖아요…."

베슈는 갑자기 자리에서 벌떡 일어섰다. 혼란스러워 어쩔 줄 모르다가 샤를로트가 누구도 부정할 수 없을 만한 말을 하자 뜻밖의 힘이 불끈 솟은 것이다.

"샤를로트 말이 맞네! 대체 무슨 권리로 샤를로트가 범인이라고 몰아세우는 거지? 대체 뭘 잘못했다는 거야? 다 제쳐놓고 범인이라는 증거가 어디에 있어? 아르놀드에 대해서도 마찬가지야! 혐의가 뭔데? 대체 뭘 잘못했다는 거야!"

베슈는 한마디로 머리끝까지 잔뜩 화가 나서는 바득바득 따져대기 시작했다. 흥분해서는 라울 쪽으로 몸을 획 돌려 그를 몰아세우며 정면으로 공격했다.

"그래, 내 자네에게 묻겠어. 대체 뭣 때문에 저 불쌍한 샤를로트를 몰아세우는 거지? 뭣 때문에 아르놀드를 몰아세우는 거고? 파리행 기차에 올라 있어야 할 두 사람이 그 시간에 바리바 영지의 강가에서 발견되긴 했지…. 그래서 뭐? 출발을 하루 정도 늦췄을 수도 있지 않은가! 그게 죄인가?"

베슈의 논리 정연한 발언에 공감한 베르트랑드가 고개를 끄덕였다. 카트린도 입을 열어 나지막이 말했다.

"저는 아르놀드 씨를 오래전부터 알아왔어요…. 할아버지께선 저분을 한없이 신뢰해왔는데… 어떻게 그런 분이 언니의 남편을 죽였다고 생각할 수 있죠? 바로 할아버지 손녀의 남편을 말이에요! 그리고 저분이 구태여 그래야 했을 이유는 뭐죠?"

라울은 최대한 차분한 어조로 말했다.

"나는 아르놀드가 게르생 씨를 죽였다고 한 적 없습니다."

"그럼 뭐죠?"

라울이 단호한 말투로 이야기했다.

"자, 생각해봅시다. 이 사건은 아주 모호하고 복잡하니 우리 모두 머리를 맞대 풀어야 해요. 아르놀드 씨가 기꺼이 협조해주시리라 믿습니다. 그렇죠, 아르놀드 씨?"

베슈 덕분에 결박에서 풀려난 하인은 간신히 소파에 바로 앉았다. 평소 초연한 표정으로 가급적 눈에 띄는 것을 조심하던 집사는 이제 자신의 진짜 면모인 듯한 도전적이고 오만한 얼굴을 내비쳤다.

아르놀드가 대꾸했다.

"나는 아무것도 두렵지 않습니다."

"경찰조차도 말인가?"

"그렇습니다."

"당신을 경찰에 넘겨도 된단 말이지?"

"그건 안 됩니다."

"그 말은 당신 죄를 시인하는 거나 다름없이 들리는데?"

"나는 어떤 것에 대해 시인도, 부인도 하지 않습니다. 당신이나 당신이 하는 모든 말에 전혀 신경도 안 쓴다고요."

"그럼 당신은 어떤가, 착한 샤를로트?"

여자는 아르놀드가 처신하는 것을 보고 어느 정도 용기를 되찾았는지 강하게 받아쳤다.

"저도 마찬가지예요. 아무것도 두렵지 않아요."

"좋군, 당신네들 입장을 굳힌 거로군. 그게 진실인지 아닌지 알아보자고. 오래 걸리지 않을 거야."

라울은 뒷짐을 지고 몇 걸음을 옮기며 운을 떼었다.

"오래 걸리지 않을 겁니다. 사건의 발단으로 거슬러 올라가야 한다 해도 말이죠. 일단 사건들을 요약해서 시간순으로 명확히 정리해봅시다. 7년 전, 다시 말해 몽테시외 씨가 사망하기 5년 전, 그분은 당시 마흔 살이던 아르놀드를 집안 하인으로 고용합니다. 아르놀드를 추천했던 사람은 몽테시외 씨의 납품업자 중 한 명이었는데, 그 후로 수상쩍은 투기에 말려들어 스스로 목을 매어 자살했죠. 영리하고 교활하며 야망에 찬 아르놀드는 자신의 전 주인만큼이나 비밀스럽고 괴팍한 이 영감의 집에서 해야 할 역할을 꽤나 빠르게 눈치챕니다. 영감을 성심성의껏 보필하고, 생활 습관과 괴벽에 완전히 복종하여 신임을 얻습니다. 그리하여 하인, 실험실의 조수, 집사…, 즉 없어서는 안 될 심복이 된 거죠. 카트린, 난 지금 당신이 증언한 것을 바탕으로 이야기하는 거예요. 당신은 내가 물어보는 것에 자세하게 알지는 못한 채 기억나는 대로 이야기했죠. 하지만 그 기억을 잘 되짚으면, 당신의 할아버지가 항상 어느 정도의 불신을 품고 있었다는 것을 알 수 있죠. 심지어 아르놀드에게까지도, 또 가장 아끼는 손녀인 당신에게까지도. 당신은 당신 할아버지가 비밀을 가지고 있다고, 그 비밀을 알아내는 게 유리할 거라고 생각조차 하지 않았는데 말이죠."

라울은 잠시 말을 멈추더니 온 신경을 세워 경청하고 있는 청중들을 한번 훑어보고는 다시 말을 이었다.

"그 비밀이라 함은 몽테시외 씨가 금을 만들어낼 수 있다는 사실입니다. 우리는 지금에서야 그 사실을 알지만 아르놀드는 분명 당시부터 알고 있었습니다. 몽테시외 씨는 그것을 전혀 숨기지도 않았을 뿐만 아니라 심지어 전속 공증인 베르나르 씨에게 연구의 결과물을 보여주기까지 했으니 말이죠. 숨기고자 했던 것은 금을 생성하는 비법입니다. 아르놀드가 어떻게든 알아내려고 한 것이기도 하죠. 금 생성의 비법. 물론 다락에 몽테시외 씨가 설치해놓은 실험실이 있었습니다. 하지만 카트린, 당신이 내게 말해줬듯 비둘기 집 지하에 설치된 보다 비밀스러운 실험실이 하나 더 있죠. 우리가 전에 발견했던 전선으로 몽테시외 씨가 전기를 대려 했던 그 실험실 말입니다. 하지만 정말로 금을 생성할 수 있었을까요? 그 실험실들은 그냥 눈속임용에 불과하지 않았을까요? 다른 목적을 위한, 더 자세히 말하자면 금 생성을 믿게 하려는 목적으로 지어진 것이 아니었을까요? 이게 바로 아르놀드가 품었던 의문일 것입니다. 그걸 알아내기 위해 아르놀드는 자신의 주인을 고집스레 염탐했지만 매번 헛되이 끝나고 말았죠. 사실 몽테시외 씨가 사망한 당시, 유언장을 읽기 전까지 아르놀드는 나만큼이나 그것에 대해 잘 알지 못했다고 확신합니다. 하지만 몇 번의 추론 끝에 금의 존재와 바리바의 영지를 가로지르는 강줄기 사이에 연관성이 있다는 가정을 내리게 되죠. 처음부터 나는 오렐 천의 투명한 물에서 눈을 뗄 수가 없었습니다. 처음부터 의미심장한 어원을 가진 이 개천의 이름을 눈여겨봤다고요. 오렐Aurelle은 황금의 강을 뜻하지 않습니까? 그래서 난 작은 배 위에서 죽치거나 기슭에서 낚시를 하며, 강바닥에 뒹굴거나 합쳐지는 두 물줄기 사이에 떠다니고 있을 작은 금 조각을 찾으려 애를 썼죠. 아마 아르놀드도 자신의 주인과 카트린이 부활절이나 여름철에 휴가를 떠나 있는 동안 이런 짓을 했을 것입니다. 큰 모자의 사나이라는 별명을 얻을 정도로 이 지역에서 도둑질을 일삼으며 말이죠. 베슈, 내가 아직 자네에게 말하지 않은 큰 모자의 범행 날짜들과 아르놀드가 바리바에 체류한 날짜들을 비교해보면 분명 딱 맞아떨어질 걸세. 그리고 어느 날, 몽테시외 씨가 사망하게 되죠. 곧이어 유언장이 사라지게 되는데, 나는 그 범인이 아르놀드라 믿고 있습니다. 아르놀드는 게르생 씨에게 정보를 주고 심부름까지 해주며 몽테시외 씨와 관련된 몇몇 비밀들을 흘리다가 결국엔 본격적인 행동 계획을 제시하기까지 합니다. 결국 게르생 씨는 바리바로 가서 나무꾼 보셸과 함께 버드나무 세 그루를 옮겨 심는 일에 착수하게 되죠. 그리하여 강줄기는 게르생 부인이 상속받게 될 부분에 속하게 된 겁니다. 모든 일은 이 두 남자 사이에서 교묘하게, 하지만 결정적인 정보가 빠진 관계로 더디게 이뤄지죠. 강은 향후 일을 벌일 작업장의 중심이죠. 금이 강 어딘가에 있는 것은 분명하단 말입니다. 하지만 몽테시외 씨의 설명 없이 어떻게 수수께끼를 풀어 아르놀드와 게르생 씨가 금을 찾는 데 성공할 수 있겠습니까? 한 가지

단서가 있다면… 이 사건 안에 단서가 있다면, 그건 바로 몽테시외 씨의 유언장 맨 아래에 써 놓은 일련의 번호가 될 것입니다. 하지만 너무 눈에 띄지 않아 게르생 씨가 여기에서 의미나 중요성을 발견하지 못했으리라 추측합니다. 어쨌거나 움직여야 했습니다. 카트린의 결혼 가능성이 모든 일을 앞당겼죠. 두 자매는 이곳에 정착하기로 결정합니다. 잘된 일이죠! 아르놀드가 현장에 있게 되니 말입니다. 집사는 곧 게르생 씨에게 연락을 합니다. 게르생 씨는 즉시 이곳에 와서 유언장의 효력이 발생하도록 공증인의 서기인 파프롱을 매수하여 장인의 서류철에 유언장을 슬쩍 끼워 넣게 시킵니다. 그러고는 정원을 조사하는 일에 착수합니다…."

베슈가 빈정대며 외쳤다. 첫 번째 토론에서 내세웠던 반론을 다시 내세우며 말이다.

"그러고는 아르놀드에게 살해되지! 살인 사건이 발생할 당시 부엌 입구에 있던 그 아르놀드에게 말이네! 총 한 발이 발사된 직후 내가 비둘기 집으로 달려가자 바로 뒤쫓아 오던 그 아르놀드에게 말이지!"

라울이 이에 대꾸했다.

"자네 똑같은 소릴 반복하는군. 나도 다시 한 번 말하지. 아르놀드가 게르생 씨를 살해한 게 아니네."

"그럼 대체 누가 게르생 씨를 죽였단 말인가! 자네도 아니라고는 하지만, 그게 아르놀드건 누구건 간에 저지르지도 않은 범죄를 가지고 몰아세울 자격 없네!"

"범죄는 없었네."

"게르생 씨가 살해된 게 아니라는 말인가?"

"그러네."

"그럼 갑자기 왜 죽었단 말인가? 코감기라도 걸려 죽었다는 건가?"

"몽테시외 씨로부터 시작된, 계속되는 죽음의 우연 때문이라네."

"그럼 2년 전 죽은 몽테시외 씨가 범인이라도 된단 말인가?"

"몽테시외 씨는 편집증에 걸린 데다 스스로를 금의 지배자라고 믿는 광신자였어. 이런 사실이 모든 걸 설명해주지. 그는 자신이 그토록 연구하다 마침내 발견한 것을 다른 누군가에게 빼앗긴다는 것을 용납할 수가 없었지. 생각해보게. 비둘기 집 지하에 고갈되지 않을 거라고 믿는 진귀한 보물을 가득 쌓아둔 구두쇠를. 그런 구두쇠라면 자신이 집에 없는 동안에도 그 보물들을 지키기 위해 온갖 수단을 가리지 않았을 거라 생각되지 않나? 몽테시외 씨는 말년에 이르자 센 강가의 혹독한 겨울을 더 이상 버틸 자신이 없다고 생각했어. 그래서 죽기 직전의 여름 동안 보셸 할멈의 아들이 그의 지하 실험실에 설치해준 전선으로 혼자만의 비밀스러운 작업에 착수하게 되지. 바로 비둘기 집 입구에 자동 보안장치를 설치한 거네. 침입자가 문을 열려고 하는 것만으로 사람 키 높이에 설치된 권총이 발사되어 가슴 한복판을 맞추게 되는 장치 말일세. 과연 철저하면서 피할 수 없는 장치지. 걸작이라 할 만해. 그래도 맘이 놓이지 않았는지, 몽테시외 씨는 낡아빠진 다리 양쪽에 '위험. 수리 예정'이라 쓴 표지판까지 붙여놓았네. 그리고는 매년 9월 말에 그러했듯 저택 문을 잠그고 모든 열쇠를 챙겨서는 아르놀드와 카트린을 데리고 파리로 간 거지. 그러고는 바로 그날 저녁, 죽음이 찾아왔어. 나는 몽테시외 씨가 자신이 죽고 난 뒤를 위해 보안 장치를 제거하지 않은 채로는 비둘기 집에 들어가서는 안 된다는 지침을 내리려 했을 거라고 생각한다네. 하지만 시간이 없었던 거지. 금 생성의 비밀을 밝힐 시간은 말할 것도 없고. 그렇게 스무 달이 지나가고. 그 시간 동안 우연히 아무도 비둘기 집에 들어가려 하지도, 섬으로 놓인 낡아빠진 다리를 건너는 위험을 감행하려 하지도 않았지. 또, 습도 때문에 우연히 전선이나 탄환이 손상되는 일도 없었고. 하지만 게르생 씨는 카트린이 자주 다리를 건너다닌다는 것을 알고는 자신도 다리를 건너가서는 비둘기 집에 다가가 문을 열어젖혔고 결국 가슴 한복판에 총알을 맞은 걸세. 즉, 게르생 씨는 살인 사건의 피해자가 아닌 우발적인 사고의 피해자인 거지."

숨을 죽이고 듣고 있던 두 자매는 라울의 말이 절대 틀리지 않을 거라고 확신했다. 베슈는 인상을 구긴 채로 있었으며, 아르놀드는 몸을 앞으로 기울인 채 라울에게서 눈을 떼지 않고 있었다.

라울은 얘기를 계속했다.

"아르놀드는 과연 덫이 쳐져 있다는 걸 알고 있었을까요? 제가 알기론 아르놀드는 섬에 드나든 적이 한 번도 없습니다. 그렇다면 뭔가 따져보고 믿지 못해 일부러 섬을 피한 걸까요, 아니면 단지 우연히 그랬던 걸까요? 거기에 대해선 모르겠습니다. 어쨌거나 확실한 건 그는 게르생 씨가 사망한 이후, 몽테시외 씨의 보물을 노린 음모의 유일한 중심인물이었던 거죠. 예심판사가 대표하는 사법 당국은 이에 대해 아무것도 파악하지 못했습니다. 베슈 수사반장이 대표하는 경찰 당국 역시 마찬가지였고요. 베슈 형사는 정말이지 이번 사건에서 봐줄 수 없을 정도로 무능하더군요….."

베슈는 두 어깨를 으쓱해 보이며 라울의 말을 끊었다.

"그런 자네는 사건이 터진 즉시 모든 걸 다 알았다는 듯이 말하는군?"

"그렇고말고. 범죄를 저질렀을 만한 사람이 없다는 걸 안 순간, 이 사건이 저절로 일어났다는 것을 알았지. 거기서부터 상황을 모두 이해하는 데까지는 단지 한 발짝 거리일 뿐이었어. 나는 전선과 권총을 조사한 즉시 단숨에 그 한 발짝을 뛰어넘은 거지. 다시 아르놀드로 돌아오면, 이 양반은 갑자기 들이닥칠 위기에 철저히 대비하면서 제 맘대로 모든 일을 꾸미고 있던 거야. 도미니크 보셸은 몽테시외 씨를 도와 일했던 덕에 이런 덫의 존재에 대해 어느 정도 알고 있었고, 다른 비슷한 게 더 있으리라 추측할 수 있었을 거야. 과묵한 편이었던 그 사내는 자신의 어머니에게만큼은 그것들에 대해 이야기했고, 그 노망난 노파는 세 그루의 '바두나무'나 카트린에게 닥칠 위험을 실성해서 떠들어댄 거지. 그렇게 해서 분위기가 험악해질 대로 험악해진 거라고."

베슈가 비웃으며 되물었다.

"그렇다면 아르놀드는 왜 도미니크 보셸과 그 어머니를 차례차례로 제거한 건가?"

라울은 발을 쿵 구르며 큰 목소리로 힘주어 말했다.

"아니지! 아직도 이해를 못 하는군. 아르놀드는 살인범이 아니야."

"그럼 도미니크 보셸과 그의 어머니가 살해된 건 뭔가."

라울은 다시 한 번 강한 어조로 말했다.

"아르놀드는 도미니크 보셸도 그의 어머니도 죽이지 않았어. 계획적인 살인을 이야기하는 거라면 아르놀드는 죄가 없다는 말이네."

베슈는 고집스레 따졌다.

"하지만 카트린 몽테시외가 도미니크 보셸과 만날 약속을 하던 날에 아르놀드인지 누군지가 숨어 그 내용을 엿듣고 있었고, 결국 약속 당일 도미니크가 나무에 깔려 숨진 채 발견되지 않았나."

"그래서? 그건 단지 우발적인 사고 아닌가?"

"그러니까 자네 말은 우연일 뿐이라고?"

"그러네."

"그럼 의사가 사인에 대해 망설였던 건 뭔가?"

"단순한 실수지, 뭐."

"몽둥이가 발견된 건 뭐고?"

그러자 라울이 목소리를 깔고 이야기했다.

"잘 듣게, 테오도르, 이 친구야. 자네는 스스로 티 내고 다니는 것보다 훨씬 덜떨어졌군. 내 추리가 얼마나 명확한지 가만히 들어보라고. 게르생 씨의 사망보다 앞서 일어난 도미니크 보셸의 사망은 버드나무 세 그루가 옮겨진 것과 보셸 할멈의 저주와 더불어 가장 카트린을 두려움에 떨게 한 일이지. 당시 게르생 씨와 아르놀드는 유언장, 적어도 몽테시외 씨가 남긴 부연 설명과 관련된 정보를 얻었을 거야. 아마도 유언장에 휘갈겨져 있던 숫자의 수수께끼를 풀었을 수도 있겠지. 어찌 되었건 점점 커져만 가는 공포 속에 아르놀드는 이를 이용한 또 다른 작전을 떠올렸을 거야. 게르생 씨가 사망하자 그 공포는 극에 달했지. 곧이어 같은 날, 보셸 할멈이 완전히 넋이 나간 채 낙엽 더미 사이에서 발견되지. 살해 의도는 파악할 수 없었어. 그리고 며칠 뒤 그 가엾은 노파는 끝내 사다리에서 떨어지는 사고를 당하게 되지. 물론 누군가 노파를 단지 사다리에서 떨어뜨리려 했던 의도 외에 다른 것은 파악할 수 없었어."

베슈가 소리쳤다.

"그렇다 쳐. 그래서 아르놀드의 또 다른 작전이라는 건 뭔가? 꾸미고자 한 일이 뭐냔 말일세!"

"모든 사람을 저택에서 내쫓는 것이었지. 아르놀드는 저택에 금을 찾으러 온 거야. 하지만 저택이 비어 있지 않는 한, 자기를 감시할 사람들이 있는 한 금을 찾기는커녕 필요한 작업을 진행할 수조차 없다고 생각했지. 무슨 수를 써서라도 정해진 날, 즉 9월 12일 전까지 저택 사람들을 내쫓아야만 했어. 그러기 위해서 그는 이곳에 끔찍한 분위기를 조성하여 두 자매가 무조건 떠나야만 하게끔 만들어야 했지. 살인 본능이 없어 사람들을 죽일 생각을 하진 않았지. 다만 쫓아내려 한 거야. 그래서 어느 날 저녁, 창문을 통해 카트린 방에 침입해서는 목을 졸랐어. 자네는 살해 의도가 다분했다고 말하겠지. 아니, 살해를 가장할 의도가 다분했다고 하지. 목을 조르긴 했지만 시늉만 한 거야. 죽일 시간이 있었지만 죽여서 뭘 하나? 진짜 목적이 아닌데. 그래서 그냥 도망친 거지."

베슈는 라울의 말에 거의 설득되었으면서도 괜한 고집을 부렸다.

"그래, 그렇다고 쳐. 우리가 정원에서 본 게 진짜 아르놀드라면 그의 방에서 총을 쏜 건 누구란 말인가?"

"물론 공범인 샤를로트지! 그들끼리 사전에 짜놓은 거야. 아르놀드는 총에 맞은 범인 역할을 한 거고. 우리가 범인 쪽으로 달려갔을 때 이미 그곳엔 아무도 없었어. 아르놀드는 다시 자기 방으로 올라갔다가 일부러 우리와 마주치려고 한 손에 총을 들고 내려온 거야."

"그럼 어디를 통해 다시 올라갔다는 거지?"

"저택 안에 계단 세 개가 있는데, 그중 맨 끝에 있는 계단을 이용한 거지. 아마 밤에 작전을 꾸밀 때마다 그 계단으로 다녔을 거야."

"진짜로 아르놀드가 범인이라면 공격당했을 리가 없지! 샤를로트도 마찬가지네!"

"그거야 다 꾸며낸 거지! 무슨 수를 써서라도 의심 사는 것을 막아야 하지 않았겠나. 아르놀드는 다리 위의 판자 하나를 부숴놨다가 물에 빠진 척했지만 사실 몸을 살짝 적시는 정도였지. 사전에 들보 하나를 치워놓아 헛간이 무너졌지만 샤를로트는 당연히 다치지 않았지. 하지만 그로 인해 이곳의 공포는 무시무시하게 커져만 갔어. 두 자매는 더 이상 저택에 머물고 싶어 하지 않았지. 자매가 그래도 떠나기를 머뭇거리자 새로운 위협을 가하게 돼. 바로 총으로 베르트랑드의 창문을 겨눈 거야. 물론 다치진 않았지. 저택은 즉시 폐쇄되고 우리는 르아브르로 갔고."

베슈가 반박했다.

"두 사람도 함께 떠나지 않았나."

"그 뒤로 두 사람은 휴가를 신청했지. 9월 12일, 13일, 14일 이렇게 사흘간 몰래 저택에 남아 있기 위한 휴가 말일세. 이 날짜들이 결정적이라는 감이 오더군. 아니, 단순히 감이 아니라 논리적인 추론에 의한 확신이 들어. 공증인과의 만남을 핑계로 두 숙녀분들을 이곳에 다시 모셔왔을 때도 상황을 안정시키기 위해 그저 10일이나 11일 후에 출발한다고 둘러대면 그만이었지. 그로부터 3주간의 조용한 날들이 찾아왔지. 저택이 비게 될 테니까. 하지만 그날이 다가오는데도 아르놀드는 걱정을 하지. 샤를로트로부터 게르생 부인이 떠나기 주저하는 것 같다는 사실을 들은 터라 걱정이 더 가중돼. 여주인들이 떠난다는 말은 그냥 속임수가 아닐까? 떠났다가 불시에 들이닥치는 것은 아닐까? 또 내가 그렇게 만만한 사내가 아니라는 것을 알고 더욱 두려워했지. 그런 나머지 이번엔 좀 더 대담한 행동을 하게 돼. 승리를 코앞에 두고 경솔한 일을 저지른 거야. 어느 날 저녁, 내가 뱃놀이하는 걸 몰래 염탐하던 아르놀드는 바위를 굴려 날 덮치게 했지. 자기도 모르는 새, 나뿐만 아니라 나와 동행하던 두 여주인을 위험에 빠뜨렸다는 걸 깨닫지 못하고 말이야. 그건 말 그대로 공격이었어. 우리가 바위를 피해 무사할 수 있었던 건 정말 기적이었지. 하지만 그렇게 전쟁은 선포되었네. 나는 정말로 없애버려야 할 적이 된 거지. 아르놀드는 나를 쫓으며 내 동작 하나도 놓치지 않았어. 비탈 위에서 나를 덮치며 자신이 커다란 모자를 쓴 사내라는 것이 드러날지도 모른다는 사실도 아랑곳 않고 말이야. 그러고는 정말이지 모든 위험을 감수한 마지막 공격을 가했지. 나를 온실 폐허 쪽으로 유인하고는 그곳에 파묻어 버렸어. 그리고 모두에게는 숨겼지만 사실 운전을 할 줄 알았던 아르놀드는 그길로 내 자동차를 훔쳐 타고 파리까지 달려가서는 나를 사칭하여 숙녀분들에게 파리에 오라는 전보를 보냈어. 만약 두 숙녀분이 파리에 가길 거부하지 않았다면, 이자는 자기가 원하던 대로 저택에 혼자 남게 되었을 거야. 내가 빠져나갈 구멍을 거의 다 판 것을 보고 분통이 터진 놈은 그 위로 온갖 파편들을 쏟아붓더군. 샤를로트가 아니었더라면 난 정말 죽은 목숨이었어."

베슈가 다시 한 번 벌떡 일어났다.

"보라고…! 샤를로트 덕분에 살았다고 자네 입으로 말하는군. 샤를로트가 이 일과 전혀 무관하다는 것을 알겠나!"

"그렇지만 샤를로트는 처음부터 끝까지 아르놀드의 공범이었어."

"아니라고! 그녀가 자넬 살린 걸 보면 모르나."

"그건 후회 때문이었어. 샤를로트는 여태껏 아르놀드의 말이라면 뭐든지 받아들이고 찬성하고 협력했지. 하지만 마지막 순간이 되자 범죄가 성공하는 것을, 아니 아르놀드가 범죄자가 되는 것을 차마 볼 수가 없었지."

"아니, 왜? 그게 무슨 대수라고?"

"정말 알고 싶나?"

"그래."

"왜 샤를로트가 아르놀드가 범죄자가 되는 것을 볼 수 없었는지 정말로 알고 싶어?"

"그렇다니까."

"바로 샤를로트가 아르놀드를 사랑하기 때문이지."

"뭐라고? 무슨 소리야! 자네 무슨 소릴 지껄이는 거냐고?"

"샤를로트가 바로 아르놀드의 애인이란 소리."

"거짓말! 거짓말! 거짓말!"

14
금에 대하여

아르놀드는 점점 더 격앙된 모습으로 라울의 논증에 귀를 기울였다. 양손으로 안락의자를 움켜쥐고 상반신은 앞으로 쏟아질 듯 내민 채, 라울의 추리에 집중하느라 얼굴은 갈수록 일그러졌다. 그렇게 한마디 대꾸도 없이 듣고만 있었다.

베슈는 끊임없이 고함을 질러댔다.

"거짓말! 거짓말 말게! 아무 말 못 하고 있다고 해서 한 여자를 그렇게 가증스럽게 모욕할 순 없어."

라울이 응수했다.

"뭐? 샤를로트는 얼마든지 말할 자유가 있다네! 나도 기다리던 바야!"

"샤를로트는 자네를 경멸하는 거야. 나도 마찬가지고. 둘 다 결백해. 어쩌면 자네 말이 다 사실일지도 모르지. 사실이라는 걸 의심하는 것도 아니야. 하지만 둘 중 어느 누구에게도 들어맞지는 않는 주장이야. 잘 듣게나, 난 자네의 논증을 부인하는 바네. 그리고 내 경력과 수사반장의 권한으로 두 사람을 보호하겠어."

"젠장! 대체 자네가 원하는 건 뭔가?"

"증거!"

"하나면 되겠나?"

"좋지. 부인할 수 없는 증거라면."

"아르놀드가 자백한다면 부인할 수 없는 증거가 되기에 충분한가?"

"아무렴!"

라울은 아르놀드에게 다가가 얼굴을 마주한 채 두 눈을 똑바로 응시했다. 그리고 물었다.

"내 말이 다 사실이지?"

아르놀드는 힘겹게 대답했다.

"처음부터 끝까지 모두요."

그리고 이해할 수 없다는 듯 혼란스러워 하며 말을 계속 이어나갔다.

"처음부터 끝까지 모두 사실입니다. 지난 두 달간 제 모든 행동을 지켜본 사람 같군요. 모든 생각을 읽고 있었던 것 같아요."

"맞네, 아르놀드. 보지 못하는 부분은 추리를 하지. 현재 자네의 삶을 보면 과거에 어땠을지도 보이니까. 현재가 과거를 말해주지. 서커스단에서 곡예사를 한 적도 있지 않나?"

"네, 맞습니다."

아르놀드는 라울에게 홀리기라도 한 것처럼 약간 흥분해 있었다.

"그렇지? 몸을 길고 납작하게 늘여서 아주 조그만 통 속에 들어가는 법도 익혔겠지? 나이는 들었지만 아직도 필요하면 외벽을 타고 자네 방으로 들어갈 수도 있고 말이야. 파이프나 빗물받이 같은 것을 밟고서.”

“네, 맞습니다.”

“그럼 내 말이 틀리지 않았다는 거로군?”

“네.”

“하나도?”

“하나도요!”

“그럼 자네는 샤를로트의 애인이겠군? 샤를로트는 자네 지시에 따라 베슈를 유혹해 여기로 불러들였겠지? 베슈라는 공권력의 보호 아래 마음껏 활동하기 위해서.”

“네… 맞습니다….”

“또 샤를로트는 자매가 들려주는 이야기를 자네와 공유했겠지? 이를테면 내 계획을 말이야.”

“네… 맞습니다….”

라울의 세세한 추궁과 아르놀드의 시인이 더해갈수록 베슈의 분노는 격해졌다. 납빛이 된 얼굴로 비틀비틀 아르놀드에게 다가가서는 멱살을 흔들며 간신히 말했다.

“네놈을 체포하겠어… 검찰에 넘겨버릴 테다. 네 소행을 법으로 심판받게 해주마.”

아르놀드는 고개를 저으며 비웃듯이 히죽거렸다.

“아뇨… 아무것도 못 하실 텐데요… 저를 넘긴다는 건 샤를로트를 넘기는 것이니까. 그걸 원하지는 않으시잖아요. 게다가 이 사건이 퍼지면 카트린 양과 게르생 부인의 평판도 무너질 텐데, 그건 다브낙 씨가 반대하겠죠. 안 그래요, 다브낙 씨? 총 책임자에다 베슈도 복종하게 만드는 다브낙 씨, 저에 대한 어떤 법적 조치도 원하지 않으시지요?"

아르놀드는 라울이 싸울 마음만 먹으면 결투라도 받아준다는 기세로 배짱을 부렸다. 베르트랑드는 게르생의 공범이었고, 이 사건이 조금이라도 세상에 알려지는 날엔 자매도 큰 상처를 받을 테니까. 라울도 그 사실을 모르는 바가 아니었다. 아르놀드를 법정에 넘겨주는 것은 베르트랑드에게 공개적으로 망신을 주는 일이었다.

라울은 망설임 없이 수긍했다.

"같은 생각일세. 사건을 퍼트리는 건 바보 같은 짓이지."

그러자 아르놀드가 못 박았다.

"따라서 저는 보복을 두려워할 필요가 없군요?"

"없네."

"전 자유입니까?"

"그러네."

"그럼 한마디로, 선생님 같은 분이라면 지체 없이 수행하실 작업에 제가 지대한 공헌을 했으니 다음번에 채취할 금에 대해 제 지분을 주장할 수 있겠군요?"

"아! 그건 안 되지! 자네 너무하는구만."

라울이 호탕하게 웃으며 답했다.

"그건 선생님 생각이지, 제 생각은 다릅니다. 어쨌든 제 지분을 주셔야겠습니다."

아르놀드는 또박또박 힘주어 주장했다. 농담하는 투가 아니었다. 그 고집스러운 표정을 읽은 라울은 마음이 불편했다. 그렇다면 놈은 자신의 요구 조건을 일정 수준 밀어붙일 만한 최후의 카드라도 준비해둔 것인가? 라울은 아르놀드에게 몸을 숙여 낮은 목소리로 말했다.

"협박하는 건가? 무슨 명목으로? 뭘 믿고 이러나?"

아르놀드는 속삭이듯 말했다.

"자매는 당신을 사랑합니다. 교활한 샤를로트가 그 증거를 확보했죠. 당신 문제로 격렬하게 다투는 일도 빈번합니다. 두 사람 다 자기들이 왜 싸우는지, 자기 마음속에 어떤 감정이 있는지도 모르는 채로요. 하지만 단 한 마디면 깨달을 겁니다. 그리고 철천지원수가 될걸요? 그 한마디를 발설해드릴까요?"

라울은 세차게 주먹을 날려 아르놀드를 응징하고 싶은 마음이 굴뚝같았다. 하지만 그렇게 해결될 일이 아니었다. 게다가 아르놀드의 폭로가 마음을 끝없는 혼란에 빠뜨렸다. 라울도 두 사람의 감정을 모르지 않았다. 그날 아침만 해도 베르트랑드가 이유 없이 그를 꼭 껴안았고, 카트린도 라울에게 감미롭게 애정을 토로하는 일이 자주 있었다. 하지만 라울은 그 깊고 어렴풋한 감정들을 애써 덮어두었다. 그들이 가진 감미로움과 매력이 변질될까 두려웠기 때문이다.

라울은 마음속으로 생각했다.

'이 문제는 생각지 말자. 대낮이 되면 모든 게 알아서 시들 테니까.'

그리고 밝은 어조로 외쳤다.

"아르놀드 씨, 가만 보니 자네 주장도 일리가 있어. 그런데 그 커다란 모자는 대체 뭐로 만든 건가?"

"천입니다. 주머니에 구겨 넣을 수 있지요."

"그 커다란 나막신은?"

"고무지요."

"그래서 소리 내지 않고 걸을 수 있었군. 곡예사처럼 미끄러져 들어가던 그 구멍으로 신발도 밀어 넣었고."

"맞습니다."

"자네의 천 모자와 고무 구두를 금으로 가득 채워주지."

"감사합니다. 금을 찾을 수 있도록 제가 도와드리지요."

"그럴 필요 없네. 자넨 실패했어. 강물에 펼쳐놓은 천 주머니는 텅 비어 있네. 나는 성공할 거야. 그래도 한 가지만 더 확인하지. 몽테시외 씨가 배열해놓은 숫자 수수께끼는 누가 풀었나?"

"접니다."

"언제?"

"게르생 씨가 죽기 며칠 전입니다."

"그래서 그 지침대로 따랐나?"

"맞습니다."

"잘했어⋯ 베슈!"

"뭐?"

아직도 분이 풀리지 않은 수사반장은 퉁명스레 답했다.

"아직도 자네 친구들이 결백하다고 믿나?"

"물론이네."

"거참 잘됐군. 그럼 자네가 이 친구들 좀 돌봐주게. 치료도

해주고, 식사도 챙겨줘… 그리고 내가 작업을 마칠 때까지 이 거실에서 나가지 못하게 해주고. 하긴 이렇게 **총 맞은 상태**라면 마흔여덟 시간은 움직이기 힘들겠어. 그 정도면 내게도 시간은 충분하군. 이 친구들의 시중은 받을 수 없을 테니 각자 자기 일은 자기가 알아서 하세. 잘 자게. 난 눈 좀 붙여야겠어."

아르놀드가 라울에게 손짓을 했다.

"왜 지금 바로 시도하지 않는 겁니까?"

"이보게, 내 보기엔 자네는 알지도 못하고 덤벼들었네. 배열된 숫자를 제대로 파악하지도 못했어. 중요한 건 시도가 아니야, 이 양반아. 정확성이지. 다만…."

"다만…?"

"오늘 저녁엔 바람이 별로 없군."

"그럼 내일 저녁이면 되겠습니까?"

"아니, 내일 아침."

"내일 아침!"

아르놀드의 이 탄성은 그가 이해하지 못했다는 사실의 반증이었다.

바람이 관건이라면 라울은 유리한 조건을 갖춘 셈이었다. 밤새도록 거칠게 울부짖는 바람 소리가 들렸다. 다음 날 아침 라울은 옷을 입자마자 복도에서 창밖을 살폈다. 바람은 나무를 뒤흔들고 센 강 건너 서쪽에서부터 몰아치며 자신을 마중 나온 넓은 강물을 거칠고도 매섭게, 격렬하게 휘저었다.

라울이 거실에 나와 보니 자매가 아침 식사를 준비하고 있었다. 마을에 갔던 베슈가 빵, 버터와 달걀을 가지고 돌아왔다.

"자네의 두 친구를 위한 양식인가?"

"빵이면 충분해."

베슈가 거칠게 대답했다.

"이런, 이런! 그새 열정이 식은 것 같군….."

"빌어먹을 놈들! 만약을 대비해 손목을 결박해뒀지. 문도 열쇠로 잠갔고. 어쨌든 걷지는 못할 테니까."

"민감한 그곳에 습포제는 잘 발라주었나?"

"자네 미쳤군. 알아서들 하겠지!"

"그럼 우리랑 같이 갈 텐가?"

"물론이지!"

"환영하네! 이제야 자네가 제대로 된 노선을 잡았군그래."

그러고는 모두들 아침 식사를 즐겼다.

오전 9시, 일행은 위험을 무릅쓰고 장대비가 쏟아지는 밖으로 나갔다. 태풍은 낮게 드리운 먹구름을 몰고 와 닥치는 대로 모두를 삼켜버릴 듯이 위협했다.

라울이 말했다.

"조수입니다. 천둥소리로 자신을 알리고 있어요. 거센 파도와 광풍이 지나가고 나면 비도 잦아들겠지요."

그들은 다리를 건넌 뒤 오른쪽으로 꺾어 섬 위의 비둘기 집에 다다랐다. 이미 한 달 전 라울은 비둘기 집 열쇠를 복사해두었고 늘 몸에 지니고 다녔다.

라울은 문을 열었다. 안쪽에는 그가 다시 복구해둔 전선들이 작동 중이었다. 불을 켰다.

단단히 잠긴 자물쇠가 지하 창고 문을 지키고 있었다. 그 열쇠도 라울 손에 있었다.

지하 창고에 불을 밝혔다. 지하로 내려온 두 자매와 베슈는 나무 발판을 발견했다. 라울은 사다리를 걸친 벽면 쪽에 세워진 철망을 가리켰다. 철망은 자수용 바탕천만큼이나 촘촘했고 벽면을 40센티미터 높이까지 덮고 있었다. 가장자리는 철제 틀로 둘러져 있었다.

"아르놀드의 생각은 틀리지 않았습니다. 두 천을 덧대어 주머니처럼 만들고 강물을 가로막았지요. 다만 천은 물에 뜨기 때문에 바닥까지 내려가지를 않았어요. 그게 핵심인데 말입니다. 하지만 몽테시외 씨가 만든 틀로는 그런 문제가 생기지 않습니다."

라울은 나무 발판 위에 올라섰다. 지하 창고 상부, 강의 수위보다 1미터가량 높은 곳에는 외부로 통하는 기다란 구멍이 나 있었는데 먼지 덮인 유리로 닫혀 있었다. 라울은 유리문을 열었다. 금세 바람과 신선한 바깥 공기, 찰랑이는 물소리가 들어왔다. 라울은 베슈의 도움을 받아 그 구멍으로 쇠틀을 밀어낸 뒤 오렐 천 양편, 홈이 파인 말뚝에 틀을 고정시키며 물속에 가라앉게 했다.

"됐습니다. 이렇게 해서 수면 바닥까지 닿도록 망을 쳤어요. 물고기를 잡는 그물망처럼 말입니다. 그런데 알아둘 게 하나 있지요. 철망은 최근에 만들어졌다지만 홈이 파인 말뚝들은 오래전부터 있었습니다. 백 년, 이백 년쯤 됐죠. 그러니까 18세기

혹은 19세기쯤 바리바에 살던 귀족들이 이미 이 모든 공정을 수행했다는 겁니다. 지금 우리가 본 것보다 더 복잡한 방법이었겠지요."

그러곤 다 함께 비둘기 집을 나왔다. 빗줄기는 얌전해졌다. 강가의 돌과 진흙 틈으로 닳아진 말뚝 머리 두 개가 솟아 있었다. 다른 말뚝들도 보였기 때문에 특별히 주의를 끌지는 못했다.

그 시각, 부쩍 낮아진 오렐 천은 더 이상 센 강 쪽으로 흐르지 않았다. 그렇게 얼마간 정체되어 있더니, 본래의 흐름을 유지하려는 물과 센 강에서 밀려오기 시작한 물이 부딪혀 파고를 일으키며 물거품이 일었다. 바람에 힘입은 조수에 거침없이 밀려 센 강에는 거대한 파도가 일어났을 것이고, 그로 인해 계곡은 사방으로 굽이치고 소용돌이치는 물바다가 되어버린 것이 분명했다.

주춤거리던 오렐 천도 곧 센 강과 바닷물이 뒤엉켜 만들어낸 저항할 수 없는 물살에 휩쓸렸다. 원래 물줄기보다 더 거친 물살이 밀고 들어오자 오렐 천은 자리를 내어주고 물러섰다. 힘을 잃고 흡수된 오렐 천은 갑자기 도망이라도 가듯 상류로 거슬러 올라가기 시작했다.

라울이 감탄하며 소리쳤다.

"정말 기이한 현상이군요! 운이 좋네요. 단언컨대 조수가 이 정도로 크고 격렬하게 일어나는 경우는 흔치 않을 겁니다. 하나도 놓치지 말고 살펴야 합니다. 완벽히 이해하려면 말입니다."

라울은 반복해서 말했다.

"완벽하게 이해하려면 말이지요! 저기서 몇 분간 지켜보면 모든 결정적인 단서들이 한눈에 드러날 겁니다."

라울은 섬을 가로질러 달렸다. 반대편 기슭으로 건너가 비탈을 오른 뒤 바위 꼭대기를 기어올라 갔다. 아르놀드가 감쪽같이 빠져나갔었던 그 지점이었다. 그곳에서 라울은 협곡을 내려다보았다. 거대한 물줄기가 바위들과 뷔토로맹 사이의 좁은 틈을 지나느라 협곡의 절반 높이까지 차올랐고 뷔토로맹을 반쯤 덮어버렸다. 몸부림치는 물줄기는 달리 빠져나갈 곳을 찾지 못하고 가느다란 폭포가 되어 버드나무 세 그루가 있는 평원에 떨어지고 있었다.

미친 듯한 먹구름이 퍼부어 대는 장대비와 돌풍으로 인해 또 다른 파도가 밀려오고 있었다.

베슈와 두 자매도 라울 곁에 붙어 서서 그가 보는 것을 쫓아서 보았다. 이따금 라울이 내뱉는 짧은 말에서 남자의 생각을 읽을 수 있었다.

"그렇지. 이럴 줄 알았어. 상황이 내 짐작대로 흘러간다면 모든 게 풀리겠군. 그것 말곤 방법이 없어… 그것 말곤 말이 안 돼."

30분쯤 흘렀다. 저 멀리, 거대한 곡선을 그리며 흐르는 센 강 쪽으로는 비바람 몰아치는 대전투가 점점 더 멀어져 갔고, 그 난리가 지나간 자리에는 불어난 강물이 잔물결에 흔들리긴 했어도 전보다 천천히 흐르고 있었다.

또다시 30분이 지났다. 강은 한결 빠르게 진정을 찾아갔다. 미미하나마 원래의 방향을 되찾으려는 상류의 공세가 이어지며 물줄기는 흐름을 멈추었다. 뷔토로맹은 포위당하듯 둘러싸여 있었다. 하지만 그 위를 뒤덮던 강물은 잔디와 바닥 틈새를 따라 잘게 갈라지며 빠져나가고 있었다. 순식간에 수면이 낮아진 오렐 천은 본래의 속도를 회복했다. 셍 강에 밀려 사라지던 오렐 천이 다시금 셍 강 쪽으로 이끌리고 있었다.

모든 것이 일상의 모습을 되찾았다. 비는 그친 후였다.

"자, 내 생각이 틀리지 않았군요."

라울이 입을 열었다.

한마디도 않던 베슈가 시비를 걸었다.

"자네가 틀리지 않았다면 금가루가 있어야겠지. 자네는 그물을 쳤고, 아르놀드가 시도했던 것을 제대로 된 방식으로 다시 시도했네. 그리고 자네가 한 시도가 여러 조건상 잘 맞았다고 주장하고 있으니, 그에 따른 마땅한 결과로 금이 있어야지. 금은 어디 있나?"

라울이 빈정댔다.

"자네 관심사는 거기에 있단 말이지?"

"물론이지! 자넨 아닌가?"

"난 아닐세. 하지만 자네 관점이 그렇다는 것은 확실하게 기억해두지."

일행은 다시 바위 길을 내려가서 비둘기 집 옆의 섬으로 향했다.

라울이 모두에게 고백했다.

"사실 몽테시외 씨가 어떻게 금을 채취했는지 자세히는 모릅니다. 모든 작업을 다 수행할 수 있었는지도요. 다만 조건이 까다로운 작업인 만큼 여러 번 수행하지는 못했을 거라 짐작합니다. 아무튼 몽테시외 씨는 분명 수문, 배수관 등등 이미 존재하던 수단들을 활용했는데, 제가 그것들을 다 찾아내 완전히 파악하기엔 시간이 여의치 않았습니다. 겨우 물을 가로막을 철망과 저택 창고에서 사내끼(물고기를 잡을 때 물에 뜬 고기를 건져 뜨는 기구. 긴 자루 끝에 철사나 끈으로 망처럼 얽었다 – 옮긴이)라고 부르는 것을 발견했을 뿐이지요. 베슈, 그것 좀 주게. 거기 나무 발치, 바닥에 있다네."

사내끼는 원형 쇠틀과 망으로 이루어져 있었는데, 체처럼 미세하고 촘촘한 금속 망이었다.

"베슈, 강에 들어가는 편이 더 낫지 않겠나? 싫은가? 그럼 그물을 걷고 바닥 좀 긁어보게나, 친구. 강물을 막았던 철망을 따라서 말이야."

"상류 쪽 말인가?"

"그래, 강물이 원래 방향으로 돌아가서 내려올 때 금가루가 실려 와서 철망에 붙을 테니까."

베슈는 라울의 말을 따랐다. 손잡이는 길었다. 강가의 큰 돌에 두 발을 디디니 강의 4분의 3 지점까지 손이 닿았다.

그 자리에서 베슈는 사내끼로 강바닥을 죽 긁으며 그물을 걷었다.

모두들 숨을 죽였다. 긴장되는 순간이었다. 라울의 예상이 적중했을까? 정말로 몽테시외가 그 소중한 금가루를 채취한 곳이

물풀과 조약돌로 덮인 이 강바닥이었을까?

베슈가 작업을 마치고 사내끼를 들어 올렸다.

금속 망 안에는 조약돌, 물풀, 그리고 뭔가 반짝이는 것들이 보였다. 반짝이는 금가루와 얇은 금 조각들이었다.

15
로마 총독의 재산

저택의 거실에 들어선 라울은 따로 떨어진 소파에 각각 묶여 앉아 불편한 모습을 하고 있는 아르놀드와 샤를로트를 보며 말했다.

"이봐, 내가 약속했던 것을 가져왔어. 아마 자네 모자를 반쯤은 채워줄 수 있을 거야. 나머지는 자네 친구 베슈가 가르쳐주는 장소로 가서 강바닥을 긁어보면 알게 될 테고, 아마도 크리스마스 양말에 가득 찰 정도가 되지 않을까."

아르놀드의 눈이 반짝였다. 몽테시외의 비밀을 알고 있다는 자신감에, 마치 혼자만 영지를 차지해 짭짤한 수확을 얻으리라 기대하는 것 같았다.

라울이 한마디 했다.

"너무 좋아하지는 말게나. 내일, 아니 오늘 밤에 내가 다 긁어모아 버리면 아마도 정해진 몫에 만족해야 할 테니까 말이지."

그들은 흠뻑 젖은 옷을 갈아입으러 각자의 방으로 갔다. 점심 식탁에 다시 모였을 때 라울은 다양한 이야기를 즐겁게 늘어놓았다. 그러나 궁금증이 해결되지 않은 베슈는 질문 공세를 폈다.

"그러니까 지금까지의 상황들을 미루어볼 때 하나의 사건을 이렇게 몇 마디로 요약해볼 수 있겠군. 비록 아주 미미한 양이기는 하나 그 강에서는 꾸준히 금이 나온다는 거지. 특정한 요소들이 특정한 날짜에 작용한다면 더 큰 덩어리들이 굴러와, 특히 비둘기 집 주변으로 쌓이게 된다는 거야. 그런 얘기인 거지?"

"전혀 아니라네. 하나도 못 알아들었군. 그건 바리바를 소유했던 사람들의 초창기 생각일 뿐이네. 몽테시외 씨에게 전수되었던 믿음이었거나, 아니면 그가 재발견해낸 믿음이겠지. 아르놀드의 생각이기도 하고 말이야. 물론 자네와는 거리가 좀 먼 얘기이긴 하네만, 사실 건설적인 생각을 하는 사람이라면 도중에 만족하지 않고 진실의 맨 끝까지 나아가기 마련이지. 나의 경우가 그렇다네. 건설적인 사람으로서, 이 사건에서 어설프게 중간에 포기하지 않은 최초의 인물인 셈이지. 그렇다면 베슈 자네도 나와 함께 끝까지 생각해보겠나?"

라울은 호주머니에서 종이 한 장을 꺼내 들고는 몽테시외가 적어둔 숫자를 큰 소리로 읽었다.

314151691314153101112912 1314

"이걸 유심히 들여다보면 게르생 씨와 아르놀드가 수개월씩 고민한 끝에 알게 되었던 사실을 깨닫게 되지. 즉, 숫자 1이 하나 걸러 하나씩 나오고, 그것이 계속해서 커지는 수를 만들고, 전체적으로 네 차례에 걸쳐 일정한 두 자리 숫자를 만들어낸다는 점. 그 숫자들이 3으로 두 번 끊어지고 9로 두 번 끊어지지. 이 중간 숫자를 없애보면 다음의 결과를 얻을 수 있어."

14.15.16.-13.14.15.-10.11.12.-12.13.14.

"머릿속에 떠오르는 다양한 추측 가운데 우리는 이 숫자들이 날짜에 해당하고, 그 숫자들을 끊고 있는 3과 9가 특정 달月, 그러니까 3월과 9월을 의미할 수 있을 거라는 생각을 하게 되지. 3월과 9월은 몽테시외 씨가 정기적으로 이곳에 체류하던 바로 그 기간이었네. 그는 매년 바리바에 와서 3월 중 일부를 보냈고, 9월에도 중순 이후에나 이곳을 떠났었지. 그러니까 2년 전 이곳을 떠나기 전 몽테시외 씨는 강이 금을 확실히 실어올, 혹은 실어올 가능성이 있는 날들을 잊지 않기 위해 기록해두었다고 볼 수 있어. 다시 말해 작년 3월 14, 15, 16일과 9월 13, 14, 15일, 그리고 올해 3월 10, 11, 12일과 9월 12, 13, 14일이네. 9월 12일은 바로 어제였고, 13일은 오늘. 바로 이에 근거해서 아르놀드가 계획을 세운 것이라네. 몽테시외 씨는 수 세기에 걸쳐 전해 내려온 오래된 자료와 전통 들에 입각하여 경험을 통해 확인된, 숙명적인 그 날짜에만 행동을 개시했던 거지. 바로 그 날짜에 금을 손에 넣었고. 이 날짜들에 금을 손에 넣을 수 있다는 걸 알게 된 이상 아르놀드는 더 이상 의심하지 않았지. 이번에는 자신이 나설 차례라 생각한 거네."

베슈가 나섰다.

"흠, 아르놀드가 틀리지 않았군. 몽테시외 씨가 적어둔 날짜가 정확했으니."

"왜 정확할까?"

"왜 그런지는 나도 모르겠네."

"바보 같으니! 자네도 나처럼 그 이유를 알고 있잖나. 내가 처음부터 예감했던 그 이유들 때문인 거야."

"대체 무슨 이유들?"

"아, 이런 멍청이를 봤나. 대규모 만조가 일어나는 날. 춘분春分과 추분秋分에 해당하는 거지. 일 년에 두 번, 아침저녁으로 며칠 동안 센 강을 향해 엄청나게 격렬한 파도가 밀려오지. 더불어 이 시기에는 다른 어느 때보다도 만조가 강력해서 바람이 불면 해소海嘯가 더 심해질 수도 있어. 우리의 계획이 성공적으로 이루어지기 위해서는 이렇게 극히 드물게 나타나는 특수 상황들이 수반되어야 한다는 것이야."

골똘히 생각에 잠겨 있던 베슈가 말했다.

"그런 현상들이 나타날 때 강 위에 떠다니거나 구멍 속에 있던 금가루들이 물살에 휩쓸려 우리가 아는 어떤 지점에 가라앉게 되는 거로군."

라울이 주먹으로 탁자를 치며 외쳤다.

"아니, 아니, 그건 절대 아니지! 그게 아니라고! 그건 비밀을 알아내고 이용했다고 믿은 사람들이 저지른 잘못인 거지. 진실은 따로 있어."

"그럼 설명을 해보게."

"실제로 이 나라에는 금을 실어오는 강이 존재하지 않아. 물론 강에 금이 있을 수는 있겠지만, 자연적으로 존재하는 건 없어. 강바닥을 굴러다니는 모래나 지층을 덮은 돌멩이와는 전혀 다른 성격이거든."

"그렇다면 우리가 본 것은 대체 어디서 왔다는 말인가?"

"그곳에 집어넣은 사람의 손에서라고나 할까."

"대체 무슨 말인가? 자네 미쳤군! 그럼 대규모 만조 때마다 금이 바닥을 드러내면 누군가 다시 채운다 뭐 그런 말인가?"

"그게 아니라, 제아무리 거대한 만조라도 절대 고갈시킬 수 없을 만큼의 금을 누군가가 비축해놓았다는 말일세. 물리적이거나 화학적인 힘으로 생기는 금광은 없다지만, 인간이 만들어놓은 금광은 존재하지. 몽테시외 씨가 우리를 믿게끔 하려 했던 금 제조 현장도, 그나 다른 사람들이 믿었던 자연적인 생성 현장도 우린 보지 못했어. 일정 조건들이 충족되었을 때 조금씩 흘러나오는 보물, 단순한 이 보물을 눈앞에 두었을 뿐이지. 자, 이제 좀 이해가 되시는가, 베슈?"

베슈는 잠시 생각에 잠겼다가는 이내 답했다.

"전혀 모르겠어. 자세히 좀 얘기해봐."

라울은 미소를 짓더니, 자기 말에 열중하고 있는 자매를 돌아본 뒤 설명을 이어갔다.

"내 개인적인 생각에 이것은 두 시기에 걸친 작업이라고 말할 수 있어. 우선 첫 번째 시기에는, 어마어마한 보물이 견고한 밀폐 용기에 담겨 어떤 장소에 보관되어 있었어. 수십 년, 아니 수백 년 정도… 용기에 균열이 일어나고, 오랜 시간에 걸쳐 드

문드문 발생하는 외부 힘의 작용으로 인해 내용물이 밖으로 새어 나오게 되는 거지. 이때가 바로 두 번째 시기인 거야. 언제 처음으로 이러한 일이 발생했을까? 과연 맨 처음 누가 이렇게 흘러나온 금 조각들을 주워 담았을까? 그건 나도 모르겠네. 그렇지만 그 지역이나 성당, 또는 귀족 가문의 고문서들을 뒤져 보면 아마 알아내는 게 불가능하지 않으리라 보여."

카트린이 웃으며 끼어들었다.

"저 알아요."

라울이 놀라며 외쳤다.

"정말인가요?"

"네, 할아버지께서 1750년도에 제작된 영지 도면을 하나 가지고 계셨어요. 아마 지금은 파리에 있을 텐데. 아무튼 그 지도에는 강 이름이 '오렐'로 표기되어 있지 않았어요. 1759년에도 여전히 '베크 살레'라고 불렸죠."

라울이 의기양양하게 말했다.

"확실한 증거군요. 사건이 발생한 게 한 세기 반도 채 안 된다는 얘기네요. 베크 살레, 다시 말해 '소금 강'이라는 뜻을 지닌 이 강이 어떠한 연유들로 인해 서서히 이름이 바뀌었고 결국 '오렐'이 된 겁니다. 그 이후로 그 연유들은 사람들의 기억 속에서 잊혀졌어요. 그거야 뭐, 매우 드물게 나타나는 현상이니까 당연한 거겠죠. 하지만 그 사실 자체는 그대로 이어져왔고 우리도 오늘날의 증인인 셈이죠."

그 말에 동의를 한다는 표정으로 베슈가 말했다.

"충분히 설명해줘서 고맙네. 이제 결론을 내려주게."

"결론을 내려보도록 하지, 테오도르. 자네는 방금 명칭들이 얼마나 중요한지를 확인한 걸세. 특히 시골에서는 어떤 장소나 언덕, 하천의 이름이 항상 실제로 있었던 일을 근거로 만들어지고 비록 그 일이 잊힐 정도로 오랜 시간이 흘러도 그 명칭은 계속 존재하니까. 나는 첫날부터 바로 이러한 불변의 법칙에 따라 뷔토로맹이라는 언덕의 명칭에 주목하게 되었어. 그래서 첫날부터 이 언덕의 형성 과정을 살펴본 거야. 그랬더니 로마인들이 '봉분'이라 일컫던 방식이 바로 떠올랐지. 자연적으로 형성된 언덕이 아니라, 석재 기반에 흙과 돌이 번갈아 쌓여 있고 그 위에 만들어진 원뿔 모양의 인위적인 무더기라는 말이야. 보통은 묘지로 쓰였고 중앙에는 묘실이 있었지. 때에 따라서는 무기라든가 금과 은을 담은 상자들을 숨기기 위해 그곳을 활용하기도 했지. 수 세기가 흐르면서 봉분은 침하하게 된 것이고 아마 그 내부는 붕괴되었겠지. 빽빽하게 자란 식물들이 봉분을 덮어버리고 결국 이제는 뷔토로맹이라는 이름밖에는 남지 않은 거야. 아무렴 어때! 내 주의력이 역시나 어디 가겠냐고. 이런 점 때문에 아마 나도 보물을 생각하게 된 것 같네. 귀금속들이 빠져나갈 수도 있다는 생각과 함께 말이야. 둘레의 4분의 3이 강으로 둘러싸여 있는 봉분의 형태가 나의 가설에 힘을 더해주었네. 내가 얼마나 신속하게 확인을 했는지 봐서 알겠지만, 결국 내가 제대로 본 거지. 강물이 불어나 절벽과 언덕 사이에서 물탱크처럼 항상 더 높게 차 있는 저수조를 형성했던 거야. 그러나 파도가 멈추고, 수위가 내려가기 시작하면 이 저수조는 모든 통로를 통해 물을 비워낼 수밖에 없는 거지. 뷔토로맹 언덕을 필터처럼 뚫은 구멍과 굴, 균열과 틈새 등으로. 그 결과 물이 빠져나가면서 온갖 금속 가루와 미세한 금속 조각들도 휩쓸어 가게 된 건데, 우리가 체로 막아 걸러낸 것들이라네."

라울이 입을 다물었다. 이상한 이야기였지만 굉장히 현실적이면서, 매우 단순하고 논리적으로 들렸고 이들 중 어느 누구도 이의를 제기할 생각을 하지 못했다. 베슈가 중얼거렸다.

"은닉처가 때때로 물에 잠겨버리는 봉분이었다니, 허술하기 짝이 없구만."

라울이 놀라서 외쳤다.

"우리가 뭘 알겠나? 센 강의 하구는 언제나 심한 변화를 겪어왔고, 그 당시에는 아마도 봉분이 더 멀리 떨어져 있어 대규모 만조의 영향을 받지 않는 곳에 있었을 거야. 게다가 보물을 영원히 감출 수 없는 법이지. 향유하고 지킬 사람을 위해 숨겨 놓지만, 그 역시 예상치 못한 위협에 따라서 그때그때 행동하게 되지. 하지만 비밀이라는 것은 우선 규칙적으로 전수되지만 결국 사라져버리는 경우가 많아. 금고의 정확한 위치는 더 이상 모르고, 자물쇠를 열 수 있는 암호는 더더욱 모르는 거지. 에 트르타의 기암 속에 숨겨져 있던 프랑스 왕들의 보물(《기암성》참조-옮긴이)이나 쥐미에주 수도원 주변에 묻혀 있던 중세 시대의 성물들(《칼리오스트로 백작부인》참조-옮긴이)을 떠올려봐. 그래서 남아 있는 게 뭐지? 남들보다 뛰어난 사람이 어느 날 전설들을 현실로 바꾼 것이지. 위대한 모험과 국가적인 비화를 만들어 온 역사적인 이곳, 프랑스의 오래된 지방인 코 지방에서, 오늘 우리는 인생을 통틀어 관심을 기울여야만 하는 흥미진진한 문제 중 하나에 직면하게 된 거라네."

"무얼 생각하는 거지?"

"들어봐. 릴본(로마 시대 **율리아보나**라 불리던 중요한 수도로서, 고대 극장의 유적을 통해 로마 지배하의 갈로로만Gallo-romaine 시대에 융성했음을 짐작할 수 있네)이 가까이에 있는 것으로 보아 라디카텔에 별장을 가지고 있던 어떤 총독이 약탈한 재산을 금가루로 바꾼 후, 아마도 율리우스 카이사르의 군대가 세웠을 것으로 추정되는 오래된 봉분 안에 은닉했을 거야. 그 후 원정 과정이든지 요란스러운 연회 도중이든지 간에 그 비밀을 자식들이나 친구들에게 전달할 틈도 없이 급작스럽게 죽게 된 거고. 그 이후로는 혼란스러운 중세 시대가 도래하고, 동방의 부족, 노르만족, 그리고 영국인 들과 전쟁하며 이 지방은 큰 혼돈의 시대를 맞이하게 되지. 모든 것이 암흑 속으로 사라져버려 전설조차 남지 않게 되었지. 의문조차 제기되지 않을 정도로 말이야. 18세기에 접어들어서야 과거의 단편만이 다시 거론됐을 뿐⋯ 금이 약간 흘러나왔고⋯ 비극이 서서히 고개를 내밀고⋯ 몽테시외 씨⋯ 게르생 씨⋯."

이에 베슈는 이따금씩 라울에 대해 이야기할 때 들을 수 있는, 어떤 신비감마저 드는 감탄조로 중얼거렸다.

"그러고는 자네가 등장한 거고!"

라울이 유쾌하게 받았다.

"내가 등장한 거지!"

자매도 마치 인간의 한계를 뛰어넘은 특별한 존재를 발견한 듯이 남자를 쳐다보았다.

라울이 자리에서 일어나며 말했다.

"이제 나서보죠. 총독의 보물 중에 무엇이 남아 있을까요? 어쩌면 별것 아닐 수도 있습니다. 처음부터 미미했을지도 모르고 아니면 만조의 물살에 조금씩 어디론가 사라져버렸는지도 모릅니다. 어쨌든지 간에 확인을 해보자고요."

베슈가 물었다.

"어떻게 말인가?"

"봉분을 개방하는 거지."

"하지만 수일이 걸릴 텐데… 일단 나무들도 뿌리째 뽑아내야 하고, 길을 뚫고, 땅을 파고, 흙을 운반해야 하잖나. 게다가 도움을 요청할 수도 없는 상황이고…."

"한두 시간, 최대 세 시간이면 충분해."

"정말? 설마!"

"그렇다니까! 봉분이 금고로 활용되었다고 가정한다면, 당연히 이 금고는 땅속 깊은 곳에 매장된 게 아니라 눈에 띄지 않고, '의심받지 않을' 만한 장소이면서도 쉽게 접근이 가능한 곳에 위치해야 한다고 봐야겠지. 그런데 내가 언젠가 덤불숲을 파헤치면서 지면에서 1미터 아래에 석재 기단이 약간 튀어나와 있는 걸 발견했고, 옛날에는 비좁은 순환 통로를 이루고 있었음을 알았지. 게다가 저택을 마주 보고 있는 이쪽에 송악이 빽빽하게 층을 이루는 가운데 둥그스름하게 움푹 팬 공간이 있다는 걸 알 수 있었네. 아마도 미네르바라든지 유노의 동상이 수호신이자 안내자로서 서 있었을 만한 그런 장소야. 베슈, 어서 곡괭이를 들게. 나도 하나 들지. 내 판단이 틀리지 않다면 아마 우린 해결책을 금방 찾을 수 있을 걸세."

그들은 정원 장비들을 정리해놓은 창고로 가서 각각 곡괭이를 들고는 자매와 함께 뷔토로맹으로 향했다.

아직도 축축한 나무뿌리들과 가시덤불은 뽑히고, 오솔길이 깨끗이 치워지자, 돔 지붕의 원형 건물이 나타났다. 건물의 토대였던 자갈들은 침식된 상태였다.

무너진 벽 뒤로 좀 더 섬세한 솜씨로 세운 또 다른 벽이 있었는데, 모자이크의 흔적과 동상이 서 있었을 받침대의 고정부가 아직도 남아 있었다. 그들은 바로 이 장소에서 작업에 집중했다.

물이 사방에서 흐르다가 물구덩이를 만들며 고이고는 강 쪽으로 흘렀다. 바로 그 시점에 곡괭이 하나가 가림막을 뚫고는 텅 빈 공간을 통과하였다. 그들은 입구를 넓혔고 라울은 램프를 켰다.

예상했던 것처럼 사람이 서 있을 수 있을 정도의 높이가 되는, 아마도 묘실로 이용되었음 직한 꽤 낮은 동굴이 나왔다. 중앙의 기둥이 천장을 지탱하고 있었고 그 주변으로는 유약을 바른 프로방스풍 항아리 세 개가 놓여 있었다. 여전히 프랑스 남부에서 기름을 보관하기 위해 사용하고 있는 항아리였다. 그중 네 번째 항아리의 조각들이 질척한 바닥에 나뒹굴고 있었는데 금빛 점들이 그 주위에서 반짝였다.

이때 라울이 외쳤다.

"제가 말한 그대로죠. 이 작은 동굴의 벽을 한번 봐요. 온통 금이 가고 균열투성이죠. 대규모 만조가 지나가면 물이 침투하며 작은 폭포가 형성됩니다. 그러다 물이 출구를 찾아 나가게 되는데 바로 이 출구로 금가루나 금속 조각들도 빠져나가게 되는 거죠."

그러고는 모두 감정에 복받쳐 목이 잠겼다. 15~20세기 전, 한 사람이 자신의 재산을 모아둔 후로 아무도 접근하지 못했던 이 음침한 공간에서, 그들은 잠시 동안 아무 말도 하지 못했다. 이곳에서 신비로운 일들이 얼마나 많이 벌어졌을 것이며, 바로 지금 이곳에 있다는 게 얼마나 큰 기적이란 말인가!

라울은 곡괭이 끝으로 세 개의 항아리 목 부분을 깨뜨리고는 순서대로 램프를 비춰보았다. 하나같이 금 조각들과 알갱이들, 그리고 금가루들로 가득 차 있었다. 라울은 금가루를 양손 가득 거머쥐었다가 흘러내리게 두었다. 램프에 비친 금이 반짝거렸다.

이 광경을 바라보던 베슈는 감격에 겨워 아무 말도 하지 못한 채 떨리는 무릎을 꿇어 그 자리에 주저앉았다.

자매 역시 아무 말도 하지 못하였다. 그러나 두 사람의 넋을 잃게 한 것은 반짝이는 금도, 과거와 현재를 통틀어 모든 예기치 못한 일들을 눈앞에서 경험하며, 2000여 년에 걸친 모험의 한가운데 서 있다는 강렬한 느낌도 아니었다. 다른 이유가 있었던 것이다. 라울이 낮은 목소리로 그녀들의 속마음을 묻자, 둘 중 하나가 답했다.

"저희는 라울, 당신을 생각하고 있어요… 당신이라는 사람을 말이에요."

다른 하나가 말했다.

"맞아요. 모든 것들, 당신이 너무나도 여유 있게 그리고 즐기면서 하는 모든 것들을 우리로서는 이해하지 못하니까요… 굉장히 간단하면서도 또 굉장히 특별해요…."

그러자 라울이 중얼거렸다.

"누군가를 사랑하고 그 사람을 기쁘게 해주고 싶을 때는 모든 것이 쉽기 마련이죠."

자매는 각자 자신만이 라울의 말을 들었다고 믿었고, 그 말이 향한 상대는 자기라고 생각했다.

라울은 어둠이 깔린 밤(혹시 바깥에서 몰래 감시할 수도 있지 않을까?)이 되어서야 자동차를 동굴 가까이에 대고는 두 개의 터질 듯한 거대한 자루를 뷔토로맹 밖으로 싣고 나갔다. 그러고는 베슈와 함께 동굴의 입구를 다시 막았고 파헤친 잔해를 그럭저럭 치웠다.

라울이 말했다.

"내년 봄이 되면 자연이 알아서 모든 걸 덮어버리겠죠. 그럼 지금까지 그랬던 것처럼 아무도 저택에 들어오지 않을 테고, 우리 넷 이외에는 아무도 강의 비밀을 알지 못할 겁니다."

바람이 잠잠해졌다. 9월 13일의 두 번째 만조는 약했다. 14일에 있을 두 번의 만조 역시 뷔토로맹을 에워싸지도 못하고, 정상 수위 이상으로 물을 불어나게 하지는 않을 것으로 예측되었다.

자정이 되자 카트린과 베르트랑드는 자동차에 올랐고, 라울은 아르놀드와 샤를로트에게 작별 인사를 하러 갔다.

"별일 없었나, 친구들? 앉아 있기 힘들지는 않고? 저런, 예쁜 샤를로트는 아직도 불만이 가득하네. 둘 다 내 말을 잘 들어봐. 여기에 댁들을 잠시 남겨둬야 할 것 같네. 대신 마흔여덟 시간 동안 베슈가 간호사이자, 식모이자, 간수 자격으로 같이 있을 거야. 뿐만 아니라 그대들을 위해서 강을 샅샅이 살펴 금 조각들을 긁어내는 임무도 하게 될 거고. 그 이후에는 둘이 원하는 곳으로 기차를 태워 보내줄 거야. 당신들 주머니는 돈과 금으로 꽉 차 있을 것이고, 영혼 또한 좋은 생각으로 충만할 거네. 댁들이 두 여주인들을 괴롭히지 않고, 다른 곳에서도 욕먹을 행동은 하지 않을 것이라 확신하기 때문에 이렇게 해주는 거야. 무슨 말인지 알겠지, 아르놀드 씨?"

그러자 아르놀드가 또렷하게 대답했다.

"네, 알겠습니다."

"그래, 맘에 들어. 진심이 전해지네. 아마도 내가 농담이나 하는 사람이 아니라는 걸 느꼈을 거야. 조금 당황스럽기도 했겠지, 그렇지? 모두 제 갈 길을 가는 거지, 이제. 사랑스러운 샤를로트도 동의하겠지?"

"네."

여자가 답했다.

"아주 좋아. 혹시라도 아르놀드 곁을 떠나게 된다면…."

그러자 하인이 발끈하며 말했다.

"그럴 일은 없을 겁니다."

"왜지?"

"결혼한 사이니까요."

베슈는 주먹을 불끈 쥐며 힘주어 말했다.

"나쁜 년! 그러면서 나랑 결혼하려 했다니!"

라울이 말했다.

"어쩌겠나, 친구. 이중 결혼을 하려던 건지도 모르지!"

그러고는 베슈의 팔을 잡아채고는 엄하게 말했다.

"베슈, 그런 게 바로 수상쩍은 관계의 결말인 거야. 우리 둘의 처신을 한번 비교해봐. 여기 질 나쁜 인간 둘과, 고결한 사람 둘이 있었어. 사회의 지주支柱라는 자네는 누구를 택했지? 질 나쁜 쪽이었지. 그럼 나는? 고결한 사람들을 선택했어. 베슈, 자네에겐 분명 좋은 교훈이 될 걸세!"

그러나 베슈는 그 순간 도덕적인 문제 따위에는 전혀 관심을 가질 수 없었다. 라울이 풀어낸 기발한 수수께끼에만 온통 정신이 팔렸으니까.

"그러니까 자네는 몽테시외 씨의 유언장에 적힌 한 줄의 숫자를 쭉 한번 읽어보는 것만으로 그게 연속된 날짜들을 의미한다는 것과 이 날짜들이 추분과 춘분에 일어나는 만조와 관계가 있다는 걸 파악할 수 있었던 건가? 또, 단지 그것만으로 대규모 만조가 황금이 있는 곳에까지 닿아 금의 침전물을 끄집어냈다는 걸 파악하고 진실을 밝힐 수 있었던 겐가? 그 한 줄의 숫자만으로 그게 가능했단 건가!"

"그것만으로는 충분하지 않았어, 베슈."

"그럼 또 뭐가 필요했던 거지?"

"별것은 아닌데…."

"대체 뭔데?"

"천재성."

16

에필로그:
둘 중 누구?

그로부터 3주 후, 파리에 있는 라울의 자택으로 카트린이 찾아왔다. 집사인 듯한 노파가 문을 열어주었다.

"다브낙 씨 계신가요?"

"누구라고 여쭐까요?"

카트린이 자기 이름을 말할까 말까 생각해볼 새도 없이 라울이 나타나 외쳤다.

"아! 카트린, 당신이군요. 친절하기도 하셔라! 그래, 또 어쩐 일로? 어제는 온다고 얘기도 안 했으면서."

카트린이 말했다.

"별일은 없는데… 드릴 말씀이… 5분이면 돼요."

라울은 카트린을 서재로 안내했다. 6개월 전, 여자가 머뭇거리고 수줍은 태도로 라울에게 도움을 청하러 몰래 들어왔던 그곳이었다. 물론 지금은 당시 라울의 심금을 울렸었던, 사냥꾼에게 쫓기는 가엾은 짐승 같은 표정은 아니었지만 카트린은 여전히 머뭇거리는 태도인 것 같았다. 그리고 여기 온 이유와는 전혀 상관없는 말들을 늘어놓기 시작했다.

라울은 카트린의 두 손을 잡고, 그녀의 두 눈을 바라보았다. 여자는 매력적이었고, 라울 옆에 있어서 행복한 듯 미소를 짓고 있었으며, 동시에 신중했다.

"사랑스러운 나의 카트린, 어서 말해봐요. 나를 얼마나 신뢰할 수 있는지는 당신 자신이 잘 알고 있습니다. 그리고 전 당신의 친구입니다. 아니, 친구 이상이죠."

라울의 말에 얼굴이 붉어진 카트린이 물었다.

"친구 이상이라는 말이 무슨 뜻이죠?"

이번에는 라울이 당황했다. 카트린이 라울에게 마음을 열지 아니면 이대로 달아날지 몹시 혼란스러운 상태라는 생각이 들었다.

"친구 이상이라는 말은… 이 세상 누구보다도 당신에게 애착을 가지고 있다는 뜻이죠."

카트린이 순진하면서도 고집 센 어조로 말했다.

"이 세상 누구보다도?"

"그래요, 그건 틀림없습니다."

여자가 딱 잘라 말했다.

"아마 그만큼이겠죠. 하지만 그 이상은 아니에요."

둘 사이에는 침묵이 흘렀다. 그리고 갑자기 결심한 듯 카트린이 나지막한 목소리로 말을 이어나갔다.

"요즘 언니랑 많은 얘기를 나누었어요. 예전에는 우애도 좋았지요… 그런데 각자의 다른 삶이… 나이 차이도 있고… 언니의 이른 결혼이 우리 사이를 갈라놓았어요. 지난 6개월의 힘든 시간 동안 우리는 다시 가까워졌는데… 둘 사이에 문제도 있었지만… 아니 오히려 그 반대로….”

카트린은 혼란스러운지 눈을 내리깔았다. 그러더니 갑자기 눈을 똑바로 뜨고 용감하게 말을 끝냈다.

“우리 사이에 라울이 있었어요… 네, 바로 당신.”

그러고는 입을 다물었다. 라울은 불안해하며 안절부절못했다. 카트린에게 또는 카트린을 통해 베르트랑드에게 상처를 줄까 봐 걱정이 되었다. 라울은 갑자기 자신이 괴롭고 가증스럽기까지 한 역할을 하고 있다고 느꼈다. 라울이 속삭였다.

“저는 당신과 언니 둘 다 사랑합니다.”

카트린이 재빨리 말했다.

“바로 그거죠. 둘 다… 한 사람을 사랑하는 만큼 다른 사람도 사랑한다. 다시 말해, 한 사람보다 다른 사람을 사랑하는 건 아니다.”

라울이 온몸으로 반박하자, 카트린이 다시 말했다.

“아니, 인정할 건 인정하세요. 당신을 향한 우리의 감정을 당신이 모를 리 없어요. 우리 집에서도 언니와 저, 우리 둘의 공동목표를 위해 싸우셨죠. 우리 둘을 따로 떼어놓는 것 자체가 불가능했으니까요. 그리고 지금은 우리 둘 없이 지낼 수 없는 지경에 이르렀어요. 그런데 누군가를 정말 사랑하면 이렇게 행동하진 않아요. 파리로 돌아온 뒤, 당신은 매일 우리를 보러 왔어요. 언니와 저는 거짓, 교만과 질투심을 다 버리고 당신의 결정을 기다렸어요. 하지만 당신이 어떠한 결정도 내리지 않으리란 걸 이제는 우리 둘 다 알아요. 당신은 우리를 똑같이 사랑하려고 한단걸. 그래서….”

목멘 소리로 라울이 물었다.

“그래서?”

“그래서 우리가 내린 결정을 알려드리려 온 거예요. 당신은 결정을 못 내리니까요.”

“어떤 결정인가요?”

“떠나기로요.”

라울이 펄쩍 뛰며 말했다.

“말도 안 돼요! …당신은 그럴 자격이 없어요…. 카트린, 어떻게 그럴 수가? 나를 떠나겠다는 거요?”

“떠나야 해요.”

라울이 반박했다.

“절대로 안 돼요. 내가 원치 않아요.”

“원치 않는 이유라도 있나요?”

“당신을 사랑하니까.”

카트린은 재빨리 라울의 입을 막았다.

“그런 말 하지 마세요… 용납 못 해요. 나를 사랑하려면 언니보다 더 사랑해야 하는데, 그게 아니잖아요.”

“맹세합니다….”

“그런 식으로 말하지 말라고 했잖아요! 설령 그 말이 진심이라도 이젠 너무 늦었어.”

“늦지 않았어요….”

“아니, 내가 여기 왔고 당신에게 고백을 했으니까… 언니의 마음도 전했고, 그런 것들은 단단히 결심이 섰을 때만 말할 수 있죠…. 안녕히, 친구여."

라울은 자신이 무슨 짓을 해도 여자의 결심을 꺾을 수 없다는 것을 느꼈다. 그래서 감히 결심을 되돌리려고도, 떠나려는 여자를 붙잡으려고도 하지 않았다.

카트린이 다시 말했다.

"안녕히, 친구여. 마음이 너무 아파서… 우리 사이에… 추억이라도 있었으면 해요."

이 말을 마치고 카트린은 라울의 어깨에 손을 올렸다. 여자는 얼굴을 내밀며 입술을 허락했다.

잠깐 동안 여자는 자신을 정열적으로 끌어안고 입술에 키스하는 남자의 품에서 정신을 잃을 뻔했다. 잠시 뒤 카트린은 라울의 품에서 빠져나와 도망쳤다.

한 시간 뒤, 라울은 자매의 집으로 달려갔다. 카트린을 다시 만나고 싶었고, 자신의 행동이 가져올 결과는 생각하지 않은 채 그녀를 사랑하는 자신의 감정을 모두 말하고 싶었다.

카트린은 아직 집에 돌아오지 않은 모양이었고 베르트랑드도 보이지 않았다.

다음 날도 찾아갔지만 헛수고였다.

그런데 그다음 날, 베르트랑드가 라울네 초인종을 눌렀고, 카트린처럼 서재로 안내되었다. 그녀도 동생과 똑같이 머뭇거렸지만 동생보다는 조금 빨리 침착성을 되찾았다. 라울이 베르트랑드의 손을 잡고 카트린을 바라봤을 때처럼 바라보자, 여자는 작은 목소리로 속삭였다.

"동생이 당신에게 전부 얘기했군요… 마지막으로 이곳에 오자고 서로 약속했어요… 이번엔 제 차례네요. 작별 인사를 하러 왔어요, 라울. 우리 자매를 위해 해준 모든 것에 감사드려요. …특히 후회와 수치심으로 괴로워하던 절 구해준 모든 것에 감사드려요."

당황한 라울은 바로 대답할 수 없었다. 침묵이 불편했던 베르트랑드가 무턱대고 이런 말을 했다.

"동생한테 다 털어놨어요. 걘 절 용서했고요… 착한 애니까. 할아버지가 자기한테 물려준 유산을 거부했어요… 걔는 나눠 가지고 싶어 했어요…."

라울은 베르트랑드의 말을 전혀 듣고 있지 않았다. 여자의 입술 움직임과 절제된 열정으로 상기된 예쁜 얼굴만 보고 있었다.

"떠나지 말아요, 베르트랑드… 당신이 떠나는 걸 원치 않습니다."

베르트랑드도 동생처럼 말했다.

"떠나야 해요…."

라울이 다시 말했다.

"아니, 원치 않아요… 당신을 사랑합니다, 베르트랑드."

여자는 슬픈 미소를 지으며 말했다.

"아, 동생한테도 똑같은 말을 했죠… 사실이군요… 당신이 나를 사랑하는 것도 사실이고요… 그래서 당신은 결정할 수가 없어요. 그건 당신 능력 밖의 일."

그리고 다시 덧붙였다.

"라울, 당신이 우리 둘 중 한 사람을 사랑한다면, 그것도 우리가 감당할 수 있는 능력 밖의 일인지 몰라요. 선택을 못 받은 사람은 괴로워할 테니까요. 그러니 우리는 지금이 더 행복해요."

"하지만 난 더 불행해질 거요… 사랑하는 사람을 둘이나 잃어서 불행해질 거요…."

"잃다뇨?"

처음에 라울은 여자의 질문을 이해하지 못했다. 두 사람의 눈길이 서로를 살폈다. 베르트랑드는 알쏭달쏭하면서 매력적인 미소를 지었다. 그리고 라울은 그녀를 자기 쪽으로 끌어당겼다. 베르트랑드는 저항하지 않았다….

두 시간 뒤, 라울은 베르트랑드를 집에 바래다주었고, 여자에게서 내일 오후 4시에 다시 자길 보러오겠다는 약속을 받아냈다. 라울은 행복하고 자신에 찬 태도로 그 시간을 기다렸지만 카트린을 생각하니 우울해지기도 했다.

하지만 약속은 함정에 불과했다. 다음 날, 오후 4시가 되었고, 이어서 5시가 지났다….

베르트랑드는 오지 않았다.

오후 7시, 라울은 속달 편지 한 통을 받았다. 자매가 파리를 떠났다는 내용이었다.

라울은 절망에 빠지거나 화를 내는 사람이 아니었다. 마치 자신의 인생에 있어 극심한 충격을 받지 않은 사람처럼, 침착하게 행동하며 자신을 다스렸다. 고급 레스토랑에 가서 맛있는 저녁을 먹고, 최고급 하바나산 담배를 태운 뒤, 똑바로 고개를 들고 무기력한 발걸음으로 대로를 산책했다.

오후 10시쯤 그냥 발길 가는 대로 아무런 이유 없이 몽마르트르 언덕에 있는 유명한 무도회장으로 들어갔다. 문턱을 넘는 순간 남자는 소스라치게 놀라 멈춰 섰다. 춤을 추고 있던 사람들 속에 폭스트롯, 빙글빙글 턴, 즐겁고 열정적으로 춤을 추는 샤를로트와 베슈가 있는 게 아닌가.

라울은 투덜거렸다.

"맙소사! 저리 뻔뻔할 수가."

재즈곡이 끝났고, 베슈 커플은 자리로 돌아왔다. 마개를 딴 샴페인 한 병과 잔 세 개가 놓여 있는 그 테이블에 아르놀드가 앉아 있었다.

그때만큼은 오랫동안 라울이 삭이고 있던 분노가 머리끝까지 치밀어 올랐다. 얼굴이 붉어지고 화가 나고 흥분한 상태였지만 아직까지는 자제하며 세 명을 향해 뚜벅뚜벅 걸어갔다. 라울이 걸어오는 걸 본 세 사람은 의자에 앉은 채 뒤로 물러났다. 침착함을 되찾은 아르놀드가 거만한 미소를 지었다. 샤를로트는 얼굴이 하얗게 질려 기절하기 일보 직전이었고, 베슈는 일행을 보호하기라도 하려는 듯 자리에서 일어났다.

라울은 베슈에게 다가가 얼굴을 들이대고 명령했다.

"당장 꺼져."

베슈는 반항하려고 했다. 그러자 라울의 손이 어깨높이에서 베슈의 웃옷 깃을 잡아 의자 쪽으로 밀어 자빠트렸다. 그런 다음, 다시 세워 제자리에서 빙글빙글 돌린 뒤, 이 광경을 지켜보는 사람들의 시선을 아랑곳하지 않은 채 베슈를 복도로, 현관으로, 그리고 거리로 질질 끌고 나갔다. 라울은 중얼거렸다.

"더러운 자식… 부끄럽지도 않아? 고작 살인자와 식모와 함께 즐기고 있는 건가! 자넨 형사야. 경찰에서 중요한 사람! 이 꼴을 보고도 뤼팽이 봐줄 줄 알았나? 잠깐 기다려, 이 사기꾼아!"

어리둥절한 행인들 사이로 라울은 마치 망가진 마네킹 다루듯 두 팔로 베슈를 번쩍 들고 계속해서 욕설을 내뱉었고, 이를 통해 실연의 상처를 달랠 수 있어서 기뻤다.

"오냐… 나쁜 자식… 이 파렴치한. 네놈은 호박 덩이보다도 도덕적 관념이 없는 놈이더냐? 천하에 역겨운 애정 행각으로 그만큼 창피를 당했으면서 아직까지도 정신을 못 차려? 그래, 함께 방탕하게 노는 사람이… 한 명은 살인자고 또 한 명은 요리사냐? 아! 다행히 뤼팽이 자넬 구해주려고 왔다네…. 본인은 원치 않지만. 뤼팽은 얼마나 착한 사람인가! 그냥 성질대로 행동해버릴까? 그도 마음이 아플 수 있는데. 그가 사랑하는 여자는 덕분에 이제 부자가 되었고, 옛 애인을 다시 만나겠지. 불만 있냐고? 그가 사랑하는 또 다른 여자 베르트랑드는 그를 잊어버리겠지. 당장 그녀를 쫓아가 매달려야 할까? 아니. 그녀들의 행복이 최우선이야. 베르트랑드의 행복과 카트린의 순수함이! 그런데 너는 그 시간에 그깟 요리하는 여자한테 매달려?"

라울은 자신의 차고가 있는 유럽 지구(파리 8구를 다시 네 개로 나눈 구획 중 하나로 생 라자르 역과 몽소 공원이 속해 있다 – 옮긴이)로 베슈를 그렇게 끌고 가, 자기 자동차 앞에 데려다 놓고 말했다.

"타."

"자네 미쳤군."

"타라고 했네."

"왜 그래야 하는데?"

"우린 떠날 거야."

"어디로?"

"모르겠네. 아무 데나. 중요한 건 자넬 구해주기 위해서라는 거지."

"구해줄 필요 없네."

"구해줄 필요 없다고? 그럼 뭐가 필요한데? 자네, 나 없으면 망해. 진창으로 들어가는 거라고! 떠나세. 지금 당장은 그것밖에 없어. 지금 자네에겐 기분 전환과 잊어버리는 것이 필요해. 일해야 한다고. 비아리츠에 자기 아내를 죽이고 먹어치운 망나니가 나타났다네. 가서 그자를 잡자고. 또, 브뤼셀에서는 어떤 젊은 엄마가 자기 아이를 다섯이나 목을 잘라 죽였다네. 그 여자도 잡아야지. 어서 가세."

베슈는 화를 내며 반항했다.

"젠장! 난 휴가도 없단 말이야!"

"내가 주겠네. 경찰서에 전보를 치겠네. 그러니 가세."

"하지만 여행 가방도 없는데."

"트렁크에 내 여행 가방이 있네. 필요한 건 다 들었지. 가자니까."

라울은 베슈를 강제로 차에 던지다시피 태웠고 바로 시동을 걸었다. 운이 없는 형사 양반은 질질대기까지 했다.

"하지만 갈아입을 옷도, 속옷도, 신발도 없는데."

"헌 신 한 켤레 사주겠네. 칫솔도."

"하지만…"

"걱정 말게. 아, 이제 좀 기분이 낫군. 카트린과 베르트랑드가 날 떠난 건 정말 잘한 일이었어. 게다가 나처럼 바보 같은 사람도 없을 거고. 둘 다 사랑하면서, 어느 한 사람에게 거짓말하지 않고는 둘 중 누구한테도 '당신을 사랑합니다'라고 말할 수 없었으니… 참 바보 같지? 그런 경우라면, 결국 바보처럼 혼자 남을 수밖에 없는 거지. 다행히도 예쁜 추억을 가질 수 있었다네…. 아! 베슈, 정말 예쁜 추억이라니까! 자넬 안전한 곳에 피신시킨 다음에 전부 얘기해주겠네. 이 친구야! 자네 나한테 큰 은혜를 입은 줄 알아."

베슈를 태운 자동차는 도시의 도로와 시골길을 달려 비아리츠로, 브뤼셀로… 남으로, 북으로 향했다…. 어디로 향하는지는 라울 자신도 잘 몰랐다.

에메랄드 반지

Arsène
Lupin

에메랄드 반지

"어머, 올가! 그를 잘 아는 것처럼 말하는군요!"

그날 저녁, 올가의 살롱에 모인 친구들은 그녀 곁에 둘러앉아 담배를 피우며 담소를 나누고 있었다. 올가 공작부인이 미소 지으며 말했다.

"그럼요, 잘 알지요."

"아르센 뤼팽을?"

"알다마다요!"

"어떻게요?"

"적어도 바르네트 탐정 사무소의 이름으로 탐정 놀이를 하기 좋아하던 사람이란 건 알아요. 오늘날, 짐 바르네트와 사무소 직원들이 실은 아르센 뤼팽 한 사람이었단 것이 밝혀졌잖아요. 그러니까 결국⋯."

"그자가 무얼 훔쳐 갔나요?"

"아뇨! 오히려 절 도와줬어요."

"대단한 모험이었겠네요!"

"전혀요! 별다른 사건도 없이 30분간 진행된 조용한 대화만으로 절 도와줬답니다. 하지만 그 시간 동안 아주 단순하지만 예측 불가능한 방식으로 행동하는 정말 멋진 사람이라는 느낌이 들었어요."

계속해서 질문 공세가 이어졌지만 그 질문들에 바로바로 답하지는 않았다. 사실, 올가는 자기 이야기를 잘하지 않는 사람이어서 절친한 친구들에게도 그녀의 사생활은 상당히 베일에 싸여 있었다. '남편이 죽은 후에 사랑이라는 걸 해보긴 했을까? 자신의 치명적인 아름다움과 금발 머리와 사랑스러운 파란 눈에 매료된 남자들 중, 어느 누군가의 구애에 넘어간 적이 있었을까?' 사람들은 그런 적이 있었을 거라고 했다. 어떤 사람들은 올가가 욕망이 있는 여자라 사랑보다는 호기심 때문에 가끔은 남자를 만났을 거라고 독설을 서슴지 않았다. 하지만 사실 알려진 것은 아무것도 없었다. 아무도 올가와 연애한다는 상대의 이름을 말하지 못했다.

그런데 그날은 그녀가 마음을 좀 열고 베일에 가려졌던 자기 사생활을 조금 이야기해주기로 했다.

"뤼팽과 나눈 이야기를 여러분에게 못 들려드릴 것도 없겠네요. 그런데 이야기를 하려면 또 다른 인물을 끌어들여야 하는데, 이야기 속에서 그의 역할을 말하지 않을 수는 없고…. 어쨌든 아주 간단하게 말씀드릴게요. 어쨌든 여러분이 관심 있어 하는 건 오로지 아르센 뤼팽이니까요, 안 그런가요? 그러니까 그 당시에, 그리고 여러분이 쉽게 이해하도록 한 문장으로 요약을 하자면, 한 남자에게 열렬하고 진정한(이 단어들을 쓸 자격이 있죠?) 사랑의 감정이 생겼었죠. 그의 이름은… 여러분들도 잘 알 거예요… 막심 데르비놀.”

친구들은 깜짝 놀라며 말했다.

“막심 데르비놀? 은행가의 아들?”

“맞아요.”

“화폐 위조와 사기죄로 체포된 바로 다음 날, 감방에서 목매 달아 죽은 그 은행가의 아들?”

올가가 아주 담담하게 대답했다.

“네.”

그러고는 잠시 생각하더니 말을 이었다.

“데르비놀 씨의 고객인 저도 큰 피해자랍니다. 아버지가 자살한 지 얼마 안 되어 막심이 저를 찾아왔어요. 우리는 전부터 아는 사이였어요. 이미 자기가 하고 있는 일로 돈이 많았던 막심은 채권자 전부에게 빚을 갚아주겠다고 하면서 제게 얼마간의 타협을 요청했어요. 그 때문에 우리 집에 여러 번 와야만 했죠. 고백건대, 전 늘 막심에게 호감을 갖고 있었어요. 굉장히 품위 있는 옷차림 때문에 더욱 그랬죠. 물론 막심이 보여준 진실한 행동은 아주 자연스러워 보이기까지 했죠. 게다가 어떤 당혹감도 드러내지 않았고, 아버지의 불명예스러운 일에도 전혀 동요하지 않았지만, 그러면서도 극도의 고통과 숨겨진 마음의 상처가 있어 아주 사소한 말 한마디에 상처받을 거라는 것을 느꼈어요. 저는 그를 친구, 곧 연인으로 발전할지도 모르는 사랑과 우정 사이의 관계로 만들었습니다. 날마다 사랑의 감정이 쌓여가는데도 그는 한 번도 그 사랑에 관해 암시조차 하지 않았어요. 자기 아버지가 자살하지 않았다면 틀림없이 제게 결혼하자고 말했을 거예요. 하지만 막심은 사랑 고백도, 제 진짜 감정에 대해서도 용기 내어 물어보지 않으려 했어요. 만일 물어봤다면 저는 뭐라고 대답했을까요? '잘 모르겠다'고 했을지도 모르겠네요. 어느 날, 불로뉴 숲에서 함께 점심을 먹었어요. 그러고 나서 막심은 저를 이 살롱까지 따라 들어왔는데 얼굴에 수심이 가득했어요. 저는 핸드백과 손에 끼고 있던 반지들 전부를 외발 원탁 위에 올려놓고 피아노 앞에 앉았죠. 그는 자기가 좋아하는 러시아 곡들을 신청했어요. 그는 제 뒤에 서서 제 연주를 들었고, 저는 막심의 감정을 헤아릴 수 있었어요. 연주를 마치고 의자에서 일어났을 때, 저는 막심의 창백한 얼굴을 보았고 제게 뭔가 할 말이 있다고 생각했어요. 고백건대, 그런 막심을 지켜보면서 저 역시 혼란스러웠지만 멍하니 다시 반지들을 꼈어요. 그러다 멈칫하며 혼잣말을 했죠. 흔히 일어날 수 있는 일에 대한 놀라움의 표시였다기보다는 이 어색한 상황을 벗어나고픈 마음이 더 컸죠.

'어? 내 에메랄드 반지가 어디 갔지?'

그 말에 그가 소스라치게 놀라는 것을 보았어요. 막심이 외쳤어요.

'그 아름다운 에메랄드 반지 말입니까?'

저는 사실 어떤 다른 생각도 없었기 때문에 무심코 말했죠.

'네, 당신이 굉장히 좋아하는 그 에메랄드 반지요.'

'아까 식사 때는 끼고 있지 않았습니까?'

'물론이죠! 하지만 반지를 끼고는 절대 피아노를 치지 않거든요. 그래서 다른 반지들 옆에 빼놓았는데….'

'아직 거기 있지 않을까요?'

'없어요.'

막심의 얼굴은 더욱더 창백해졌고, 제가 던진 농담 같은 말에도 당황해하며 경직된 태도로 서 있었어요.

'아이참! 별일 없겠죠, 뭐. 어딘가에 떨어졌겠죠.'

'그랬다면 우리가 보지 않았을까요?'

'아니요, 어쩌면 가구 밑으로 들어갔을 수도 있어요.'

전동 벨을 누르려고 팔을 뻗었는데 그가 제 손목을 잡아채며 더듬더듬 말했죠.

'잠깐… 기다려봐요… 지금 뭘 하시려는 겁니까?'

'하녀를 부르려고요.'

'왜죠?'

'반지를 찾아보라고….'

'아니, 안 돼요. 그러지 말아요. 절대로 안 돼요!'

막심은 몸을 벌벌 떨고 얼굴을 찡그리며 말했어요.

'반지를 찾기 전까진 그 누구도 여기 들어와선 안 되고, 당신도 나도 이곳을 나가선 안 됩니다.'

'그럼 어서 찾아봐요! 피아노 뒤를 살펴보세요!'

'아니요!'

'왜요?'

'모르겠어요… 모르겠습니다…. 하지만 괴롭군요!'

'괴로울 것 하나도 없어요. 반지가 어딘가에 떨어졌고 다시 주우면 되는 걸요. 어서 찾아봐요!'

'아, 제발….'

'대체 왜 그러는 거예요? 말씀해보세요!'

갑자기 결심한 듯 막심이 입을 열었어요.

'좋습니다! 만일 제가 여기 또는 다른 장소에서 반지를 찾아
낸다면 당신은 제가 반지를 거기다 갖다 놓고는 찾은 척한다고
생각할 수 있어요.'

저는 놀라서 작은 목소리로 말했어요.

'난 당신을 의심하지 않아요! 막심…'

'지금은 의심하지 않겠지만… 나중에도 과연 그럴까요?'

그의 마음이 어떨지 이해가 되었죠. 은행가 데르비놀의 자식
이니 다른 사람보다 더 예민하고 더 불안해할 수밖에. 내 이성
이 제아무리 막심에 대한 의심이라는, 수치스러운 생각을 막을
지라도 피아노를 치는 동안 그가 나와 외발 원탁 사이에 있었
다는 사실까지 머리에서 없애버릴 수 있을까요? 그리고 이미
불안에 떨며 서로의 눈을 바라보던 그 순간에도 그의 창백한
얼굴과 혼란한 마음 상태에 놀랐잖습니까? 다른 사람이라면
웃을 수 있었겠죠. 왜 그는 웃지 않았을까요?

제가 말했어요.

'막심, 당신이 틀렸어요. 어쨌든 당신 입장에서는 조심스러
운 문제라는 건 나도 인정할게요. 그럼 당신은 꼼짝 말고 있어
요!'

저는 몸을 숙여 피아노와 벽 사이 그리고 책상 아래를 살핀
뒤, 다시 일어서며 말했어요.

'아무것도 없어요! 아무것도 안 보여요!'

그는 아무 말도 하지 않았고, 얼굴 표정은 일그러져 있었어요.

그때, 제게 좋은 생각이 떠올랐어요.

'나한테 맡겨줄래요? 어쩌면 우리가….'

막심이 소리쳤어요.

'아! 진실을 밝힐 수만 있다면 할 수 있는 모든 걸 다 해봐요. 하지만 다소 경박하더라도 신중하게 행동해야 합니다. 경솔한 행동을 했다간 일을 완전히 그르칠 수 있어요. 확신이 없다면 하지 말고요!'

저는 그를 진정시키고, 전화번호부를 열람한 뒤 바르네트 탐정 사무소로 통화를 요청했습니다. 대표인 짐 바르네트가 직접 전화를 받았어요. 자세한 설명도 없이 저는 당장 와달라고 했고, 그는 즉시 오겠다 했죠. 그때부터는 서로 억누를 수 없는 감정을 품은 채 마냥 기다리는 것뿐이었어요. 신경질적으로 웃으면서 제가 말했죠.

'친구가 소개해주었어요. 바르네트란 자는 꽉 끼는 낡은 프록코트를 걸치고 가발을 쓰고 다니는 괴짜래요. 그런데 그렇게 솜씨가 좋대요. 단, 사건을 해결하고 그에 대한 보상은 자기가 알아서 챙긴다니 주의하래요.'

저는 재미있자고 한 말인데 막심은 어두운 얼굴로 꼼짝 않았어요. 갑자기 현관 벨이 울렸어요. 이어서 하녀가 살롱 문을 두드렸어요. 저는 들떠서 직접 문을 열며 말했어요.

'어서 오세요, 바르네트 씨…. 와주셔서 감사합니다!'

그런데 살롱으로 들어온 남자는 제가 기다리던 사람과는 영 다른 사람이어서 당황스러웠어요. 튀지는 않았지만 아주 우아한 차림이었죠. 호감형의 젊은 남자였고, 마치 불시에 어떤 상황이 닥치더라도 끄떡없을 사람처럼 아주 편안해 보였어요. 그 남자는 필요 이상으로 저를 한참 바라보았는데, 제가 싫지 않다는 것을 보여주는 느낌이었죠. 관찰이 끝나자 그는 고개를 숙여 인사하고 제게 말했어요.

'바르네트 씨가 너무 바빠서 제게 이 사건을 대신 맡아달라고 하셨습니다. 의뢰인께서 괜찮으시다면 말이죠. 제 소개를 먼저 할까요? 데느리스 남작입니다. 모험가이면서 기회가 될 때마다 아마추어 탐정 노릇도 하고 있습니다. 저의 벗인 바르네트도 제 직감과 통찰력을 인정하고 있고, 저도 계속해서 그 재능을 개발 중입니다.'

말투도 호의적인 데다 미소 또한 너무 매력적이라 도저히 그 남자의 도움을 거절할 수 없었어요. 문제 해결을 도와주겠다고 제안하는 이 사람은 탐정이 아니라 사교계의 남성이었던 거죠. 그리고 그런 남작의 인상이 너무 강했는지 저는 습관처럼 담배에 무의식적으로 불을 붙이면서 놀랍게도 '담배 피우시죠?'라고 말하며 담배를 권하고 말았어요. 그렇게 이 낯선 남자가 집에 온 지 겨우 1분 만에 우리는 같이 맞담배를 피우고 있었죠. 제 흥분 상태도 가라앉고, 살롱의 분위기도 누그러진 상황이었죠. 막심만 눈살을 찌푸리고 있었어요. 저는 얼른 남작에게 막심을 소개했어요.

'여기는 막심 데르비놀입니다.'

남작은 막심에게 인사를 했어요. 하지만 데르비놀이라는 이름이 어떤 작은 기억도 불러일으키지 않았다는 듯, 남작의 태도의 변화 같은 건 전혀 없었지요. 그런데 잠시 후, 남작이 내게 묻더군요.

'댁에서 무엇인가가 없어진 거죠, 부인?'

막심은 대답이 없었고, 제가 건성으로 대답했어요.

'그렇긴 한데… 별로 중요한 건 아니에요.'

남작은 미소를 지으며 말했어요.

'별로 중요하지 않아도, 어쨌든 해결하기 힘든 문제인 것 같군요. 부인과 신사분도 포기했을 정도니까요. 없어진 지 얼마 안 되었고요?'

'네.'

'잘됐군요! 일이 더 쉬워지겠군요. 사라진 것이?'

'반지요… 이 외발 탁자 위에 놓아둔 에메랄드 반지. 다른 반지들과 핸드백도 그 위에 올려놓았어요.'

'반지를 뺀 이유는?'

'피아노를 치려고요.'

'당신이 피아노 치는 동안 데르비놀 씨는 곁에 있었나요?'

'제 뒤에 서 있었어요.'

'당신과 외발 탁자 사이네요?'

'그렇습니다.'

'반지가 없어졌다는 걸 확인하자마자 반지를 찾기 시작했나요?'

'아니요.'

'데르비놀 씨도 마찬가지고요?'

'네, 그렇습니다.'

'들어온 사람이 있었습니까?'

'아무도 없었어요.'

'데르비놀 씨가 반지 찾는 걸 막았나요?'

그러자 막심이 짜증난 목소리로 말했죠.

'네, 제가 그랬습니다.'

그러자 데느리스 남작은 이리저리 서성거리기 시작했어요. 가볍고 경쾌한 그의 걸음걸이는 한없이 편해 보였어요. 그러더니 내 앞으로 와서 말했죠.

'다른 반지들을 제게 보여주시죠.'

저는 양손을 내밀었고, 남작은 유심히 살피더니 피식 웃었어요. 조사를 한다기보다는 오히려 놀고 있는 것처럼 보였어요. 자기를 즐겁게 하는 놀이를 하는 것처럼요.

데느리스 남작이 물었어요.

'잃어버린 그 반지는 분명 비싼 것이었겠죠, 그렇지 않습니까?'

'네.'

'정확한 금액을 알려주시겠습니까?'

'보석상이 8만 프랑이라고 했어요.'

'8만 프랑이라… 좋습니다!'

남작은 매우 만족해했어요. 제 왼손을 뒤집어 마치 손금을 읽으려고 집중하는 듯이 손바닥을 오랫동안 살폈어요.

이를 본 막심이 눈살을 찌푸렸어요. 이 남자가 막심의 신경을 거슬리게 하고 있다는 것이 눈에 보였죠. 저로서는 이 상황에서 벗어나고 싶었고 불쾌한 행동을 막고 싶었어요. 하지만 중압감(그럼에도 불구하고 가벼웠지만) 때문에 어떠한 저항도 할 수 없었죠. 그리고 이 남자가 제 손에 키스를 했고, 전 그 권위와 행동하는 방식에 너무나 좌우된 나머지 그를 밀어낼 힘이 있었는지 없었는지도 모르겠네요.

사실, 그가 한 행동으로 봤을 때 이미 이 문제를 풀었다고 확신했어요. 더 이상 제게 직접적인 질문은 하지 않았거든요. 하지만 저는 남작이 들려준, 제 경우와 비슷한 두세 가지 일화가 이 사건을 해결하는 데 쓰일 것이라는 점은 의심하지 않았어요. 자기 이야기를 들려주면서 남작은 이따금씩 자기가 하는 말에 대한 반응을 살피려는 것처럼 막심 또는 저를 힐끗 보았어요.

저는 반응을 들키지 않으려 내심 저항했지만 허사였습니다. 우리에게 질문하지 않고 그런 식으로 점점 더 우리의 관계는 어떤지, 막심의 사랑과 제 감정들을 밝혀내려는 것을 느꼈죠. 아무리 얼굴을 찌푸려도 소용없었어요. 막심도 아마 그랬을 거예요. 남작은, 이를테면 여러 장의 편지를 한 장 한 장 읽어 내려가듯 꼭꼭 쌓아두었던 우리의 모든 비밀을 늘어놓고 있었어요. 화가 나는 일이었어요. 그 말을 다 듣고 막심이 화가 나서 말했죠.

'이 모든 게 대체 무슨 연관이 있는지 정말 모르겠군요….'

남작이 대꾸했죠.

'우리를 모이게 만든 이 사건과 무슨 연관이 있냐고요? 아주 밀접한 연관이 있습니다. 수수께끼 그 자체는 큰 의미가 없지요. 허나 제가 제안해드리는 해결 방법이 그 작은 사건이 발생했을 당시 여러분의 심리 상태에 근거하지 않는다면 적절한 해

결책이 아닐 수도 있습니다.'

막심이 소리쳤죠.

'이봐요, 자제할 줄 모르는 양반! 수색이라곤 하지도 않았으면서! 가구 하나 들춰보지 않았고, 아무것도 살피지… 아니, 쳐다보지도 않았잖습니까? 쓸데없는 잡담으로 잃어버린 반지를 돌려주진 못하지 않습니까?'

남작이 슬그머니 미소 지으며 말했어요.

'데르비놀 씨, 조사의 형식적인 관행에 사로잡혀 물리적인 사실들로부터만 진실을 끌어내려고 하는 부류가 있는데 딱 당신이 그렇군요. 하지만 항상 대부분의 진실은 완전히 다른 영역에 숨어 있습니다. 지금 우리가 관심을 두고 있는 문제는 기술적 또는 형사적 영역이 아닌 심리학적 영역에만 속한 것이죠. 제 증거들은 따분한 수사의 성패에 달려 있지 않고, 전적으로 특별한 심리 현상의 부인할 수 없는 검증에 달려 있습니다. 우리들을, 특히 감수성이 예민하고 충동적인 성격의 소유자들을 의식의 통제에서 벗어나게 한 행동들 말이죠.'

막심이 노발대발하며 또박또박 말했어요.

'그러니까 내가 그 행동들 중 하나를 했다는 말씀입니까?'

'아닙니다, 당신이 아닙니다!'

'그럼 대체 누가?'

'숙녀분이죠!'

제가 소리쳤죠.

'제가 그랬다고요?'

'예, 그렇습니다. 정확히 말씀드리면 여기 계신 숙녀분은 다른 모든 숙녀분들이 그렇듯, 제가 암시하는 것들에 감동을 잘 받고 충동적인 본성을 지닌 분이죠. 그리고 바로 당신의 이야기 덕분에 우리 인간이란 완벽하게 냉정을 유지하지도 못하고 성격도 일치하지 않는다는 것을 상기하게 되었습니다. 이 성격이라는 것은 운명이 장난을 치는 극적으로 중요한 순간뿐만 아니라 아주 소소한 일상에서도 이중인격이 될 수 있다는 것을 말이죠. 그리고 우리가 살아가고, 말을 하고, 생각을 하는 동안 우리의 무의식은 본능으로 향하게 되는데, 그 본능은 우리를 뒤에서 자신도 모르게 비정상적이고 사리에 맞지 않고 어리석은 방식으로 행동하게 만들죠.'

남작은 현학적인 말투 없이 유쾌하게 말을 이어나갔지만 저는 참지 못하고 말했어요.

'어서 결론을 말해주세요.'

남작이 대꾸했어요.

'그러지요! 당신이 보기엔 제가 입이 가벼운 사람처럼, 사교계의 비밀 유지를 신경 쓰는 예의 없이 말하더라도 양해 부탁드리겠습니다, 부인. 자, 사건은 다음과 같습니다. 한 시간 전, 당신은 데르비놀 씨와 함께 이곳에 왔습니다. 데르비놀씨가 당신을 사랑하고 있다고 해도 부인에게 실례는 아닐 겁니다. 또, 그가 부인께 사랑을 고백하려는 걸 직감하셨다 해도 그게 현실이 될 때까지 그 어떤 주장도 하지 않겠습니다. 왜냐하면 여자의 직감은 틀리는 법이 없고, 그런 것이 여자를 굉장히 혼란스럽게 만드니까요. 따라서, 피아노 앞에 앉을 때 그리고 손에서 반지를 빼던 그때(제 말의 중요성을 잘 이해하십시오!) 당신의 자

아는 둘로 나뉘어져 방금 전에 제가 말씀드린 자아분열 상태가 왔던 것입니다. 그래서 자기가 하고 있던 일에 대한 정확한 개념이 없었던 것이지요.'

저는 반박했죠.

'아뇨, 제 정신은 굉장히 말짱했어요!'

'겉으로 보기엔, 그리고 당신 자신이 보기엔 그랬겠죠. 하지만 사실 우리는 설령 그것이 미미할지라도, 감정이 폭발하게 되면 결코 제정신일 수 없습니다. 그런데도 당시 부인께서 제정신이셨다면 잘못된 판단을 내리거나 실수 혹은 고의성 없는 행동을 할 가능성이 다분한 상태였다는 건데….'

'그래서요?'

'그래서 그때 부인께서는 원하지도 않았고 스스로 깨닫지도 못한 채, 또 부인 자신의 성격이나 당시 상황과 논리적으로는 전혀 맞지 않았지만, 무의식적인 의심을 정당화할 행동을 저질렀던 것입니다. 왜냐면 데르비뇰 씨의 이름이 무엇이든, 그가 당신의 에메랄드 반지를 훔칠 수 있는 사람이라 미리 믿는 것은 **절대** 생각할 수 없었으니까요.'

저는 굉장히 화가 나서 말했어요.

'제가요? 제가 그렇게 생각했다고요? 그런 모욕스러운 일을 생각했다고요?'

남작이 내꾸했어요.

'물론 아니죠. 하지만 당신의 무의식이 마치 그걸 믿는 것처럼 당신을 조종했던 겁니다. 당신의 시각과 사고와는 상관없이 우리가 흔히 착용하는 수많은 보석들처럼 가짜 보석이 박힌,

가치가 전혀 없는 반지들과 진짜 에메랄드가 박힌 8만 프랑짜리 반지 중에서 하나를 선택한 거죠. 당신도 모르는 사이에 그런 선택이 이루어진 겁니다. 반지를 빼서 외발 탁자 위에 잘 보이게 올려놓았을 때 당신은 자신도 모르는 사이에 소중하고 화려한 에메랄드 반지를 모든 의심스러운 시도로부터 차단한 겁니다.'

제가 크게 소리쳤어요.

'하지만 말도 안 돼요! 그랬다면 알아차렸을 거라고요!'

'당신이 알아차리지 못했다는 것이 증거죠.'

'그렇다면 그 에메랄드 반지는 제게 있겠네요!'

'아니죠, 당신이 놓아둔 그 자리에 그대로 있습니다.'

'네?'

'외발 탁자 위에.'

'거기 없어요. 당신도 보듯이 거기 없잖아요!'

'있습니다.'

'뭐라고요? 제 핸드백밖에 없는데요!'

'맞습니다! 그 속에 있으니까요, 부인.'

저는 어리둥절해서 어깨를 으쓱하며 말했어요.

'제 가방 속에요? 대체 무슨 소리죠?'

남작은 강하게 말을 이어나갔어요.

'제가 마술사나 사기꾼으로 비춰지는 것 같아 유감스럽습니다만… 잃어버린 반지를 찾아달라고 절 부르지 않으셨나요? 그래서 그 반지가 어디 있는지 말씀드려야겠습니다.'

'그게 거기 있을 리 없어요!'

'다른 곳에 있을 리도 없지요!'

문득, 이상한 기분이 들었어요. 틀림없이 거기 들어 있었으면 좋겠다는 생각도 있었고, 한편으론 그게 거기 들어 있지 않아서 추리와 예상이 빗나간 이 남자에게 창피를 줄 수 있다면 기쁘겠다는 생각도 있었거든요.

남작의 손짓에 저도 모르게 그냥 따르게 되더군요. 저는 자질구레한 소지품들이 가득한 복잡한 핸드백 속을 마구 뒤졌어요. 그 속에서 결국 에메랄드 반지를 찾았고요.

저는 어리둥절했어요. 눈으로 보면서도 믿지 못하겠더라고요. 제가 끼고 있던 진짜 그 반지가 맞는지 의아했어요. 네, 그 반지가 맞았어요. 다른 것으로 착각할 수가 없었죠. 그렇다면… 제가 막심한테 그토록 괴상하고 모욕적인 방식으로 행동하는 동안 제 속에서는 무슨 일이 일어났던 걸까요?

어리둥절해하는 제 앞에서 남작은 기쁨을 감추지 못하더군요. 그 기쁨을 조금만 자제했더라면 더 많은 점수를 얻었을 테지만. 그때부터 예의 바른 사교계 신사로서의 남작의 태도는 기분 좋은 한 건을 해낸 전문가의 태도로 순식간에 바뀌었죠.

남작이 말했어요.

'바로 그겁니다. 바로 감시가 소홀한 틈을 타 우리의 본능이 저지르는 시시한 짓이죠. 가장 못된 장난을 치는 작은 악마와도 같다고 할 수 있겠군요. 너무 음침한 영역에서 일어나는 일이다 보니 당신은 핸드백을 살펴볼 생각을 하지 못했던 거죠. 당신은 에메랄드 반지가 들어 있는, 죄 없는 신성한 핸드백을 의심하느니 차라리 여기저기를 다 뒤지고 데르비놀 씨를 포함한 이 세상 모든 사람들에게 죄를 뒤집어씌우려 하지 않았습니까! 이 정도면 황당하고 약간은 웃기지 않나요? 우리 본성의 보이지 않는 깊숙한 곳을 비춰주는 진실이란 얼마나 환한 빛인지! 우리는 우리의 감정과 존엄성에 자부심을 느끼지만, 결국 우리가 열등하다고 말하는 수수께끼 같은 무의식의 이치에 굽히기 마련입니다. 우리 곁에 엄청난 존경을 받을 만한 친구가 있는데, 그 친구를 몰라본 채 전혀 배려하지 않고 완전히 모욕하고 있는 셈이지요. 실제로 뭐가 뭔지 전혀 모르고 말이죠!"

그렇게 장광설을 늘어놓으면서 얼마나 빈정대고 유쾌해하던지! 데느리스 남작은 어디론가 사라지고 바르네트 탐정 사무소 직원이 가면을 벗은 얼굴로, 가장했던 몸짓들을 접어둔 채, 평소 개인적인 습관에 따른 동작을 써가며 진짜 본모습으로 말하는 것 같았어요.

막심은 두 주먹을 불끈 쥐고 다가왔어요. 남작은 상반신을 움직여 상체를 꼿꼿이 세웠는데 덩치가 훨씬 커 보였죠.

그러고 나서 갑자기 제 쪽으로 와서 손에 입맞춤을 하더군요. 그건 데느리스 남작으로서 하는 게 아니었어요. 그러더니 저를 똑바로 쳐다보다가 모자를 손에 쥔 다음, 마치 깃털 달린 펠트 모자를 쓰고 인사하는 것처럼 다소 과장되게 인사를 하더니 결국은 떠났죠. 남작은 스스로 굉장히 흡족해하더니 이렇게 중얼거렸어요.

'아주 재치 있는 사건이었습니다… 이런 사건들을 다루게 되어 참 좋습니다… 제 전공이거든요. 다음에 또 불러주십시오, 부인.'"

올가의 이야기가 모두 끝났다. 공작부인은 무기력하게 담배에 불을 붙이면서 친구들에게 미소 지었다. 하지만 친구들은 바로 질문을 던졌다.

"그다음은?"

"다음이요?"

"네, 에메랄드 반지 이야기가 끝난 건 알겠어요. 당신 이야기는요?"

"제 이야기도 끝났는데요."

"거참, 언제까지 우리를 애타게 할 셈이에요! 끝을 내요, 올가. 어차피 털어놓을 거 시원하게 털어놔 봐요."

"어머나, 호기심도 많으셔라! 맙소사! 뭘 알고 싶은 거죠?"

"우선 막심 데르비놀과는 어떻게 되었어요?"

"별일 없었어요. 사실, 별일 있었겠어요? 고의든 아니든 에메랄드 반지를 숨기면서 그를 의심했으니… 이미 기분이 상하고 불안했는데 그 일로 크게 상처를 받아 저를 용서하지 않더라고요. 그 후, 막심도 좀스러운 행동으로 실수를 저질렀고요. 데느리스 남작에 대해 화가 난 것처럼 굴더니 나중에 바르네트 탐정 사무소 앞으로 1만 프랑짜리 수표를 보낸 거죠. 그 수표는 '당신께 경의를 표하며'라는 메모와 함께 멋진 꽃바구니에 핀으로 꽂혀 제 앞으로 돌아왔는데, 봉투에 적힌 서명이…."

"데느리스 남작?"

"아뇨."

"그럼 짐 바르네트?"

"아뇨."

"그럼 누가?"

"아르센 뤼팽이요!"

올가는 또다시 입을 다물었고, 친구 중 하나가 조심스럽게 물었다.

"서명은 누구나 할 수 있는 거 아닌가요?"

"물론이죠!"

"누가 보냈는지 알아보려고도 안 했어요?"

올가가 대답이 없자 친구가 다시 입을 열었다.

"막심 데르비놀한테 더는 관심이 없어진 이유를 이젠 잘 알겠어요. 사건 처음부터 끝까지 당신은 수수께끼처럼 신비로운 그 남자에게 압도당했고, 그 남잔 능수능란하게 당신의 호기심을 자극하고 당신의 관심을 집중시킬 줄 알았기 때문이죠. 올가, 솔직히 이야기해봐요. 한번쯤 다시 만나고 싶었죠?"

올가는 대답이 없었다. 그 친구는 올가와 솔직하게 이야기를 나누고 때로는 짓궂은 농담도 하는 사이라 그런지 스스럼없는 말을 계속했다.

"어쨌든 당신은 반지를 지켜냈고, 데르비놀 씨는 자기 돈을 지켜냈네요. 당신이 이야기한 대로, 일을 처리하고 언제나 그에 대한 대가를 받는 바르네트 탐정 사무소의 원칙과는 정반대로 결국 당신은 도둑맞은 게 아무것도 없었던 거네요. 직접 당신 핸드백을 뒤져서 반지를 슬쩍할 수도 있었는데 그러지 않았다는 건 반지보다 훨씬 더 나은 무언가를 바랐던 건 아닐까요? 그러고 보니 누군가 해준 이야기가 생각나네요. 한번은 아무런 대가도 받지 않더니, 자기 채무자의 여자를 빼돌려 함께 선박

여행을 갔대요. 일에 대한 대가로 아주 괜찮은 방법 아니에요? 당신이 지금까지 우리에게 들려준 그 남자의 모습이나 성격에 딱 들어맞는 수법인 거 같은데, 어떻게 생각해요, 올가?"

올가는 아무 말도 않고, 어깨를 드러낸 채 안락의자에 누워 아름다운 몸매를 뽐내며 솟아오르는 담배 연기를 바라보고 있었다. 그 손에는 에메랄드 반지가 화려하게 빛나고 있었다.